O Segredo de Heap House

1. A Grande Cristaleira
2. O Pequeno Armário dos Iremonger Suicidas
3. Trisavô
4. Escadaria de Mármore
5. Capela Iremonger
6. Grande Sala de Jantar
7. Porta do Elevador de Comida
8. Sala de Estar
9. Antiga Barbearia
10. Sala dos Prefeitos
11. Lareira de Ommaball Oliff
12. Mesa do Porteiro
13. Quarto de Moorcus

14. Entrada para o Sótão
15. A Escada em Caracol
16. Morcegos do Sótão
17. Quarto de Tummis
18. A Floresta do Telhado
19. Enfermaria
20. Escada da Biblioteca
21. Salas de Aula dos Meninos
22. As Chaminés
23. Sala Matinal
24. Quarto de Clod
25. Saída de Serviços dos Criados Catadores em Macacões de Couro

≈≈ ESCRITO E ILUSTRADO POR ≈≈
EDWARD CAREY

Crônicas da Família
IREMONGER

O SEGREDO DE HEAP HOUSE

Tradução
Marcello Lino

1ª edição

Rio de Janeiro | 2017

Copyright © 2013 by Edward Carey

Título original: Heap House

Editoração: Futura

Texto revisado segundo o novo
Acordo Ortográfico da Língua Portuguesa

2017
Impresso no Brasil
Printed in Brazil

Cip-Brasil. Catalogação na publicação.
Sindicato Nacional dos Editores de Livros, RJ.

C273s Carey, Edward, 1970–

O segredo de Heap house, volume 1 / Edward Carey; tradução
Marcello Lino. — 1. ed. — Rio de Janeiro: Bertrand Brasil, 2017.
il. ; 21 cm.

Tradução de: Heap house
ISBN: 978-85-286-1778-8

1. Ficção inglesa. I. Lino, Marcello. II. Título.

17-39337

CDD: 823
CDU: 821.111-3

Todos os direitos reservados pela:
EDITORA BERTRAND BRASIL LTDA.
Rua Argentina, 171 — 2º andar — São Cristóvão
20921-380 — Rio de Janeiro — RJ
Tel.: (0xx21) 2585-2000 — Fax: (0xx21) 2585-2084

Não é permitida a reprodução total ou parcial desta obra, por
quaisquer meios, sem a prévia autorização por escrito da Editora.

Atendimento e venda direta ao leitor:
mdireto@record.com.br ou (0xx21) 2585-2002

Para o meu irmão James (1966-2012)

O Menino Adoentado, Clod Iremonger

I
UM TAMPÃO DE
BANHEIRA UNIVERSAL

Tem início a narrativa de Clod Iremonger,
Forlichingham Park, Londres

Como Começou

Na verdade, tudo começou, dando origem a toda a terrível história que se seguiu, no dia em que a maçaneta da minha tia Rosamud desapareceu. Era a maçaneta especial da minha tia, feita de latão. Não ajudou o fato de ela, no dia anterior, ter estado por toda parte da mansão com a maçaneta, procurando coisas das quais reclamar, como era seu costume. Esquadrinhou todos os andares, subiu e desceu escadarias, e abriu portas a cada oportunidade, fazendo reclamações. Ela insistia que, durante toda a minuciosa investigação, esteve com a maçaneta, só que, agora, não estava mais. Alguém, gritava ela, a pegara.

Uma confusão dessas não acontecia desde que meu tio-avô Pitter perdeu seu alfinete de fralda. Naquela ocasião, o edifício foi vasculhado de cima a baixo e acabou-se descobrindo que o alfinete estava com o coitado do meu velho tio o tempo todo: havia caído por um rasgo no forro de um bolso do seu paletó.

Fui eu que o encontrei.

Depois disso, eles, meus próprios parentes, passaram a me olhar de um jeito muito esquisito, ou talvez eu devesse dizer "de um jeito ainda mais esquisito", já que eles nunca confiaram plenamente em mim e costumavam me enxotar de um lugar para outro. Depois que foi achado, o alfinete de fralda parecia ter confirmado algo mais para a minha família, e algumas das minhas tias e primos passaram a me evitar, sequer me dirigiam a palavra, enquanto outros, meu primo Moorcus por exemplo, ficavam me perseguindo. O primo Moorcus tinha certeza de que eu mesmo havia escondido o alfinete no paletó e, em um corredor escuro, me encurralou e ficou batendo com a minha cabeça na parede, contando até doze (minha idade na época), depois, me levantou até um gancho para casacos e me deixou pendurado lá até eu ser achado duas horas depois por um dos criados.

O tio-avô Pitter quase pediu desculpas depois que o alfinete foi encontrado e acho que nunca se recuperou daquele drama. Toda aquela confusão, muitas pessoas acusadas. Ele morreu durante o sono na primavera seguinte, com o alfinete de fralda preso ao pijama.

— Mas como você descobriu, Clod? — perguntavam meus parentes. — Como você descobriu que o alfinete de fralda estava lá?

— Eu o ouvi chamar — respondi.

Eu Ouvia Coisas

Aqueles apêndices de carne nas laterais da minha cabeça faziam coisas demais; aqueles dois buracos pelos quais os sons entravam viviam assoberbados. Eu escutava coisas quando não devia.

Demorei um tempo para entender minha audição.

Disseram-me que, quando bebê, eu começava a chorar sem motivo. Eu ficava deitado no meu berço e, sem que nada tivesse acontecido, começava a gritar como se alguém tivesse puxado meus ralos cabelos, como se eu tivesse sido escaldado com água fervente ou retalhado com uma faca. Era sempre assim. Eu era uma criança esquisita, diziam eles, infeliz e complicada, difícil de acalmar. Cólicas. Cólicas crônicas. As babás nunca duravam muito tempo.

— Por que você é tão malvado? — perguntavam elas. — Por que não sossega?

Os ruídos me incomodavam; eu estava sempre alarmado, assustado e agastado. No início, eu não conseguia entender as palavras dos ruídos. A princípio, eram apenas sons e sussurros, tinidos, cliques, estalos, batidas, palmas, estrondos, ribombos, esfarelamentos, ganidos, murmúrios, gemidos, coisas assim. Geralmente, não muito altos. Às vezes, insuportavelmente altos. Quando aprendi a falar, ficava repetindo "Quem disse isso? Quem disse isso?" ou "Silêncio, cale a boca, você não passa de um pano de chão!" ou ainda "Dá para ficar calado, penico?" porque, para mim, os objetos, objetos comuns do cotidiano, estavam falando comigo com vozes humanas.

As criadas ficavam muito zangadas quando eu atacava uma cadeira ou tigela, uma sineta ou mesinha de canto.

— Acalme-se — viviam me dizendo elas.

Foi só quando meu tio Aliver, que se tornara médico havia pouco tempo, percebeu minha irritação que as coisas começaram a melhorar para mim.

— Por que você está chorando? — me perguntou.

— O fórceps — respondi.

— Meu fórceps? O que tem ele?

Eu disse que o fórceps, que era algo que Aliver sempre carregava consigo, estava falando. Ao mencionar as coisas falantes, eu geralmente era ignorado, alvo de bocejos ou de uma surra por contar mentiras, mas o tio Aliver me perguntou naquele dia:

— E o que meu fórceps está dizendo?

— Está dizendo Percy Hotchkiss — disse, feliz da vida por alguém ter me perguntado.

— Percy Hotchkiss? — repetiu o tio Aliver cheio de interesse. — Mais alguma coisa?

— Não — respondi —, é só isso que eu escuto. "Percy Hotchkiss".

— Mas como um objeto pode falar, Clod?

— Não sei e gostaria que não fosse possível.

— Objetos não têm vida, não têm boca.

— Eu sei, mas ele continua a falar.

— *Eu* não ouço o fórceps dizer nada.

— Mas eu ouço. Juro, tio, uma voz abafada, sufocada, algo preso ali dentro dizendo "Percy Hotchkiss".

Depois, Aliver sempre me procurava, ficava me escutando divagar por muito tempo sobre todas as diferentes vozes que eu ouvia, todos os diferentes nomes, e fazia anotações. Eu ouvia apenas nomes, sempre somente nomes, alguns sussurrados, outros berrados, outros ainda cantarolados ou esbravejados, alguns pronunciados com modéstia, outros com grande orgulho ou com uma sofrida timidez. E, para mim, os nomes sempre pareciam estar vindo de vários objetos espalhados por toda a casa. Eu não conseguia me concentrar na sala de aula porque a vergasta ficava repetindo "William Stratton", o tinteiro dizia "Hayley Burgess" e o mapa-múndi resmungava "Arnold Percival Lister".

— Por que os nomes dos objetos — perguntei ao tio Aliver um dia, com apenas sete ou oito anos — são John, Jack e Mary, Smith, Murphy e Jones? Por que nomes tão esquisitos, tão diferentes dos nossos?

— Bem, Clod — disse Aliver — certamente, nós é que temos os nomes menos comuns. É uma tradição da nossa família. Nós, os Iremonger, temos nomes diferentes porque somos diferentes dos outros. É para nos distinguirmos deles. Trata-se de um velho costume da família: nossos nomes são como os das pessoas que vivem longe daqui, para além dos cúmulos, só que um pouco distorcidos.

— Está se referindo às pessoas de Londres, tio? — perguntei.

— De Londres e de lugares ainda mais distantes, em todas as direções, Clod.

— Elas têm nomes como os que eu ouço?

— Isso mesmo, Clod.

— Por que eu ouço os nomes, tio?

— Não sei, Clod, é uma peculiaridade sua.

— Será que algum dia vai parar?

— Não tenho como dizer. Talvez pare, talvez diminua ou pode ser que piore. Não sei.

De todos os nomes, o que eu ouvia com mais frequência era James Henry Hayward. Isso porque eu sempre carregava comigo, onde quer que fosse, o objeto que dizia "James Henry Hayward". Era uma voz agradável, jovial.

James Henry era um tampão, um tampão universal; cabia na maioria dos ralos de pia. Eu o mantinha no meu bolso. James Henry era meu objeto de nascença.

Quando um novo Iremonger nascia, era um costume de família presenteá-lo com alguma coisa, um objeto especial escolhido pela Vovó. Os Iremonger sempre julgavam outro Iremonger pela maneira como ele cuidava do seu objeto pessoal, seu objeto de nascença, como era chamado. Devíamos carregá-lo conosco o tempo todo. Cada um era diferente. Quando eu nasci, ganhei James Henry Hayward. Foi a primeira coisa que conheci, meu primeiro brinquedo e companheiro. Estava preso a uma corrente de uns sessenta centímetros de comprimento e, na ponta dessa corrente, havia um pequeno gancho. Depois que aprendi a andar e a me vestir sozinho, comecei a usar meu tampão de banheira e minha corrente como muitas outras pessoas usavam um relógio de bolso. Eu mantinha meu tampão de banheira, meu James Henry Hayward, escondido no bolso do colete, por segurança, enquanto a corrente ficava para fora do bolso, formando um U, terminando no gancho que ficava preso ao botão central do colete. Era muita sorte minha ter aquele objeto, nem todos os objetos de nascença eram tão simples quanto o meu.

Embora fosse algo de pouco valor econômico, ao contrário do alfinete de gravata com um diamante incrustado da tia Onjla (que dizia Henrietta Nysmith), meu tampão de banheira não causava nenhum estorvo, ao contrário da frigideira (sr. Gurney) da prima Gustrid, ou até mesmo da lareira de mármore (Augusta Ingrid Ernesta Hoffman) que fez com que minha avó ficasse confinada no segundo andar durante toda a sua longa vida. Eu ficava pensando nos nossos objetos de nascença. Será que a tia Loussa teria começado a fumar se não tivesse recebido um cinzeiro (Little Lil) quando nasceu? Aos sete anos, ela acendeu seu primeiro cigarro. Será que o tio Aliver teria se tornado médico se não tivesse recebido de presente um par de fórceps curvados próprios para realizar partos (Percy Hotchkiss)? E, é claro, havia o pobre e melancólico tio Pottrick, que recebera ao nascer uma corda (Tenente Simpson) com um nó de forca na ponta; como era triste vê-lo se arrastar com ar funéreo pelos instáveis corredores dos seus dias! Mas acho que era algo ainda mais profundo do que isso: será que a tia Urgula teria sido mais alta se não tivesse recebido um escabelo (Polly)? A relação das pessoas com seus objetos de nascença era muito complicada. Eu olhava para o meu tampão de banheira e sabia que ele era perfeito para mim. Eu não sabia dizer exatamente por que, mas sabia que era verdade. Jamais poderia ter recebido outro objeto a não ser meu James Henry. Só havia um objeto de nascença em toda a família dos Iremonger que não falava um nome quando eu o ouvia.

A Pobre Tia Rosamud

Então, apesar da desconfiança e dos sussurros, apesar de eu geralmente ser deixado sozinho no meu canto, fui chamado quando tia Rosamud perdeu sua maçaneta. Nunca gostei dos aposentos da tia Rosamud e, como regra geral, eu não tinha permissão para adentrar terras tão inóspitas, mas, naquele dia, convinha a eles que eu estivesse ali.

A tia Rosamud, verdade seja dita, era velha, ranzinza e meio calombenta, mas, sobretudo, costumava gritar, acusar e dar beliscões por qualquer motivo. Ela distribuía, por bem ou por mal, biscoitos antiflatulência para todos nós, meninos. Sempre conseguia nos encurralar na escada e fazer perguntas sobre a história da família; caso errássemos a resposta, confundindo um primo de segundo grau com um de terceiro, por exemplo, ela se tornava impaciente e desagradável, pegava sua maçaneta pessoal (Alice Higgs) e batia na nossa cabeça. Seu. Menino. Burro. Aquilo doía. Demais da conta. De tanto sapecar, socar e surrar jovens cabeças com sua maçaneta pessoal, tia Rosamud criou uma má reputação para as maçanetas em geral, fazendo com que muitos de nós as girássemos com cautela por causa das más lembranças com aqueles objetos. Portanto, não foi surpresa o fato de nós, colegas de estudo, termos ficado especialmente desconfiados naquele dia. Muitos não teriam ficado tristes se a maçaneta nunca mais tivesse sido encontrada, e muitos outros pensavam aterrorizados em toda a atividade subsequente caso ela reaparecesse. Mas, sem dúvida, todos nós sentíamos compaixão por Rosamud e sua perda, sabendo que titia já havia perdido algo antes.

Tia Rosamud deveria ter se casado com um homem que não conheci, uma espécie de primo chamado Milcrumb, mas ele fora pego de surpresa por uma grande tempestade fora dos muros da mansão e se afogou nos cúmulos que a circundam. Seu corpo nunca foi encontrado, nem mesmo seu vaso de planta pessoal. Assim, tia Rosamud, privada da companhia de Milcrumb, circulava sem marido por seus aposentos e atacava o mundo com sua maçaneta. Até que, numa manhã, como acontecera previamente com Milcrumb, a maçaneta também sumiu.

Naquela manhã, Rosamud estava sentada em uma cadeira de espaldar alto, tristíssima, e sem nada por perto que dissesse Alice Higgs, como se tivesse sido repentinamente silenciada. Naquele momento, ela me parecia um objeto reduzido à metade. Havia muitas almofadas à sua volta e alguns tios e tias pairando em torno delas. Ela não falava, o que não era do seu feitio, apenas olhava para a frente, aflita. Os outros, porém, faziam muita balbúrdia.

— Vamos, Muddy querida, temos certeza de que vamos encontrá-la.

— Coragem, Rosamud, não é algo tão pequeno assim, logo vai aparecer.

— Sem dúvida, sem dúvida.

— Em menos de uma hora, tenho certeza.

— Ora, veja, aqui está Clod. Venha cá e apure os ouvidos para nós.

Essa última informação não pareceu alegrá-la especialmente. Ela levantou um pouco a cabeça e, por um instante, olhou para mim, com ansiedade e talvez uma pontinha de esperança.

— Muito bem, Clod — disse meu tio Aliver —, devemos nos retirar enquanto você ouve?

— Não é necessário, tio — falei. — Não se incomodem.

— Não estou gostando nada disto — disse o tio Timfy, o mais velho da família, cujo objeto de nascença era um apito que dizia Albert Powling. O tio Timfy soprava seu Albert Powling obsessivamente quando achava que algo não estava certo. Tio Timfy, o dedo-duro, tio Timfy dos lábios inchados, que nunca cresceu mais do que uma criança, tio Timfy, o espião da casa que só sabia se esgueirar pelos cantos e encontrar desordem por toda parte. — Isto é uma perda de tempo — protestou ele. — A casa toda deve ser vasculhada. Imediatamente.

— Por favor, Timfy — disse Aliver —, mal não vai fazer. Lembra-se de como o alfinete de Pitter foi encontrado?

— Um golpe de sorte, é como eu chamo isso. Não tenho tempo para fantasias e mentiras.

— Então, Clod, por favor, você consegue ouvir a maçaneta da sua tia?

Apurei os ouvidos, caminhei pelos aposentos.

— James Henry Hayward.

— Percy Hotchkiss.

— Albert Powling.

— Annabel Carrew.

— Está aqui, Clod? — perguntou Aliver.

— Ouço seu fórceps com muita clareza, tio, e, sobretudo, o apito do tio Timfy. Ouço bastante bem a bandeja de chá da tia Pomular. Mas não ouço a maçaneta da tia Rosamud.

— Você tem certeza, Clod?

— Sim, tio, não há nada aqui com o nome de Alice Higgs.

— Está certo disso?

— Sim, tio, estou.

— Conversa fiada! — disparou o tio Timfy. — Tire esse pirralho doentio daqui. Você não é bem-vindo, garoto, vá para a sala de aula imediatamente!

— Tio? — perguntei.

— Sim, Clod — respondeu Aliver. — Pode ir. Obrigado por tentar. Não se canse, não corra. Precisamos registrar isto oficialmente: data e hora da perda, 9 de novembro de 1875, 09h50.

— Quer que eu ouça pela casa? — perguntei.

— Não quero que ele se saia por aí bisbilhotando! — gritou Timfy.

— Não, obrigado, Clod — disse Aliver. — Daqui por diante, é conosco.

— Os criados devem ser revistados — ouvi Timfy dizendo enquanto eu saía —, todos os armários vasculhados, tudo esvaziado, todos os cantos explorados, até os mínimos detalhes!

A Órfã, Lucy Pennant

2
UMA TOUCA DE COURO

Inicia a narrativa da órfã Lucy Pennant,
sob a tutela da paróquia de Forlichingham, Londres

Tenho cabelos ruivos e grossos e um rosto redondo e um nariz arrebitado. Meus olhos são verdes e mosqueados, mas esse não é o único lugar em que tenho pintas. Todo o meu corpo é sarapinhado. Tenho sardas, sinais, manchas e um ou dois calos nos pés. Meus dentes não são lá muito brancos. Um dente é torto. Estou sendo sincera. Vou contar tudo como aconteceu e não vou mentir, atendo-me sempre à realidade. Vou me esforçar ao máximo. Uma das minhas narinas é ligeiramente maior do que a outra. Roo as unhas. Às vezes, os insetos me picam e eu coço. Meu nome é Lucy Pennant. Esta é a minha história.

Não me lembro mais com clareza absoluta da primeira parte da minha vida. Sei que meus pais eram pessoas ríspidas, mas, a seu modo, também demonstravam bondade. Acho que eu era bastante feliz. Meu pai era porteiro na região de Filching-Lambeth, na periferia de Londres, em uma pensão onde muitas famílias moravam. Nós ficávamos do lado de Filching, mas, às vezes, íamos a Lambeth e, de lá, caminhávamos pela Old Kent Road até Londres propriamente dita, ouvindo toda a movimentação no Regent's Canal. Mas o pessoal de Lambeth às vezes ia até a fronteira de Filching, nos surrava e dizia para ficarmos longe, em Filching, que era o nosso lugar; se porventura eles nos pegassem fora de lá sem um passe, haveria encrenca.

Dizem que Filching era um lugar agradável, muito tempo atrás, antes que os cúmulos fossem trazidos para cá. Antigamente, chamava-se Forlichingham, mas ninguém daqui usaria esse nome, se quisesse ser levado a sério. Apenas Filching, só isso. Todos aqui cresceram com os montes de sujeira em volta, ao lado e dentro de si mesmos, de uma maneira ou de outra, e estamos todos fadados a servi-los por toda a vida, seja como parte do grande exército que os transporta ou das várias tribos que os separam. Todos nós em Filching servimos os cúmulos de uma maneira ou de outra. Minha mãe trabalhava na lavanderia da pensão, limpando as roupas de muitas pessoas que trabalhavam no lixão, esfregando macacões de borracha e de couro. Eu dizia a mim mesma que um dia eles viriam tirar minhas medidas para o macacão de couro, e esse seria o fim da linha, nada mais a esperar da vida, não depois de eles tirarem as medidas, ou "casarem" você com o seu macacão de couro. O termo era esse mesmo, "casar", porque aí você realmente deveria dedicar toda a sua vida ao lixão. Não haveria mais nada para você depois do casamento. Seria errado esperar algo.

Eu perambulava pelo edifício onde morávamos vendo todas as pessoas, toda aquela vida. Às vezes, ajudava a limpar os diferentes alojamentos e, então, se via alguma coisa que brilhava particularmente ou que cabia facilmente em um bolso, eu não conseguia me conter. Roubava um pouquinho. Lembro-me dessa parte. Às vezes, só algo de comer, ou talvez um dedal, uma vez, foi um relógio de bolso que, depois, na minha empolgação, acabei estragando dando corda demais. O vidro já estava quebrado quando eu o peguei, embora papai dissesse que não. Quando eu era pega com a boca na botija, papai passava a mão no cinto, mas isso não acontecia com muita frequência. Aprendi a esconder aquelas coisinhas no meu cabelo, embaixo das minhas grossas madeixas, da minha touca feiosa, e papai nunca as encontrava. Ele nunca pensou em procurar naquele ninho vermelho.

Havia outras crianças no edifício. Nós costumávamos brincar juntas, íamos à escola em Filching, e a maior parte das coisas que aprendíamos lá era sobre o Império e Victoria e quanto do globo pertencia a nós, mas também tínhamos aulas sobre a história de Filching, sobre os cúmulos, seus perigos e sua importância. Contaram-nos a velha história de Actoyviam Iremonger, que era responsável pelos cúmulos de Londres e por todo o lixo que fora levado ao nosso distrito havia mais de cem anos, na época em que os amontoados eram menores e fáceis de manusear, contaram que uma vez ele bebeu demais e dormiu por três dias seguidos, deixando de dar a ordem para que os catadores fizessem a triagem, de maneira que os cúmulos foram só aumentando, todas aquelas coisas usadas, toda a imundície dos londrinos se acumulando, e o trabalho foi ficando cada vez maior e, dali em diante, o lixo passou a nos dominar. O Grande Cúmulo seguiu em frente e se tornou a nojeira descontrolada que é hoje. Por causa de Actoyviam e do gim, e de como eles trabalhavam juntos. Acho que nunca acreditei em nada daquilo e que eles só nos contavam aquela história para nos fazer trabalhar mais. Aquela história tinha uma moral: não sejam preguiçosos ou vocês vão se afogar no lixo. Eu não queria me casar, preferia ficar na pensão com meus pais e trabalhar lá, e, se desse duro, não havia motivo, não naquela época, para que isso não acontecesse.

Não era uma vida ruim, tudo somado. Em um dos quartos lá de cima, ficava um homem que nunca saía, mas nós o ouvíamos perambulando. Às vezes, eu e meus amigos da pensão espiávamos pelo buraco da fechadura, mas nunca o vimos muito bem. Metíamos medo uns nos outros por causa dele e, depois, descíamos as escadas correndo e gritando. Mas foi então que a doença começou.

Manifestou-se primeiro nas coisas, nos objetos. Eles pararam de se comportar como sempre fizeram. Coisas sólidas amoleciam, coisas lisas se tornavam peludas. Às vezes, você olhava à sua volta e os objetos não estavam onde você os havia colocado. No início, levamos na brincadeira, ninguém realmente acreditava naquilo. Mas, depois, perdemos o controle. Não conseguíamos fazer com que as coisas fizessem o que queríamos, havia algo de errado, elas viviam quebrando. E algumas delas, não sei como dizer de outra maneira, algumas delas pareciam estar tão doentes a ponto de tremer e suar, e outras apareciam com bolhas ou marcas ou horríveis manchas marrons. Dava para perceber que algumas estavam sentindo dor. Não me lembro bem. Só sei que, logo em seguida, as pessoas também começaram a ficar doentes, pararam de trabalhar, não conseguiam mais abrir nem fechar a boca, ou então começavam a apresentar grandes fissuras na pele; pareciam esgotadas, ficavam simplesmente paradas em um monte de lixo e não faziam mais nada. Foi assim mesmo: as pessoas começaram a parar, até mesmo quando estavam andando na rua. Simplesmente paravam e não havia como fazê-las voltar à atividade. Um dia, ao voltar da escola, vi homens do lado de fora do nosso porão, homens com jeito de autoridade, com folhas de louro douradas bordadas sobre seus colarinhos, não verdes, como as pessoas que eu conhecia usavam em seus uniformes cotidianos. Aquelas pessoas usavam luvas e tinham borrifadores; os que entraram no nosso quarto usavam máscaras de couro com janelas redondas de vidro na altura dos olhos, o que os fazia parecer algum tipo de monstro. Disseram que eu não podia entrar. Esperneei, gritei e fui abrindo caminho, mas lá estavam mamãe e papai, encostados na parede, imóveis como se fossem peças do mobiliário, sem vida em seus rostos, e as orelhas do papai, que sempre foram bastante grandes, pareciam as alças de uma jarra. Um segundo; só os vi por um segundo porque os outros homens gritavam que eu não podia tocá-los, que não podia haver contato algum, e fui puxada para longe. E eu não os havia tocado.

Vê-los daquela maneira. Papai e mamãe. Não me permitiram ficar. Agarraram-me. Não ofereci muita resistência. E fui levada embora. Eles me perguntaram, várias vezes se eu os havia tocado. Eu disse que não havia tocado nem na mamãe nem no papai.

Colocaram-me em um quarto onde fiquei sozinha algum tempo. Havia um postigo na porta; vez por outra, alguém olhava lá para dentro para ver se eu também estava adoecendo. Comida era servida de vez em quando. Eu batia na porta, mas ninguém vinha. Depois de um bom tempo, enfermeiras com chapéus brancos e altos entraram para me examinar. Deram pancadinhas na minha cabeça com os nós dos dedos, auscultaram meu peito para ver se estava ficando oco. Não sei exatamente quanto tempo me mantiveram esperando naquele quarto, mas, no final, a porta foi aberta e os homens com as folhas de louro douradas me examinaram dos pés à cabeça e, entreolhando-se, disseram:

— Essa não. Por algum motivo, essa não.

Algumas pessoas foram levadas pela doença. Outras não. Fui uma das sortudas. Ou talvez não. Depende de que lado você estiver analisando. Tudo aquilo já havia acontecido antes. A Febre dos Cúmulos, como era chamada, ia e vinha; aquele era o primeiro surto desde o meu nascimento.

Havia um lugar para crianças como eu, as que ficavam órfãs em virtude da doença. Ficava ao lado de uma parte da barreira que, reza a lenda, havia sido construída logo após a era de Actoyviam e, às vezes, caso houvesse uma tempestade forte nos cúmulos, algum objeto saía voando e caía no telhado. Era um lugar cheio de resmungos e gritos, muitos temores e xingamentos circulavam por aqueles quartos sujos. Todos tínhamos a certeza de que deveríamos nos casar com os cúmulos quando crescêssemos, não havia escapatória naquele lugar. Ouvíamos as montanhas de lixo se agitando, tremendo e gemendo durante a noite e sabíamos que, logo logo, estaríamos lá fora no meio daquilo tudo. Éramos criados usando túnicas pretas muito surradas e toucas pontudas de couro, esse era o uniforme do orfanato; as toucas de couro eram sinal de que pertencíamos ao lixão, de que logo estaríamos lá fora. Antes da chegada da doença, eu costumava ver os órfãos sendo acompanhados em uma marcha por Filching com suas toucas de couro; não tínhamos permissão para falar com eles, que estavam sempre em silêncio, com adultos de ar infeliz marchando ao seu lado. Às vezes, um de nós assobiava para eles ou os chamava, mas nunca havia resposta alguma e, de repente, lá estava eu, usando uma touca de couro, marcada.

Havia outra menina ruiva no orfanato. Ela era cruel e estúpida. A mocinha achava que só devia haver uma garota com aquele tipo de cabelo no orfanato. Brigávamos, mas por mais que eu a surrasse, aquilo nunca tinha fim. Eu sabia que, na primeira chance, ela me atacaria novamente, por pura maldade. Ela era raivosa a esse ponto.

E pronto.

Acho que é tudo. Sério mesmo. Lembrar é difícil, cada vez mais difícil. Uma vez lá dentro, nunca saíamos do orfanato, e aquelas velhas passagens das nossas vidas iam ficando distantes, e quanto maior a distância, menor a certeza que tínhamos a respeito. Mas acho que estou certa. Sério mesmo.

Não consigo mais me lembrar de como eles eram, meu pai e minha mãe.

O que mais?

O outro acontecimento importante.

Um homem chegou no orfanato especificamente para me ver. Disse que se chamava Cusper Iremonger.

— Um Iremonger? — perguntei. — De verdade?

Sim, disse ele, em carne e osso. Ele tinha uma folha de louro dourada no colarinho. É o símbolo deles, devo explicar, o símbolo do negócio dos Iremonger, poderosos cobradores de dívidas, dentre outras coisas. O tal Cusper disse algo sobre a família da minha mãe, sobre como a família dela esteve relacionada aos Iremonger antigamente, muito antigamente.

— Tudo bem — falei —, então o que eu sou, uma herdeira?

Ele me disse que não era o caso, mas que havia trabalho, caso eu aceitasse, em uma grande mansão. Na verdade, ele queria dizer *na* grande mansão.

Eu obviamente conhecia os Iremonger, todo mundo conhecia, todos em Filching, e, suspeito, em outros lugares também. Eles eram donos de muita coisa. Eram donos do Grande Cúmulo. E eram cobradores, desde sempre, e, segundo o que diziam, eram os credores de todas as dívidas de Londres e resolviam arrecadá-las quando sentiam vontade. Eram riquíssimos. Pessoas estranhas, frias. Nunca confie em um Iremonger, é o que sempre dizíamos em Filching, entre nós. Não devíamos falar isso na frente deles. Perderíamos o emprego. Fora de cogitação. Eu tinha ouvido histórias sobre a casa deles, lá longe, em meio aos cúmulos, mas nunca a tinha visto. Só um grande borrão à distância. Mas, agora, talvez a visse. Eu estava recebendo uma oferta de emprego. Era uma chance para me livrar do trabalho no lixão, para deixar a touca de couro para trás, provavelmente a única chance que eu jamais teria. Eu ficaria muito contente, falei. Agradecida. Que sorte!

— Então, não vou me casar? — perguntei.

— Não — respondeu ele. — Não com os cúmulos.

— Fechado — falei.

— Por favor, se apresse.

Ele me levou embora do orfanato em uma charrete sem graça puxada por um só cavalo; o matungo era magro e fraquejava, a carroça era velha e sacolejava. Viajamos pelas pistas de serviço — era um dia de sol, lembro disso — e os cúmulos estavam tão silenciosos que mal dava para ouvi-los; havia azul no céu, a névoa era relativamente tênue. Então, aí está: céu azul, eu sorrindo enquanto avançávamos aos trancos até Bay Leaf House, *a* Bay Leaf House.

— O quê? Aqui? — perguntei.

— Até aqui — disse ele.

— Vou entrar?

— Vai. Já já.

— Que coisa! — falei.

Sempre falávamos de entrar na Bay Leaf House, eu e meus amigos, mas nenhum de nós jamais estivera lá dentro. Nunca havíamos chegado sequer a cem metros de distância. Teríamos sido enxotados. Exclusividade da família. Todo o resto, fora. E ali estava eu, em uma charrete, sendo levada lá para dentro, parte da família. Eu, uma Iremonger! O portão se fechou atrás de mim e o tal Cusper continuava dizendo para eu me apressar. Logo em seguida, estávamos dentro da casa, e havia escritórios e mesas e pessoas com papel e barulhos e canos estranhos por toda parte e ruídos de ferragens e estrondos distantes. Pessoas aprumadas com colarinhos e gravatas, mas todas amareladas.

— Vai me mostrar a casa? — perguntei.

— Não seja impertinente — respondeu ele —, não toque em nada. Venha comigo.

Então, fui atrás dele ao longo de alguns corredores com pessoas ocupadas de um lado e de outro, só homens. Depois, paramos diante da porta em que estava escrito PARA FORLICHINGHAM PARK; na porta ao lado, estava escrito DE FORLICHINGHAM PARK. Cusper tocou uma campainha que ficava pendurada acima do alizar, houve um rangido e, em seguida, ele abriu a porta PARA, e não DE, e entramos em um cômodo do tamanho de um armário. Ele me disse para segurar o corrimão. Segurei, ele puxou uma corda que pendia do teto, ouvi o som de um sino em algum lugar e, em seguida, o cômodo-armário começou a se mexer. Dei um grito; o mundo parecia desgovernado e nós estávamos descendo, descendo, descendo, senti o coração ir parar na boca, achei que certamente morreria, pensei que estivéssemos descendo rumo à morte. Houve uma explosão repentina de luz: o homem havia acendido uma pequena lanterna e sequer estava segurando o corrimão, mas sorriu para mim e me disse para não me preocupar. O cômodo-armário parou com um solavanco e não desceu mais.

— Onde estamos? — perguntei.

— Embaixo — disse ele —, nas profundezas. É preciso descer para chegar aonde você tem que ir.

Estávamos em uma estação. Havia trilhos ferroviários. Na parede, sinais pintados diziam BEM-VINDO À ESTAÇÃO BAY LEAF HOUSE e uma seta que, em uma direção, indicava PARA LONDRES e, na outra, PARA IREMONGER PARK. O trem já estava lá, abastecido, soltando fumaça. Fui empurrada apressadamente pela plataforma, passando por muitos homens de terno escuro e cartolas que não olhavam para nenhum lugar em especial. Havia um vagão de carga na traseira com cestas cheias, caixas e suprimentos. Fui empurrada para dentro do trem por Cusper Iremonger; eu era a única pessoa lá dentro, só eu e um monte de coisas.

— Sente-se em uma cesta, alguém virá buscá-la quando o trem chegar. Comporte-se.

Depois, ele fechou a porta de correr e, logo em seguida, descobri que estava trancada. Fiquei lá sentada uma meia hora. Depois, através da janela com uma grade de metal — não havia vidro —, vi um velho muito alto trajando uma cartola e um longo casaco preto, com gola de pele, avançando imponente enquanto outras pessoas mais baixas corriam e faziam reverências atrás dele. Que velho grande! Que olhar soturno e determinado ao entrar no trem! Acho que o trem devia estar esperando por ele porque, logo em seguida, outro homem de boné veio correndo pela plataforma, agitando uma bandeira, soprando um apito, e nós partimos. Olhei através da grade, mas logo não havia mais nada para se ver a não ser escuridão — mais escuridão e apenas escuridão. Fedores e vapores entravam no vagão de carga, que era cheio de saídas de ar, e, à medida que o trem avançava, fui ficando encharcada com esguichos que entravam pela grade da janela, e o cheiro não era nada bom. Por fim, o trem desacelerou e parou com um apito estridente que me ensurdeceu por um tempo; olhei para fora, mas não consegui ver muita coisa até que, momentos depois, quando a porta de carga foi aberta, uma mulher alta e magra em um vestido simples me disse:

— Trate de vir por aqui e depressa.

Foi o início de tudo. Eu havia chegado.

O Prefeito, Moorcus Iremonger
(daguerreótipo retocado)

3
UMA MEDALHA
(COM A INSCRIÇÃO "POR CORAGEM")

Continua a narrativa de Clod Iremonger

Meu Primo Tummis (e Moorcus)

Antes de chegar às salas de aula, ouvi um barulho que se aproximava:

— Hilary Evelyn Ward-Jackson!

Era o grito característico do objeto de nascença do meu primo Tummis, e, de fato, ele apareceu logo em seguida.

— Clod, meu caro — arquejou —, fico feliz em ter interceptado você.

— Bom dia, velho Tummis. Você parece esbaforido.

— Estou mesmo, estou mesmo e vou contar a você por quê: as aulas de hoje foram suspensas em virtude da tia Rosamud. Todos os professores nos revistaram e apalparam, esvaziaram nossos bolsos e nos cutucaram dos pés à cabeça à procura da maçaneta desaparecida e, como não a encontraram, fomos mandados de volta para os nossos quartos até segunda ordem para não atrapalhar ninguém, mas devemos gritar bem alto se virmos a maldita maçaneta de latão da tia Rosamud.

Eu passava muito tempo na companhia do meu primo Tummis. Costumávamos ficar vadiando por aí, jogando conversa fora, balbuciando, cogitando, filosofando, matutando, bisbilhotando, escarafunchando. Meu primo Tummis era muito alto e muito magro. Estava sempre carregando consigo Hilary Evelyn Ward-Jackson, que era uma torneira — uma torneira que não estaria fora do lugar em uma banheira e que tinha um disco esmaltado no centro do registro com a letra Q, de quente, gravada. Era um lindo objeto e havia surtido um efeito profundo em Tummis, pois ele sofria frequentes vazamentos, como uma gota de ranho pendurada em seu nariz; aquela gota tinha um caminho descendente tão longo a percorrer — toda a altura de Tummis — que certamente estaria morta antes de tocar o chão. Tummis era um sujeito bastante sensível e preocupado com muitas coisas. Tinha cabelos amarelados — uma juba que parecia muito hesitante, como se ainda não tivesse decidido ser cabelo e achasse que, na verdade, era uma nuvem, de metano talvez, pois era tão tênue que até dava para entrever o crânio.

Embora já tivesse 17 anos na época em que tia Rosamud perdeu a maçaneta, Tummis não havia se casado. Aos 16 anos, um Iremonger deve trocar os calções de fustão por calças compridas de flanela cinza. Aos 16 anos, um Iremonger deve se casar com uma mulher que tenha sido escolhida para ele: uma Iremonger, obviamente, não uma irmã ou uma prima de primeiro grau, mas, é claro, alguém com algum. Aos 16 anos, um Iremonger deve pôr de lado tudo o que está relacionado à escola e começar a trabalhar em âmbito doméstico, em um dos departamentos da casa, ou, se for particularmente dotado, em um escritório do outro lado das pilhas de lixo, em Londres ou pelo menos no vilarejo de Forlichingham, que, às vezes, podíamos divisar das janelas mais altas da casa. Era improvável que eu recebesse permissão para trabalhar em Forlichingham por ser doente desde pequeno, e o pobre Tummis estava sendo impedido de casar com Ormily e de usar calças de flanela cinza: não o julgavam preparado.

Tummis amava animais, de todos os tipos — eram numerosos na casa, baratas ou morcegos ou ratos ou gatos ou patos. Eles os colecionava, os levava para o quarto, e, sempre que juntava uma família grande demais, o primo Moorcus entrava e os dispersava, muitas vezes trucidando um ou dois ou dez deles. Talvez por isso Tummis ainda estivesse usando calções de fustão um ano depois do prazo normal, e seus joelhos, ainda à mostra, estavam encaroçados e envergonhados, ansiando tanto por flanela cinza que Tummis os cobria com as mãos sempre que possível, como se quisesse escondê-los, mas, na verdade, fazendo-os parecer ainda mais nus com aquelas mãozorras (que pareciam tripas cozidas) por cima deles. O primo Tummis, em geral, era uma criatura bastante ansiosa.

— Nada de escola, então — gritei para Tummis. — Um dia de folga!

— Sim, mas Clod, preste atenção: se eu fosse você, não iria para os seus aposentos.

— Talvez, para você, meus aposentos não passem de dois cômodos bagunçados e sujos, mas, para mim, são um palácio.

— Não é isso, Clod.

— Então, vamos para o seu zoológico particular para fazer algazarra e gritaria, meu velho?

— É Moorcus, Clod.

— Ah — falei —, Moorcus, não é?

O primo Moorcus, prefeito da escola, meu primo de primeiro grau, o maior e mais bonito dos meninos Iremonger, sempre levava consigo uma medalha com uma fita que dizia POR CORAGEM, que ele, muito estranhamente, exibia o tempo todo. Aquele era o único objeto pessoal que nunca havia falado comigo, sequer um sussurro, sequer um ruído; obstinadamente silencioso. Mas aquele era um fenômeno relativamente recente: seis meses antes, Moorcus carregava seu objeto de nascença escondido e eu muitas vezes o ouvia gemer as palavras "Rowland Collis". Mas, de repente, havia meio ano, Moorcus passou a ostentar uma medalha sobre o peito, declarou-a seu objeto de nascença e fez com que várias trancas fossem instaladas na porta do seu apartamento. Depois disso, nunca mais ouvi Rowland Collis.

— O primo Moorcus — repetiu Tummis e levantou as mãos, que estavam com os nós dos dedos ensanguentados.

— O que ele fez?

— Não muito desta vez, como você pode ver — disse Tummis, examinando casualmente suas pequenas feridas. — Mas ele estava bastante ocupado amassando cartolas e batendo cabeças umas contra as outras, bem na frente dos professores, e ninguém fez nada para detê-lo.

— Nunca fazem, Tummis. Eles têm medo dele.

— Ele foi um pouco cruel com alguns dos primos mais jovens, mas, sobretudo, ficou especialmente decepcionado por não encontrar você. Reclamou, usando termos não exatamente agradáveis, e disse que ia virar você do avesso. Ele se lembra, e contou novamente a história de quando te encontrou depois que o pobre tio Pitter perdeu seu alfinete de fralda. Bem, caro tampão, esses são os fatos, e não são dos mais alegres. Ouça o que estou dizendo: não vá para os seus aposentos, suma por um tempo, fique quieto até as Vésperas e quem sabe, até lá, ele já tenha esquecido tudo.

— Obrigado, Tummis — falei, apertando sua mão e me desculpando ao ver sua careta de dor. — Muito obrigado.

— Vou para os meus aposentos, que estarão desfalcados sem você. Mas, aos meus escaravelhos e caranchos, aos meus bichos-de-farinha e baratas, aos meus tatuzinhos-de-quintal e traças, às minhas taturanas, aos meus percevejos e moscas, aos meus lacerdinhas e bichos-de-conta e porquinhos-de-

-santo-antônio e mosquitos-pólvora e gorgulhos e tesourinhas e moscas-varejeiras e, é claro, à minha gaivota, transmitirei seus cumprimentos.

— Obrigado, minha cara torneira, vejo você mais tarde.

— Então, até mais, tampão — disse ele —, e não se exponha.

Vovô

Então, lá fui eu para os andares mais altos, mas não tão altos quanto o sótão — onde os tetos estão repletos de morcegos transmissores de doenças —, percorrendo corredores escuros e levantando a poeira, que estava grossa em um canto ou outro, observando o progresso de um ou dois caramujos em quartinhos úmidos, passando por cima das lesmas, atiçando os ouvidos à procura de ratos, esperando evitar o primo Moorcus. O primo Moorcus havia quebrado braços e pernas em cinco ocasiões diferentes; não era raro que um primo Iremonger fosse parar na enfermaria depois de um encontro com o primo Moorcus. De fato, era bem comum. Eu estava muito propenso, especialmente propenso, a evitá-lo.

Já havia explorado tantas vezes a grande e decadente casa — cômodo por cômodo, nas regiões que me eram permitidas e em algumas que não eram, de cima a baixo, através de escadarias longas e tortuosas, ouvindo seus objetos falantes — a ponto de saber bastante bem onde eu podia me esconder. Nosso lar, Heap House — a Casa dos Cúmulos — como o chamávamos, não era uma estrutura original, era composto de restos de outros lugares. Quando comprava novas propriedades, Vovô costumava mandar que os edifícios fossem desmantelados, levados para o outro lado dos cúmulos e remontados, só que, daquela vez, em um endereço diferente, atrelados, aferrolhados, engatados e ancorados ao nosso lar. Aqui, nas profundezas das terras dos cúmulos, tínhamos telhados e torres, salões de baile e cozinhas, banheiros e escadarias e muitas chaminés londrinas. Carroças enormes puxaram grandes volumes por entre os amontoados de lixo — na época em que eles ainda eram transitáveis. Então, a meu modo, eu achava que estava descobrindo Londres ao caminhar por aqueles fragmentos transplantados. Eu procurava Londres caminhando em cômodos londrinos, lendo livros, tocando em lugares nos quais os habitantes de Londres estiveram. Procurava nomes gravados nas paredes e nos móveis, pois as pessoas de fato gostavam de escrever seus nomes — gostavam de deixar uma prova de sua existência, e tudo aquilo era maravilhoso para mim; aqueles nomes, aquelas pistas de um mundo maior. Eu gostava de vagar por entre todos aqueles pedaços de Londres, que deviam ter deixado muitas lacunas por lá. Muitas vezes, pensei que devia ser semelhante a uma pessoa que perde um dente, só que Londres deve ter tantos dentes que nem deve dar para notar. Em nossa casa cumulativa, havia pequenos barracos e partes de grandes palácios. Nossa casa era um edifício enorme composto de muitos outros. Mas a estrutura original, difícil de encontrar agora, pertencia à nossa família havia muitos séculos.

Minha família só vivia entre consanguíneos, Iremonger com Iremonger, sangue puro, todos inflexíveis, sisudos e imperscrutáveis. Havia muitos primos e tios e tias, tias-avós e tios-avôs, hordas de parentes, Iremonger de todas as idades e formas, todos ligados pelo sangue. E, para manter todas aquelas pessoas alimentadas e vestidas, um exército de criados era necessário. Esses criados também eram Iremonger, mas apenas parcialmente, já que tinham um nível inferior: em algum momento da sua linhagem, um dos seus antepassados se casou com alguém que não era um Iremonger e, cada geração subsequente continuou fazendo a mesma coisa. Não sei dizer com certeza quantos criados havia: muitos trabalhavam lá embaixo, nas profundezas labirínticas dos porões, ou lá fora, no lixão, e nunca subiam.

Eu estava em um andar alto, em grande parte retirado de uma ex-oficina de calafetagem em Tilbury, quando a casa de repente deu um sobressalto. Agarrei-me à parede esperando que o tremor passasse. Seguiu-se um grito alto e terrível. E isso era bastante comum. Era o grito da locomotiva a vapor do vovô.

A locomotiva viajava de Heap House até Londres toda manhã e voltava à noite, sempre com aquele grito terrível e aquele estrondo que fazia toda a casa balançar. O trem parava no porão e Vovô era levado para casa por um elevador puxado por mulas tristes que viviam lá embaixo na escuridão e nunca subiam. Havia um túnel que passava por baixo dos cúmulos e ia da casa até a cidade distante.

Meu avô, Umbitt Iremonger — cujo objeto de nascença era uma cuspideira de prata pessoal na qual o ele podia expectorar à vontade — comandava todos nós. Vovô ia e vinha da cidade para desempenhar suas grandes tarefas e, quando estava fora, todos na casa sentiam uma espécie de alívio. Porém, com o passar do dia, ficávamos cada vez mais ansiosos, esperando que a casa gritasse novamente, esperando o fragor do retorno da sua locomotiva.

Quando o grito foi sumindo, prossegui. Perambulei pelos corredores, entrando em cubículos, nos quartinhos que surgiam lá e cá. Eu costumava visitar aqueles resquícios de um mundo mais amplo, pois só conhecia Heap House. Nunca estivera em outro lugar, só em Heap House e nos cúmulos.

Achei que deveria estar seguro lá em cima, seguro e sozinho. Seguro em meio aos atarefados insetos, os roedores nas paredes e a estranha gaivota verminosa que, de alguma maneira, conseguira entrar na casa, mas não conseguira sair. Porém, lá em cima, em um cômodo que originalmente pertencera a um tabaqueiro de Hackney, ouvi sussurros apressados, o que significava que eu não estava sozinho.

— Thomas Knapp.

E, de repente, houve um clarão, uma lanterna apareceu e iluminou meu rosto.

Sou Caçado

— O que você está fazendo aqui? Quem está aí? Mostre-se.

De repente, Ingus Briggs, o vice-mordomo — uma espécie de parente distante cujo objeto de nascença era uma calçadeira feita de casco de tartaruga (Thomas Knapp) — estava ao meu lado. O sr. Briggs tinha uma grande coleção de almofadas de alfinete em sua sala de estar (uma garota que ele amara tinha como objeto de nascença uma almofada de alfinete). Uma vez, durante um surto de sociabilidade, ele me mostrou a coleção de almofadas de alfinete e até me implorou para espetar alguns alfinetes nelas, uma atividade que, creio eu, ele realizava todas as noites após o término de suas tarefas. Ele espetava centenas de alfinetes e agulhas em tecidos com diferentes resistências, e isso lhe causava grande alívio. Briggs era uma pessoa pequena e lustrosa; acho que, quando jovem, ele deve ter sido muito polido pelos pais. Acho que aqueles velhos Briggs deviam esfregá-lo noite e dia com produtos para lustrar latão e prata até conseguirem admirar o próprio reflexo na pele do menino.

— O que está fazendo aqui, sr. Clod? — perguntou ele.

— Estou perambulando pela casa — admiti.

— Então, não deixe que o surpreendam. É algo que não aprovam, não toleram.

— Obrigado, Briggs, vou tentar. Mas você não se importa, não é?

— Eu me importo com as velas e os lampiões a gás, com os tapetes e vassouras e engraxadeiras, eu me importo com coisas, não com pessoas. Importo-me com os subalternos, sem dúvida. Mas nunca com os meus superiores. Não cabe a mim, nunca fiz isso, nunca. O senhor viu a maçaneta da sua tia Rosamud?

— Não, sinto muito, Briggs. Não vi.

— É um grande transtorno.

— Briggs? — perguntei. — Você viu o primo Moorcus?

— Não faz muito tempo, ele estava no próprio patamar, depois, entrou em contato com o sr. Tummis.

— Ah, pobre Tummis! Onde eles estão agora?

— Eu não saberia dizer, mas seria prudente da sua parte não entrar no Salão dos Mármores nem no refeitório. Seria bom não se aproximar da sala matinal e nem de qualquer outro cômodo lá de baixo. De modo geral, no seu lugar, eu seria mais silencioso. Ouvi alguém andando aqui em cima, passos pesados sobre a minha cabeça, e por isso subi. O sr. Moorcus certamente o está procurando, sr. Clod. Enquanto outros procuram a maçaneta da sua tia, ele procura o senhor nos armários maiores, embaixo das escadas. No geral, no seu lugar, eu faria menos barulho.

— Obrigado, Briggs. Muito obrigado.

— Eu não disse nada — retrucou Briggs enquanto partia.

O Panorama das Nossas Janelas

Segui em frente, mantendo-me em lugares pouco frequentados, cômodos com o papel de parede estufado ou descascado. Em uma antiga barbearia, acoplada ao terceiro andar, originalmente situada em Peckham Rye — um cômodo que eu não visitava havia vários meses e no qual achava que estaria a salvo de Moorcus — fiquei em pé diante de uma janela com uma camada grossa de sujeira, mas com uma pequena rachadura através da qual o mundo externo penetrava assobiando, e, quando encostei o olho naquele exíguo orifício, pude obter uma visão do que se estendia para além do nosso lar, para além das majestosas terras dos cúmulos. As pilhas de lixo estavam calmas e pacíficas naquele dia. Devia ser um dia perfeito para triar, não fosse pelo fato de todos terem ficado dentro de casa por causa do sumiço da maçaneta da minha tia.

Mas, devido à grande perda da titia, os amontoados permaneceram intactos. Eu teria gostado de ir lá para fora, no meio deles. Teria gostado de me arrumar todo e sair com Tummis ao meu lado. Todos nós, crianças Iremonger, devíamos nos vestir muito bem quando saíamos. Usávamos colarinhos novos e camisas engomadas, gravatas pretas com nós perfeitos. Nossos ternos eram lavados e passados, nossas cartolas eram escovadas e luvas de sarja branca eram calçadas em nossas mãos por um criado. Precisávamos sempre estar vestidos apropriadamente para ir lá fora: era uma regra da casa. Era importante mostrar respeito pelos cúmulos, pois, como não cansavam de nos lembrar, éramos o que éramos graças a eles. E o que encontrávamos lá devia ser entregue aos adultos, que aceitavam tais objetos e os colocavam em pilhas para serem levados de volta à cidade e revendidos, ou para serem esmagados ou condensados ou descascados e transformados em outra coisa. Muitas coisas deviam ser reutilizadas. Se o tempo permitisse, devíamos triar os cúmulos, mas sem ir longe demais porque podíamos não conseguir voltar a tempo caso o vento começasse a soprar ou algum terrível gás escapasse lá de baixo. Muitos primos se perderam no meio dos cúmulos, dentre eles Rippit, meu primo mais velho. Um dia, Rippit, o favorito do Vovô, foi para o meio dos cúmulos com seu criado e nunca mais voltou. Além disso, muitos criados também sumiram lá fora, surpreendidos por alguma onda de objetos que se abateu sobre eles ou porque subiram até um ponto alto demais e depois despencaram lá de cima para as profundezas. Era um perigo maravilhoso. Como eu teria adorado me aventurar mais longe, estar fora de alcance, sentir um amontoado frio, enorme e profundo sob mim. Lá, entre os cúmulos, havia *coisas* incríveis: coisas que tinham vindo de longe, coisas de outras vidas. Então, peneirávamos e as encontrávamos para a família e as trazíamos de volta, carregávamos os fragmentos e pedaços até o lar dos Iremonger e os levávamos para dentro para serem resgatados. Ai da criança Iremonger que voltava limpa após uma manhã ou tarde lá! Nossas roupas eram cuidadosamente inspecionadas após um dia de triagem, nossas luvas deviam estar pretas; nossas camisas, grossas de sujeira; nossas cartolas, amassadas ou rasgadas, mas não podíamos estar sem elas; nossos joelhos, machucados e ensanguentados; e nossa meleca, cheia de poeira. Se estivéssemos minimamente limpos ou arrumados, levávamos uma surra.

Somente nos dias mais tranquilos eu recebia permissão para ir me exercitar nos cúmulos, com chumaços enfiados nos ouvidos e uma echarpe enrolada em volta da cabeça como uma grande atadura, mesmo que fosse alto verão lá fora e a neblina do lixão estivesse impenetrável. E lá estava eu naquele dia da maçaneta perdida, meu rosto colado na janela rachada, fantasiando sobre todas aquelas outras pessoas lá longe, me perguntando se eu poderia de alguma maneira mandar uma mensagem para a distante cidade, para Forlichingham, para Londres, e imaginando que existia alguém dentre aquelas pessoas que talvez pudesse gostar de me ver.

— Tem alguém aí? — sussurrei. — Quem é você? Como você é?

E então, refletido no vidro, surgiu um rosto; com ele, um sorriso; com o sorriso, palavras.

— Peguei você, seu rato piolhento!

Meu primo Moorcus.

A criada de Heap House Lucy Pennant

4
UMA CAIXA DE FÓSFOROS DE SEGURANÇA LACRADA

Continua a narrativa de Lucy Pennant

O fedor daquele lugar. Os amontoados de lixo fediam tanto lá fora que era como se você estivesse sempre prestes a sufocar. O mau cheiro era tão forte e pungente que parecia algo sólido, algo que podia ser tocado e pego, algo que ia nos envolvendo sorrateiramente, suando e bafejando em cima de nós. Em Filching, vi pessoas recém-chegadas, forasteiros e coisas do gênero, que tossiam e choravam por causa do cheiro — um cheiro que eu, sendo uma nativa, já não notava muito — e eu ria daqueles novatos reclamões, achava-os muito frescos e cheios de mimimi. Mas, agora, eu é que estava tossindo e fazendo careta, e a mulher ao meu lado me olhava como eu costumava olhar para os forasteiros de Filching.

— Que catinga! Como você consegue conviver com isso?

— Sem conversa. Apresse-se.

Saí atrás dela e nos afastamos dos trilhos até uma outra espécie de estação que, à primeira vista, parecia mais escura ainda do que o túnel, mas, em seguida, havia alguém agitando um lampião e comecei a entrever seis jumentos suados arfando em uma esteira e um homem de libré que os açoitava para que puxassem com mais força. Dali, subimos para um aposento enorme, grande como uma igreja, e deduzi que devíamos estar dentro da mansão em si, na parte mais baixa, cheia de estrondos e gritos.

Todos ali usavam roupas brancas, ou algo que se aproximava do branco, e baforadas de vapor saiam de vários lugares. Aquela era uma das cozinhas; a refeição noturna estava sendo preparada e havia grande movimentação. Fui levada para fora dali com a acidentada e estranha viagem e o apito estridente ainda reverberando nos meus ouvidos, de maneira que, embora minha cabeça dolorida tivesse se conscientizado de que a viagem havia terminado, meu corpo ainda continuava a avançar aos solavancos. Segui aquela figura esguia para fora daquele cômodo enfumaçado, subi mais escadas e entrei em uma espécie de estúdio, com uma mesa e uma graciosa poltrona com padronagem florida. Sentada na cadeira, estava uma senhora, bastante bem-apessoada, que sorriu para mim quando entrei.

— Sou a sra. Piggott — disse a mulher —, a governanta.

O cabelo da sra. Piggott estava preso no cocuruto, formando um coque bem apertado e perfeito. Tudo nela era bem arrumado, mas os dentes... quando ela abriu a boca, vi que os dentes estavam quase totalmente gastos, uns cotocos.

— Você sabe onde está? — perguntou ela.

— O homem que foi me pegar disse Forlichingham Park.

— Isso mesmo, minha criança, mas aqui usamos o nome Heap House. Não há nada em um raio de quilômetros. Caso você se aventure fora do portão, vai se perder completamente e será dificílimo encontrá-la. Estamos em um lixão, minha cara, bem no meio de um lixão. Não há mapa que assinale este lugar. Estamos bastante isolados.

— Posso me sentar? Estou um pouco tonta — realmente. — Aquele trem, o cheiro lá fora...

— Então, vomite, coitadinha, seja lá o que for. Tire de você tudo o que não for daqui, é melhor assim. Porque agora, mocinha, você faz parte deste lugar. Mas fique em pé. Não pode se sentar.

— Tem uma janela aqui? — perguntei. — Quero olhar por uma janela.

— Não há janelas aqui embaixo, só lá em cima. Mas é verdade que, mesmo lá, velas e lampiões a gás precisam ficar acesos noite e dia. Você logo vai se acostumar.

Ela pôs carinhosamente uma mão sobre meu rosto. A sra. Piggott cheirava a lavanda. Algumas outras criadas entraram no cômodo, apenas mulheres vestindo um uniforme simples e escuro.

— Obrigada, queridas Iremonger — disse a sra. Piggott.

— Nós é que agradecemos, sra. Piggott — responderam.

— Nesta casa — continuou a sra. Piggott, sorrindo para mim, mas com certa tristeza nos olhos —, você será chamada de Iremonger, mas não dê muita importância a isso. É apenas o nosso jeito, o nosso costume aqui, entende? E não sou eu que estabeleço os costumes. Você será chamada de Iremonger como todos os outros. Apenas eu e o sr. Sturridge, o mordomo, e o sr. Briggs, o vice-mordomo, e a sra. Smith, a claviculária, e o sr. e a sra. Groom, os cozinheiros, mantêm os próprios nomes, pois temos posições importantes e eles lá em cima precisam nos chamar por nossos nomes, mas todos os outros são apenas Iremonger. Está entendido, Iremonger?

— Meu nome é Lucy Pennant — falei.

— Não. Você não entendeu, minha querida. Dói, eu sei que dói, mas somos uma família e também sabemos ser gentis. Vai parecer estranho por um tempo, mas, depois, logo logo, vai passar, cara Iremonger.

— Lucy Pennant — falei.

— Não! — ela disse com um pouco mais de firmeza, embora tentando manter o sorriso. — Essa pessoa não deve ser mencionada... vamos chamar você de Iremonger. Agora, você é Iremonger. Você não quer me deixar triste, não é, Iremonger? Tenho uma posição importante; quando me contrariam, perco a paciência, a calma, o equilíbrio. Você não quer isso, quer?

— Não, mas...

— Não, sra. Piggott — disse ela.

— Não, sra. Piggott — repeti.

— Então, muito bem. Alguém explicará suas tarefas. Estou me perguntando que tipo de Iremonger você é. Seja lá como for, não vai me surpreender. Já vi de tudo. Temos alguns Iremonger aqui que tentam chamar atenção das maneiras mais tolas; alguns dos meus não andam, outros não veem, outros ainda não ouvem, temos alguns Iremonger que dizem que falam com fantasmas, outros sobem em chaminés, temos ainda aqueles que dormem o tempo todo e outros que nunca dormem. Temos criados Iremonger baixos e altos, que riem e que não riem; temos sem dúvida todos os tipos de Iremonger. Todos aqui. E, agora, temos você. E isso é muito bom, não é? E logo vamos conhecer você e vice--versa. Muito bem, e aí está você lá embaixo e, aqui em cima, estou eu, e que tipo sou eu? Sou Claar Piggott, Iremonger pura em alguma distante geração passada, mas ainda com essa linfa inextinguível correndo em minhas veias. Claar, mas você deve me chamar de sra. Piggott.

Ela pôs um dedo seco nos meus lábios.

— Muito bem — disse —, esvazie os bolsos. Não deve haver coisas aqui, absolutamente nada. Isto aqui embaixo é um oásis de pureza.

Fiquei lá parada, perplexa. Várias criadas se aproximaram de mim, como se tivessem combinado, e puseram e tiraram as mãos dos meus bolsos em uma questão de segundos. Tentei afastá-las, mas eram muito numerosas.

— Isso é tudo? — perguntou Piggott.

As mulheres assentiram e todas pareceram muito decepcionadas.

— Não é muita coisa, não é mesmo? Um lenço, um lápis, um pente.

— Não pude recolher minhas coisas — falei em defesa daqueles poucos objetos que havia catado no orfanato —, não me deixaram passar em casa. Disseram que queimariam tudo.

— Bem, vou ficar com isso — disse a sra. Piggott.

— Essas coisas são minhas — protestei.

— E serão guardadas com todo o cuidado, minha querida.

— Isso é roubo — falei.

— Acalme-se, por favor. Agora está na hora do seu remédio.

— Do meu o quê?

— Você será vacinada, menina. Todos aqui foram vacinados, é para que você se mantenha saudável. Para impedir que pegue alguma doença; há muitas enfermidades que você pode contrair nos cúmulos, sabia? Iremonger, por favor — disse a sra. Piggott a uma das criadas, que deu um passo a frente com uma espécie de tubo de metal pontudo.

— Arregace a manga — ordenou a sra. Piggott.

— Por que deveria?

— É para o seu próprio bem — disse ela. — Todos aqui devem tomá-la.

— O que é essa coisa? — perguntei. — O que vai fazer com ela?

— Trata-se de um instrumento muito avançado, o resultado de muito estudo. Algo muito moderno, trata-se de uma seringa pistola de latão com válvula de couro. A deles lá em cima, é claro, é de estanho com cabo de cerejeira. Vamos usá-la para injetar remédio no seu braço.

— Não gosto do aspecto desse negócio.

— Ninguém gosta muito, mas ouso dizer que você gostaria ainda menos de ver a si mesma coberta de pústulas e com os membros inchados. Venha cá.

— De jeito nenhum.

— Segurem-na — disse a sra. Piggott com muita calma, e duas Iremonger me agarraram.

— Me soltem! Prefiro correr o risco de pegar alguma doença, se isso não fizer diferença para vocês. Nunca adoeci como mamãe e papai, nunca... — mas antes que eu pudesse contar a elas, a sra. Piggott levantou o tubo de latão, pressionou-o contra a minha pele e algo afiado penetrou meu braço. — Ai!

— Quanta confusão! — disse a sra. Piggott, devolvendo aquele troço de latão para uma criada.

— Isso doeu!

— Já terminou — minimizou ela, tamponando a gota de sangue no meu braço com um chumaço de algodão.

— Não gostei disso.

— Esqueça — disse ela, limpando o chumaço em algo sobre a mesa.

— Você me furou!

— Agora, seu objeto de nascença.

— Meu *o quê*?

— Seu objeto de nascença, novata ignorante, foi selecionado para você e está aqui comigo. Pronto, você pode segurá-lo por um instante.

Ela pegou na escrivaninha um recipiente em forma de rim com uma caixa de fósforos dentro, uma caixa de fósforos comum, como outras que eu já havia visto muitas vezes. Havia uma faixa de papel colada em volta da caixa para mantê-la lacrada. Escritas no papel, estavam as palavras LACRADA PARA A SUA COMODIDADE. Havia um borrão, uma mancha marrom-avermelhada no papelão, e percebi que estava faltando um pedacinho de um dos cantos. Parecia que havia sido cortado com tesouras, mas não chegava a abrir um buraco grande o suficiente para ver o que havia lá dentro. Sacudi a caixa, e os fósforos chacoalharam; o buraco não era suficientemente grande para que algum deles caísse. De repente, me senti exausta. Naquele exato momento, achei que fosse desmaiar.

— Não estou me sentindo bem.

— Isso é bastante comum.

— Estou meio enjoada.

— Não se preocupe, menina, você talvez se sinta um pouco estranha durante um ou dois dias. Um pouco de dor no braço.

— Por causa do que a senhora fez com ele — falei.

— A dor não deve ser motivo de preocupação, significa que o remédio está agindo. Muito bem, então já é o suficiente, não é, querida? — perguntou a sra. Piggott.

— Suficiente o quê?

— Acho que vocês já passaram tempo suficiente juntos por enquanto. Caso se comporte bem, você poderá ver seu objeto de nascença novamente daqui a alguns dias e, a partir de então, uma vez por semana.

— Ver essa caixa de fósforos?

— Exatamente. Mas só se você for muito boazinha.

— Por que vou querer ver esse troço?

— Você vai querer, não se preocupe. Essa caixa de fósforos foi escolhida especialmente para você. Representa perfeitamente sua pessoa.

— Quem escolheu?

— Foi escolhida lá em cima. Por milady. Por Ommaball Oliff Iremonger em pessoa. Só para você; todos temos nossos objetos de nascença. Cada um é selecionado perfeitamente para nos descrever com exatidão.

— Mas quem a escolheu, seja lá quem for, nunca me viu — falei. — Isso é loucura!

— Ela se inflama como um fósforo. Milady é muito perspicaz.

— Isso tudo é bobagem — falei.

— Agora, trate de entregá-la para mim — disse a sra. Piggott. — Vamos, dê-me isso, por favor.

— Pode pegar — falei e entreguei a caixa de fósforos, jogando-a no recipiente.

— E, agora — disse a sra. Piggott —, ela será *de fato* lacrada para a sua comodidade. Vai para um lugar muito seguro. Sra. Smith!

E aquele espetáculo estranho que era a sra. Smith entrou.

Era uma mulher grande, de rosto achatado e bochechas coradas. Chaves tintinavam e tilintavam quando ela se mexia; de um cinto largo que apertava sua grande cintura, pendiam vários anéis dos quais pendiam várias chaves. De início, parecia que estava usando uma saia por cima do vestido, uma estranha e barulhenta saia de metal, mas eram todas as chaves de Iremonger Park: ela tomava conta de cada uma delas. As chaves pendiam dos seus quadris e de um grande colar, e muitas chaves menores eram mantidas nos aros dos seus brincos.

— Sra. Smith — disse a sra. Piggott para o monstro trincolejante à sua frente —, a nova Iremonger aqui presente quer que seu objeto de nascença seja trancafiado em um lugar seguro, por favor.

A sra. Smith tirou imediatamente uma chave específica de uma das várias ramificações metálicas e foi até os fundos do escritório da sra. Piggott, inteiramente composto de gavetas de várias dimensões, cada uma com uma fechadura, e cada uma com um puxador de latão e um pequeno sino de latão que, suspenso por um arame bem esticado, soava toda vez que a gaveta era tocada. E, ao lado de todas essas gavetas, como um carcereiro observando prisioneiros, ficava um cofre de metal que ia até o teto e era largo como a sra. Smith. A sra. Smith destrancou uma gaveta, cujo sininho soou; em seguida a abriu, tirando lá de dentro um trenzinho de madeira e o entregou à sra. Piggott sem expressão alguma no rosto.

— Ah, sim — disse a sra. Piggott —, isto pertencia à pobre Iremonger, não é? Coitadinha, ela não vai precisar disso agora. Tome, sra. Smith.

A governanta entregou à outra mulher a caixa de fósforos, que foi posta na gaveta e trancafiada, silenciando rapidamente o sininho correspondente. Muito bem, eu pensei, e daí?

— Assim, Iremonger, concluímos tudo. Desejo a você boa sorte. Bem-vinda a Heap House.

Solly Smith, a Claviculária de Heap House

5
UMA CHAVE COM PALHETÃO DENTADO DE 1⅝'

Uma declaração de Solly Smith, Claviculária, Forlichingham Park, descoberta após sua morte trancada em uma caixa-forte no porão, dentro de um cofre, no interior de uma caixa de ferro, fechada com cadeado

Conto de Mim Mesma

Eu, Solly. Solly, a claviculária.

Muito reservada. Toda fechada. Não digo nada. Guardo tudo. Trancado. Palavras demais. Na minha opinião. Um exagero. Tranque-as. Nunca conte a ninguém. Solly não deixa uma palavra sequer escapar. Todos aqueles segredos. Guardá-los-ei comigo. Eu me fechei anos atrás, não me abri mais. Já fui destrancada. Era bom, ótimo. Seu nome era William Hobbin. Morreu logo em seguida, cólera seca, encerrado para sempre longe de mim, mausoléu.

Eu fazia fechaduras com papai. Papai fazia fechaduras. Acabou absorvendo o veneno, chumbo no sangue, encerrado longe de mim também. Depois, nem mais uma palavra, boca tapada. Nenhuma palavra. Calei-me. Depois, Piggott finalmente chega. Ela me dá as chaves, aciona o mecanismo em mim, lubrifica, aferrolha a contra-testa, olha no meu rosto como se quisesse dizer: "Um espelho de maçaneta de latão, vamos poli-lo." Ela me dá as chaves. Para nunca mais ficar trancada do lado de fora. Nada estava mais fechado para mim.

O andar de cima. Enfermaria. Objetos. Trancados. Eu os vejo! Estavam vivos, não? Estavam se mexendo. Mas trancafiados, trancados vivos. Não vou contar, manter em segredo. Mas vou explodir com aquilo. Coisas, coisas que estão respirando! Não ficam paradas. Não dizer a ninguém. O sr. Moorcus precisou de cinco trancas novas de aço. Não devo contar a ninguém, ele diz. Por que tantas? Por que tanto? E ele queria todas as chaves, nenhuma para mim. Mas guardo as sobressalentes, por desencargo de consciência. E, quando ele estava na escola. Eu olhei, espiei. Havia algo lá, algo que não me agradou! Ouvi no quarto de Moorcus. Estava se mexendo! Não devo contar, não devo contar. Mas preciso contar a alguém, preciso contar a alguém, senão vou explodir. Então, tomei uma decisão, a decisão de contar a este papel, apenas a este papel e, depois, trancá-lo bem trancado. Trancá-lo no quarto de Piggott, no cofre que existe lá, o cofre alto com escrito CHATWOOD DUPLA PATENTE BOLTON, trancá-lo lá dentro. O cofre saberá o segredo. Cofre grande. Bolton. Trava. O cofre me olha. Sabe, ele sabe.

Tranque, tranque.

Cofre.

Solly.

Os Falecidos Ayris e Puntias Iremonger

6
UMA CHAVE DE PIANO E UM
APAGADOR DE QUADRO-NEGRO

Continua a narrativa de Clod Iremonger

O Objeto Silencioso

O primo Moorcus estava me segurando pela orelha.

— Não fiz nada, Moorcus, você deveria me soltar.

— Para você, é sr. Moorcus, seu verme.

— Você não tem esse direito.

— Tenho todos os direitos. Feche essa boca imunda.

— A maçaneta não está comigo.

— E quem disse que estava? Levante-se, seu vagabundo — disse ele enquanto me dava um soco na barriga.

Quando tentei me levantar, ele me chutou.

— Não consegue ficar em pé, Clod? Não é capaz?

E chutou.

— Por quê? — gemi.

— Por ser Clod, por que mais? E isso, por si só, já basta.

Fiquei caído no chão. Moorcus se curvou sobre mim, pôs rapidamente a mão no bolso do meu colete e tirou algo de lá.

— James Henry Hayward.

— Não, Moorcus, por favor!

— Levante-se — disse ele — venha, seu vira-latas. Vamos correr!

Ele estava segurando James Henry e puxou a corrente.

— Não, Moorcus, é expressamente contra as regras da casa.

— Não venha me falar de regras, eu faço as regras para você, seu animal. Levante! Levante!

Ele me puxou pelo tampão e comecei a correr ao seu lado, apressando-me para manter o ritmo a fim de que nada acontecesse ao meu pobre tampão.

— Vamos, seu vira-latas, trote!

Ele marchava mais rápido e eu corria ao seu lado, agitado. Moorcus me fez descer a escada e, depois, entrar na sala dos prefeitos, onde os meninos Iremonger promovidos ficavam mandriando. Stunly e Duvit estavam lá, cabelos penteados para trás, fumando cachimbos de barro, bebendo xerez e, como sempre, dando-se ares de prósperos adultos.

— Vejam o que encontrei — anunciou Moorcus, só então soltando meu tampão, deixando-o cair repentinamente no chão como se fosse algo irrelevante. Logo peguei James Henry com todo o cuidado e o escondi novamente no bolso.

— Meu Deus, Moorcus, você precisa mesmo trazer essa coisa para cá? — suspirou Stunly. O tom normal de Stunly era entediado e cansado.

— Sem dúvida, ele vai começar a choramingar e a ouvir coisas, e nós vamos ter de ficar prestando atenção nas suas bobagens — disse Duvit, segurando-me pela orelha. — Admita, Clod, você é retardado. Por que não se perde no meio dos cúmulos? Faça um favor a todos nós e se afogue por lá; por que não vai logo agora? Clod, responda de uma vez por todas: para que você serve?

— Tenho uma tarefa para essa coisa esquisita — declarou Moorcus. — Amanhã, é dia de inspeção.

— Amanhã? — disse Stunly. — Quando foi feito o anúncio?

— O Tiozinho acabou de declarar — ele estava se referindo ao tio Timfy. — Por causa da maldita maçaneta da tia Rosamud. Então, esta coisinha estranha aqui, esta aberração da Natureza, pode polir nossos objetos para nós, não pode?

— Ah, não, por favor, Moorcus. Isso não.

— Sr. Moorcus.

— Por favor, sr. Moorcus. Prefiro engraxar seus sapatos.

— Não me importa o que você prefere, Clod. Comece a polir e pare de falar. Não queremos ouvir sua voz.

E assim, deram-me os objetos de nascença para serem polidos para a inspeção. Tocar o objeto de nascença de outra pessoa é algo muito incômodo. Nunca me pareceu certo, são coisas pessoais demais. Fiquei sentado atrás de uma mesa e limpei com lustra-móveis o calço de porta de madeira de Duvit, que me dizia baixinho Muriel Binton, e a elegante régua de bolso dobrável (Julius John Middleton) de Stunly, e, por fim, a medalha de Moorcus com a inscrição HONRA AO MÉRITO e sua fita listrada de vermelho e amarelo que nunca me dizia uma palavra sequer, ao contrário do calço de porta e da régua de bolso, e que, apesar do seu brilho e elegância, sempre parecia um objeto muito pobre e banal. Aquela medalha silenciosa me assustava bastante; eu nunca queria ficar perto dela. Ela não emitia som algum. Para mim, parecia estar totalmente morta, como se eu estivesse tocando em um cadáver. Mantiveram-me ali até a volta estridente do trem, o que sempre deixava todos nervosos.

— O que vocês acham? — perguntou Moorcus. — Devemos deixar esse desgraçado ir embora?

Duvit recuperou seu calço de porta e o pôs de volta no bolso interno do paletó, onde costumava ficar. Stunly pegou sua régua e a abriu e fechou algumas vezes.

— Obrigado, Clod — disse ele. — Bom trabalho. — E voltou a ler seu livro.

— Dê o fora daqui, então — disse Moorcus —, antes que eu mude de ideia. Diga "obrigado".

— Obrigado — murmurei.

— Obrigado, sr. Moorcus — disse Moorcus.

— Meu Deus, Moorcus, pare um pouco com isso — disse Stunly, e fiquei um pouco agradecido por isso. — Deixe essa monstruosidade ir embora. Não podemos ter um pouco de paz?

— Mais uma coisa, Clod monstrengo, o Tiozinho me disse mais uma coisa; algo que devo comunicar aos outros — revelou Moorcus com um sorriso. — Só uma coisinha que mal merece ser mencionada: amanhã é o seu Colóquio.

— Meu Colóquio! — gritei. — Você tem certeza?

— Sim, pano de chão, foi anunciado.

— Você não está falando isso só para ser cruel?

— Saia.

— Sério, Moorcus, você está dizendo a verdade?

— Saia.

— Caia fora, Clod — disse Stunly, suspirando —, e pense em Pinalippy.

— Não! — gritei por causa do Colóquio e porque Moorcus havia acabado de me dar um chute nas bolas.

— Vou matar você um dia, Clod — disse Moorcus —, e vai ser um prazer. Acho que vai mesmo.

Ah, Nossos Primos do Outro Lado

Saí correndo da sala dos prefeitos o mais rápido possível, para bem longe da medalha silenciosa, cuspindo e xingando e limpando as mãos no papel de parede, em qualquer coisa, só me dando por satisfeito quando me vi diante de uma pia, com uma jarra d'água, esfregando as mãos até elas doerem. Mas aquilo não eliminava a lembrança. E pior ainda era a ideia do meu Colóquio. Da minha prima Iremonger chamada Pinalippy.

A prima Pinalippy era muito mais alta do que eu. Tinha uma penugem escura sobre o lábio superior. Uma voz saía de seu bolso e dizia "Gloria Emma Smart", mas eu não fazia ideia de como era a tal Gloria Emma. A prima Pinalippy sabia bater e beliscar. Tinha uma maneira peculiar de se divertir: aproximava-se de um jovem Iremonger e, abrindo seu paletó preto, pegava o ponto exato onde, sob a camisa, ficava o mamilo da pobre criatura e o torcia; era algo incrivelmente doloroso. Era com essa pessoa, essa beliscadora de peitos de meninos, que eu deveria me casar no infeliz aniversário em que eu trocaria os calções de fustão por calças compridas cinza. Era com essa mesma Pinalippy que eu deveria ficar trancado em um quarto no dia seguinte, durante meu Colóquio. Era uma lei de família que, alguns meses antes de um casamento, em algum momento durante o décimo sexto ano de vida do Iremonger de sexo masculino, os noivos deveriam ser deixados sozinhos em um quarto, sem mais ninguém, apenas os dois. Eu e meu James Henry, Pinalippy e sua Gloria Emma.

Eu não sabia qual era o objeto de nascença da prima Pinalippy porque os meninos e meninas Iremonger estudavam e viviam separados. Sequer jantávamos no mesmo cômodo. Só nos víamos lá fora, no meio dos cúmulos. Não conhecíamos os objetos de nascença uns dos outros, mas sempre tentávamos descobri-los, para saber quem os primos realmente eram. Às vezes, era óbvio: a pobre prima Foy recebera um peso de chumbo de cinco quilos (Sal), por isso, nunca se deslocava com muita rapidez, pois sempre devia carregar consigo o peso, e, uma vez, o primo Bornobby conseguiu arrancar a capa da bolsa de água quente (Amy Aiken) da pobre prima Theeby, que ficou totalmente perturbada e envergonhada. Depois disso, ela ficou marcada para todo o sempre, como se Bornobby a tivesse despido completamente, como se sua privacidade tivesse sido eternamente perdida. Ele levou uma bela surra por aquela transgressão. Em seguida, o primo Pool, que deveria se casar com Theeby — Pool tinha uma bomba a pedal (Mark Seedly) — achou que não tinha mais nada a almejar, que sua vida estava em ruínas, porque Theeby havia sido prejudicada daquela maneira.

No dia do Colóquio, os noivos devem mostrar reciprocamente seus objetos de nascença. A ideia de ver Gloria Emma Utting me enchia de um certo temor. Então, fui procurar Tummis como um ombro amigo, mas, quando lá cheguei, descobri que ele mesmo precisava de consolo. Encontrei Tummis, olhos e nariz úmidos, em seu quarto. Moorcus estivera lá antes de mim e todas as suas amadas criaturas haviam sumido. Tummis estava com uma barata no colo.

— Não viram a Lintel — disse ele —, e isso é alguma coisa.

Não haviam visto a Lintel, mas todas as outras criaturas foram dispersas ou trucidadas. Havia algumas manchas reveladoras no chão, mas sobretudo Wateringcan, a preciosa gaivota de Tummis — uma gaivota-de-bico-de-cana para ser mais específico — escapara do quarto e estava desaparecida em algum lugar da casa.

— Ah, minha Wateringcan! — gemeu Tummis.

O pobre Tummis tentou ser mais Iremonger, mas achou monstruosamente difícil. Era mais forte do que ele: aos seus olhos, um rato morto era um amigo morto. Ele preferia a companhia dos animais à dos Iremonger e adorava a casa, especialmente à noite, quando podia observar a vida selvagem. Havia batizado todas as suas baratas e cuidava delas; gostava muito da sua segunda família. Uma vez, alguns anos antes, Tummis adquiriu, depois de economizar sua mesada, por muito tempo um ovo de avestruz — um ovo que ele pediu pelo correio e foi entregue em um caixote especial de madeira proveniente dos arredores de Londres, onde um homem mantinha um enorme aviário. Tummis venerava aquele ovo e tentou arduamente chocá-lo, mantendo-o quente e seguro. Mas um dia, quando Tummis estava longe do quarto, Moorcus supostamente entrou lá e quebrou o ovo. Quando Tummis voltou, só restava a casca partida. Alguns dos meus parentes diziam que o ovo não fora destruído por Moorcus, mas que, na verdade, havia eclodido sozinho e o avestruz havia saído do quarto por conta própria, tornando-se assim um mito familiar. Diziam que os ruídos noturnos eram causados pelo avestruz errante de Tummis, mas eu não acreditava que um animal pudesse fazer aquela barulheira toda. Tinha certeza de que Moorcus havia matado o avestruz de Tummis, e, agora, Wateringcan também estava sumida e entraria para a sua lista de animais perdidos de Tummis.

Eu já havia observado Tummis lá fora, afundado até as canelas nos montes de lixo, arrulhando para as gaivotas e fingindo planar, abrindo e agitando os braços; muitas vezes, ele levava miolo e casca de pão para elas. Porém, mais do que tudo, mais do que todos aqueles animais, mais até do que seu avestruz perdido, Tummis amava Ormily.

A prima Ormily era pequena e meiga e tímida, bastante quieta e esquiva. Seus cabelos eram tão louros a ponto de serem quase brancos e suas sobrancelhas eram brancas, e ela gostava muito de Tummis. Era bastante estranho aquele par amoroso; ninguém sabia o que fazer com aquele casal Iremonger. O objeto de nascença de Ormily, Tummis me disse, era um regador. Ela mesma havia contado a Tummis, e que prova de amor podia ser maior do que aquela? Tummis batizara sua gaivota com o nome em inglês do objeto de nascença de Ormily: Wateringcan.

— Às vezes, acho que vou morrer usando calções de fustão — disse ele —, e nunca ficarei com ela. Eu ia vê-la, muito rapidamente, hoje à noite, antes das Vésperas. Ela deveria me esperar na caixa do Trisavô. Mas, agora, como posso dizer a ela que Wateringcan fugiu? Ela vai achar que não dou a mínima.

Ele estava muito triste. Algo precisava ser feito.

— Tummis — falei —, vá se encontrar com ela. Fico vigiando, se você quiser.

— Sério, Clod? Você faria isso?

— Vocês não serão incomodados.

— Então, depressa... E obrigado, um milhão de vezes.

— Não vamos deixar que Moorcus arruíne outra coisa.

Então, descemos correndo a escadaria de mármore até o Trisavô antes que o gongo soasse, passando na ponta dos pés na frente da ala da Vovó, onde o porteiro, que permitia ou negava a entrada naquela parte da casa, estava dormindo sobre uma mesa. Perto do final da escadaria, ficava o Trisavô, um relógio de pêndulo de dimensões consideráveis, originalmente de uma fábrica de graxa em Tooting, com um quadrante enorme e uma base comprida com uma porta que ia dar no seu mecanismo; uma caixa grande o suficiente para que duas pessoas se escondessem lá dentro e sussurrassem. Tummis ficou esperando dentro do relógio e fiquei um pouco apartado, amarrando infinitamente os cadarços dos meus sapatos e fazendo o possível para parecer inocente. Com um leve rangido na escada e um nome murmurado por um objeto oculto, uma figura leve e pequena apareceu, me viu e estava prestes a sair correndo ou explodir em mil pedaços por causa do constrangimento.

— Tudo bem, Ormily — falei. — Pode entrar, ele está esperando. Estou vigiando.

E ela entrou, as bochechas vermelhas como um farol, e a porta se fechou atrás dela. Agachei-me e esperei. Eles não deveriam demorar mais do que um ou dois minutos; logo a escadaria estalaria com o peso dos Iremonger correndo para as Vésperas. Fiquei lá, agachado, prestando atenção para ver se alguém estava chegando, mas sem ouvir nada de início a não ser o ligeiro sussurro, ao lado do forte tique-taque, de um lampião, que finalmente disse com uma voz muito incerta:

— Ivy Orbuthnot. Ivy Orbuthnot.

Tentando alegrar o lampião, sussurrei:

— Sim, está tudo bem, Ivy Orbuthnot.

— Ivy Orbuthnot?

— Ivy Orbuthnot, sem dúvida.

Mas logo outros sons, além dos produzidos pelo lampião, começaram a surgir. Vinham de dentro do relógio. Demorei um tempinho para entender o nome do regador. Eu o ouvira sussurrar nas raras ocasiões em que estive com Ormily, mas nunca consegui entender o que ele estava dizendo, parecia um objeto muito tímido. Agora, agachado ao lado do relógio, ouvi o seguinte:

— Hilary Evelyn Ward-Jackson.

— Perr... Br... ate.

— Hilary Evelyn Ward-Jackson.

— Perdita Braithwaite.

— Hilary Evelyn Ward-Jackson.

Etcetera. Hilary etcetera Braithwaite. Sem parar, embora logo o gongo das vésperas devesse soar. Uma torneira e um regador juntos em uma poema de amor. Para escapar daqueles sons tão íntimos, desci os últimos degraus da escadaria de mármore e entrei no Salão dos Mármores, e lá, no grande coração de Heap House, no centro absoluto de todo o colossal edifício, ficava o enorme e famoso móvel envidraçado — a Grande Cristaleira

— que se erguia sobre oito grandes pés de madeira entalhada com formato de patas de leão. Lá dentro, sobre as numerosas prateleiras, ficavam guardados os vários objetos dos Iremonger falecidos. Cada objeto tinha um pedaço de barbante amarrado à sua volta e uma etiqueta de papel na qual estava escrito o nome de alguém, o nome da pessoa que pertencera àquele objeto. Ali estavam alguns dos meus ancestrais, vistos através do espesso vidro da Grande Cristaleira:

Idwon, tinteiro
Agith, caixinha para pílulas
Arfrah, varal
Robbit-Fridick, canivete
Slibolla, panela para peixe
Borrid, jarro
Naud, pinça

Quando um Iremonger morria, seu objeto de nascença era colocado na Grande Cristaleira. Nenhum deles emitia som algum; eu não conseguia ouvi-los, haviam parado de falar. Na quinta prateleira, ficavam os objetos da minha mãe e do meu pai.

Ayris, chave de piano
Puntias, apagador de quadro-negro

Disseram-me que me pareço um pouco com a mamãe, por isso minha presença causava tanto incômodo. Quando nasci, minha mãe morreu. Vovó achava particularmente difícil me olhar, portanto, eu ficava meses sem a ver. Minha mãe era a favorita da casa, a filha caçula da minha avó e a primeira menina depois de onze filhos. Sei muito pouco a respeito dela. Sei que ela cantava. Sua voz, me disseram, era extraordinariamente bonita. Agora, desde o meu nascimento, não havia mais cantoria. Vovó proibira.

Sobre meu pai, não se falava muito. Ele era um homem silencioso, pacífico, que nascera com o coração fraco. Enrolado em delicados tecidos de algodão durante quase toda a existência, alimentado com cubos de açúcar em cômodos acusticamente isolados, ele era levado vez por outra para visitar minha mãe, pois Vovô decidira, logo após o nascimento da filha, que ela se casaria com o pequeno Puntias, antes que descobrissem que ele tinha uma bomba fraca. Ele foi acudido com toda a atenção até poder se casar com Mamãe e nunca saía para os cúmulos. Duas semanas após meu nascimento, triste pela morte de Mamãe e feliz pelo meu nascimento, o coração do meu pai parou.

Eu costumava ir ao Salão dos Mármores e pensar em Mamãe e Papai, nos objetos deles, e também nos de todas aquelas outras pessoas, todos aqueles Iremonger falecidos.

Ali em pé, admirando todos os mortos, acabei me esquecendo de Tummis e Ormily e só me lembrei deles por causa do tropel nos cômodos acima de mim; as pessoas estavam se mexendo lá em cima, vindo para onde eu estava. O gongo, o gongo deveria soar a qualquer momento. Corri de volta para o imponente relógio e bati na porta.

— Hilary Ward-Jackson.

— Perdita Braithwaite.

— Está na hora — falei. — Já está na hora.

E, de fato, a escada ressoava com a movimentação dos meus parentes, acotovelando-se e apinhando-se e aglomerando-se em direção à grande capela da família. Eles precisam sair, precisam sair agora, senão, vão ser pegos. Lá em cima, a somente um lance de escada de distância, ouvi o grito claro de Albert Powling.

— O Tiozinho — bati avisando. — O Tiozinho!

E, bem na hora, pois as escadas já estavam gritando, a porta do Trisavô se abriu e de lá saíram Ormily e Perdita Braithwaite, descendo as escadas em um instante, seguidas por Tummis e sua Hilary, que, despontando em cima da hora, chocaram-se com a porta do relógio. Sim, lá estava Tummis transportado para uma terra de sonhos, com um enorme sorriso nos lábios e uma certa vermelhidão em volta da boca, e uma declaração não muito discreta:

— Ah, eu a amo!

— Cale a boca — falei —, e aja como se não fosse amado, pelo amor de Deus! Aí vem o Moorcus.

Moorcus empurrou Tummis escada abaixo, mas ele não caiu muito longe. Não foi muito grave, não havia muito espaço para a queda; todos os priminhos riram como costumavam fazer na presença de Moorcus. Tummis se levantou. Ainda estava com um sorriso no rosto: o amor era sua anestesia. Sentamos amontoados nos bancos da igreja; todas as nossas tias, todos os nossos tios, todos os primos, dezenas deles, trajando calças e vestidos, os de calças curtas nos bancos da frente, eu dentre eles, meninos do lado esquerdo da nave, meninas do lado direito, Ormily em algum lugar no meio delas. Uma grande concentração de corvos e melros e urubus. Estar naquela capela inchada era como estar com a cabeça dentro de um grande sino: era incômodo; eu sempre tinha febre depois e ia me deitar, grato pelas Vésperas só acontecerem uma vez por semana. No meio daquela barulheira, eu não conseguia ouvir nada.

O velho hino fúnebre dos Iremonger, Velho e Alquebrado, foi cantado e entoei a letra junto com os outros.

Na aurora azul da primavera
No início dos meus dias
Em luz dourada como quimera

Minha pele resplandecia
Eu era jovem e esperançoso
Ficava bem à mostra, separado
Sempre feliz e prestimoso
Até por você ser comprado

Na linda e forte luz do verão
A seu dispor, eu sempre estava
Bem ereto, emitia um clarão
No salão, me destacava
Os visitantes expressavam admiração
Pela peça que você chamava de "minha"
Logo depois vinha a irônica questão:
"Algum deles algo tão belo tinha?"

No outono, quando chega o frio
E quando o vento costuma gemer
Alguém atabalhoado e esguio
Fez a porta com toda a força bater
Pobre de mim, caí e rolei
Até o duro chão atingir
Em mil pedaços me espatifei
Inútil passei a me sentir

Foi no meio da canção que levantei um pouco a cabeça e olhei a massa escura da minha família: todos os Iremonger ali gemendo, todas aquelas nucas, todos aqueles cabelos soltos e penteados, ou então, embaixo de boinas, mas uma cabeça não estava abaixada. Uma estava erguida; virou-se para trás e olhou diretamente para mim. Era a prima Pinalippy. Não havia muito amor naquele rosto enquanto ela continuava a me observar sem manifestar qualquer aprovação. Por fim, ela se virou, mas fiquei com aquela imagem na cabeça à medida que nosso hino de família prosseguia.

Observe-me, guarde-me, lembre-se por favor
Não sou algo a omitir
Em dezembro, mês escuro como a dor
As geadas começam a cair
Sou necessário, sou útil
Imploro para você me escutar
Mas meu pedido é fútil
E nas pilhas de lixo vou parar

Agora, nada mais me resta
Ninguém mais meu nome vai chamar
Apenas a última queixa funesta
De algo que só pode se envergonhar
Um nada sem nome e sem rosto
Jaz lá fora em um amontoado
Destruído, derrubado, decomposto
E nunca mais voltará a ser achado

Em seguida a família se dispersou, cada um para o seu próprio canto. Esperei que todos fossem embora, apertei a mão de Tummis, desejei-lhe boa noite e, por fim, me recolhi, chocado demais com a imagem de Pinalippy e do evento do dia seguinte no qual nos conheceríamos melhor.

O Vice-Mordomo, Ingus Briggs

7
UMA CALÇADEIRA DE CASCO DE TARTARUGA

Continua a narrativa de Lucy Pennant

As criadas me levaram por um corredor até um aposento diferente com ganchos e bancos. Recebi roupas novas, o singelo vestido preto e os sapatos rasteiros simples e a touca branca que todas elas usavam. A touca branca tinha uma folha de louro vermelha bordada. Disseram-me que eu deveria me trocar. Indicaram-me um cubículo sem porta, mas com uma pequena cortina. Troquei de roupa. Uma mulher dobrou minhas roupas antigas e as levou embora. Não me importava, pertenciam ao orfanato. Adeus à touca de couro, não vou sentir a menor falta. As outras mulheres, algumas das quais eram garotas da minha idade, me ajeitaram e escovaram meus cabelos, e fizeram sinais de aprovação com a cabeça, quase ronronando, repetindo o tempo todo:

— Está tudo bem. Está tudo bem.

— E quem disse que não estava? — respondi.

Uma das mulheres mais velhas sussurrou:

— Que sorte! Uma nova parente! Somos todos uma só família aqui. Você está em casa agora, está onde deveria estar finalmente. Sem dúvida, você esteve em outros lugares, mas não importa, agora está em casa.

Disseram que era hora de eu conhecer minha família. Fui acompanhada de volta à cozinha e todos os cozinheiros, copeiros e copeiras se aproximaram e me examinaram minuciosamente. Fui sendo passada de um para outro, de um para outro.

— Bem vinda — me disse cada um deles.

— Ah, bem vinda! Aí está ela finalmente, em casa! Em casa!

— Em casa!

— Em casa!

E pareciam muito satisfeitos em me ver; muitos deles tinham lágrimas nos olhos e me beijaram como se eu realmente fosse um entre muito querido, uma pessoa amada que finalmente havia voltado, tanto que pensei: tudo bem, não me importo de ganhar alguns abraços vez por outra, e logo lá estava eu os retribuindo. Um por um, todos me abraçaram. Rapazes vieram e me seguraram bem perto deles; alguns pareciam estar me cheirando. Mas, então, no meio de todo aquele calor humano e gentileza, houve o som de alguém pigarreando e todos os Iremonger correram de volta para seus diferentes postos, e eu fiquei sozinha diante de um homem muito alto, com sobrancelhas consideráveis, trajando roupas muito elegantes, gravata preta e fraque, que me chamou, e fui na sua direção.

— Eu — disse uma voz tão grave que era quase difícil entendê-la, uma espécie de ronco profundo — sou o sr. Sturridge, o mordomo. Entoo a canção de Heap House, uma canção de ordem e integridade, o som da precisão e da dignidade. É o som desses salões, desses inúmeros andares, o som de cada aposento deste grande palácio que, embora imerecidamente, também é nosso lar. Vivemos entre estes alicerces, no subsolo, abaixo daqueles que se movem e, de fato, estão acima de nós, como é justo que seja. Heap House penetra no solo como o mastro poderoso de uma bandeira e, portanto, parte dela precisa ficar enterrada, fora de vista. Nosso lugar é nas profundezas e sua única luz são as velas e os lampiões a gás. Somos as raízes, as grandes raízes da planta que cresce aqui em cima. Residimos embaixo da terra, que é o nosso lugar, e aqui trabalhamos, cada um em seu posto. Sou o mantenedor: mantenho tudo no lugar; sou escova e pá de lixo, pintura e polimento. Muito prazer.

Inclinei-me diante do homenzarrão.

— Bem-vinda. Amanhã, Iremonger — disse ele, fazendo uma pequena pausa antes de anunciar —, lareiras.

Os criados Iremonger à minha volta enrijeceram ao ouvir aquela palavra, e muitos me deram tapinhas nos ombros em sinal de aprovação e disseram com grande entusiasmo:

— Você vai trabalhar lá em cima, lá em cima!

— Muito bem — disse o mordomo.

Um homem saiu de trás dele. Eu não o havia visto antes. Aquele, como eu viria a saber, era o vice-mordomo, um homem muito oleoso que assentiu com a cabeça para mim e tocou uma sineta.

Fomos todos reunidos em uma sala de jantar com várias mesas compridas, uma delas elevada sobre um tablado, à qual o sr. Sturridge se sentava com a sra. Piggott. Sobre as mesas, pronta e à nossa espera, havia uma tigela cheia de um alimento fumegante e também duas colheres em cada lugar, uma vazia e a outra contendo uma pequena quantidade de algo cinza--amarronzado. Foi então que vi os cozinheiros-chefe, o sr. e a sra. Groom, baixos e pálidos, muito parecidos, como se fossem irmãos, e não marido e mulher. Mas as pessoas muitas vezes se tornam parecidas, eu já havia visto aquilo antes. O casal Groom era muito semelhante; era difícil distinguir um do outro.

Ambos tinham peitos, ambos tinham quadris, ambos tinham mãos grandes e vestiam a mesma roupa branca própria da sua profissão.

Ninguém se sentou. Todos continuavam em pé diante das tigelas e colheres, observando-as desejosos. Outro sino tocou e, então, todos começaram a cantar, de cor, um estranho poeminha, ou agradecimento, em voz baixa. Alguns fecharam os olhos, outros uniram as mãos em prece.

Nesta casa
Onde moramos
No amor
Que todos damos
No tempo
Em que se esconde
Todos os segredos
Do nosso sangue.

Todos os nossos órgãos
E nossos ossos
Todos os nossos pulmões
Nosso fígado
Nosso sangue
Mais ou menos puro
Obrigado, muito obrigado
Por este jantar.

Mais uma vez, o sino tocou, então, todos foram apressadamente até seus lugares e, com muito cuidado, pegaram as colheres vazias e tomaram a sopa. Era salgada e grossa e muito melhor do que a comida do orfanato, que tinha lasquinhas de osso e, uma vez, até um prego enferrujado. Mas ninguém tocou nas outras colheres, maiores, que eram para servir. Assim que ficaram vazias, as tigelas foram levadas embora por outros criados com grosseiras roupas cinza, mas ninguém saiu do lugar: todos apenas com a colher cheia à sua frente, mas sem tocá-la. Então, outro sino foi tocado e outra graça entoada.

> *Nossos tubos e nossos canos*
> *Nossos acertos e nossos erros*
> *Pegue uma colherada de consolo*
> *Açúcar doce e crocante*
> *Que nos conforta durante toda a longa noite.*

Em seguida, todos começaram, cada um à sua maneira, a comer o alimento da outra colher. Muito silêncio e concentração enquanto aquilo acontecia, então, ouviram-se sons de mastigação, mas bem baixinhos. Alguns abriam a boca o máximo que podiam e enfiavam a colher inteira lá dentro, outros se curvavam sobre a colher, farejando-a e, em seguida, lambendo-a, outros ainda provavam primeiro a ponta e, depois, lenta e metodicamente, iam avançando. Eu levantei minha colher, não conseguia dizer exatamente o que havia nela. Era algo cinza, espesso e encardido, e tinha um cheiro forte que eu não conseguia identificar, mas não muito diferente da grande lufada de fedor que senti ao chegar.

— O que é isto? — sussurrei para a minha vizinha.

— Comemos isso toda noite. É *muito* gostoso — disse ela, uma garota robusta com um nariz torto.

— Sim, mas não consigo identificar o que é.

— Se eu dissesse, você ia achar esquisito. Talvez devesse comer primeiro e, depois, digo o que é. Acho que houve um tempo em que eu achava meio estranho, lembro-me disso, mas, na verdade, é muito bom. Coma, vamos.

Levantei a substância até a minha boca, mas meu nariz protestou. Eu não conseguia comer aquilo.

— Não estou com fome — falei.

— Então, pode dar para mim?

— Pode ficar — respondi —, mas só se você me disser o que é.

— Não devemos contar a novos Iremonger; eles devem descobrir mais tarde.

— Então, não vou dar para você — falei e levantei a colher até a boca como se fosse comer.

— *Não*, espere! Eu conto, eu conto.

Abaixei a colher.

— É — disse a garota — sujeira da cidade, de Londres. Recolhida de carroças e caçambas de lixo e amassada nas cozinhas. Uma colherada toda noite.

— Sério, o que é isso?

— Sujeira da cidade — repetiu a garota, ofendida —, o que eu disse.

Essa garota, pensei, não é minha amiga; enganar uma pessoa recém-chegada, uma presa fácil, isso não tem graça. De qualquer maneira, eu não ia comer aquela gororoba. No refeitório, vi todos os criados Iremonger lambendo as colheres e os beiços.

Outro sino tocou e fui levada por alguns Iremonger a um dormitório, um dos dormitórios femininos. Àquela altura, eu estava muito cansada e esperava que, após repousar um pouco, tudo parecesse melhor e menos estranho. Sem dúvida, aquele era um lugar peculiar, cheio de comportamentos peculiares, mas pouco importa, pensei; as pessoas são peculiares. E as pessoas com dinheiro têm a liberdade de ser tão peculiares quanto quiserem. Pouco importava se aquele lugar ficava longe de tudo, se as pessoas eram reservadas e se as pessoas com dinheiro pudessem ser tão reservadas quanto quisessem. Também não fazia a menor diferença viver embaixo da terra, como toupeiras em uma toca, em salões e quartos que mais pareciam uma coelheira, e de que me importava se, no dia seguinte, eu tivesse que subir uma escadaria para chegar à superfície? Pensei com os meus botões: não devo esquecer que estou fora do orfanato, que tenho um emprego, que a comida, com exceção daquela colherada estranha, é boa e que eu talvez até tenha um futuro. Deitei-me, esfreguei os braços, que estavam doendo um pouco, e disse a mim mesma que tudo aquilo era para o meu próprio bem. Logo depois, peguei no sono.

Sonhei com caixas de fósforos; com a caixa de fósforos que haviam me mostrado. Sonhei que quebrava o lacre, abria lentamente o compartimento de papelão e conseguia ouvir, então, que havia algo lá dentro, algo que não eram fósforos: algo vivo, algo que murmurava, algo horrível. Acordei assustada. Não sei quanto tempo dormi; meu braço ainda estava bem endurecido. Havia sussurros no dormitório, talvez os sussurros tivessem me acordado.

— Ela não falou muito — ouvi uma voz dizer.

— Mas vai falar, vai abrir o jogo, vai nos contar tudo. As histórias. As notícias.

— Ela precisa abrir o jogo.

— Isso lá é coisa para guardar para si mesmo?

— Não acredito que ela possa ser tão egoísta.

— Ela é muito nova.

— Gosto dela.

— Só vou gostar dela se ela nos contar tudo.

— Mas ela parece nova, não é? Muito nova.

— Muito jovem.

— Mas ela está dormindo. Como uma pedra. Chega, não vamos conseguir nada esta noite.

— Então, o que vamos fazer?

— Contar alguma história?

— Piggott está dormindo mesmo?

— Acho que sim.

— Então, eu vou ser Grice. Meu nome é Grice W...

— Você foi Grice Wivvin semana passada.

— Não é a vez dela. É a minha, e não quero ser Grice, quero ser Helun Parsinn. Meu nome é Helun e eu nasci...

— Não! Nem você nem Helun, é a minha vez e eu vou ser Oldrey Inkplott. Olá, sou a pequena Oldrey, de Londres...

— Que tal ser *ela*?

— Quem, a nova Iremonger?

— Sim, por que não? Estou cansada de histórias velhas.

— Sim! Ela! Mas... mas não conheço a história dela.

— Invente. Invente. Vamos ter uma história nova!

— Qual era o nome dela? Alguém se lembra do nome dela?

— Eu me lembro. Eu me lembro!

— Então, diga. Vamos.

— Era... bem, era... era... Lossy Permit.

— Ah, Lossy! Lossy Permit!

— De onde você é, Lossy? Ah, Lossy, conte para nós.

— Nasci e cresci em Lungdon, sou de Spittingfeels.

— Eu, Lossy Permit, cresci em uma mansão que cheirava a sabão.

— Eu, Lossy, vim do circo, minha mãe tinha barba e meu pai era alto como uma casa.

Àquela altura, me sentei; não ia mais aturar aquela bobagem toda. Pigarreei e disse:

— Tenho cabelos ruivos e grossos e um rosto redondo e um nariz empinado. Meus olhos são verdes e mosqueados, mas esse não é o único lugar em que tenho pintas. Todo o meu corpo é pontuado. Tenho sardas, sinais, manchas e um ou dois calos nos pés. Meus dentes não são muito brancos. Um deles é torto. Uma das minhas narinas é ligeiramente maior do que a outra. Roo as unhas. Meu nome é Lucy Pennant.

— Ah, sim! Ah, sim, por favor! Você pode contar para nós?

— Conte sua história, por favor.

E eu contei. Eu me lembrava de muito mais coisas naquela época.

Contei e repeti, mas, mesmo assim, elas não ficaram satisfeitas. Queriam ouvir tudo de novo. Tudo sobre Filching e Lambeth e Old Kent Road. Uma garota queria saber mais sobre a pipa que eu fiz uma vez com um velho chapéu de palha, um chapéu de barqueiro amassado que o vento havia carregado dos cúmulos até o pátio. E, depois disso, tive de falar da minha velha boneca (feita de pedaços de canos) e de como eu brincava no parquinho de terra, e das minhas amigas na escola, e do edifício onde eu morava e de todo mundo que morava lá e de como meus pais de repente travaram e de todos os macacões de borracha dos homens e mulheres que trabalhavam no lixão.

— Aqui também usamos macacões de borracha quando saímos — me disse uma delas.

— E âncoras — disse outra. — Vocês tinham âncoras?

— Para sermos puxadas de volta caso necessário.

— Mas, às vezes, por mais forte que puxem a corda...

— Pare! — interveio uma delas. — Não é hora disso. Estamos falando da garota nova.

— Com que frequência vocês vão a Filching? — perguntei. — A Londres?

— Como assim?

— Com que frequência vocês saem de casa?

— Sair? Ir até os cúmulos, você quer dizer?

— Não, não, estou falando de tirar uma folga, ir até a cidade, ver Londres, esticar as pernas.

— Ah, nós não saímos.

— Pare de brincadeira — falei.

— Viemos parar aqui, por que iríamos a Londres?

— Bem, eu vou sair, depois de um tempo — falei —, quando eu tiver me ambientado. Passear um pouco. Ver minhas amigas.

— Amigas! — gritou uma delas. — Que lindo!

— Você estava falando da sua casa, nova Iremonger.

— Conte, por favor.

E eu contei. Uma mais silenciosa delas gostou sobretudo do final da minha história, a parte em que cheguei em Iremonger Park, quando os criados se aproximaram de mim e pegaram minhas coisas. Ela gostou mais daquela parte porque fazia parte dela.

— Eu estou na sua história — me disse baixinho —, faço parte dela. Pensando bem, lá estou eu, bem no final, e isso é bom, não é? *Eu* entrei em uma história!

Perguntei sobre a história dela, mas ela não se lembrava. Outras conseguiam puxar da memória algumas coisinhas, como levar reguadas nas mãos ou dois braços que as suspendiam no ar, um balão estourando, um homem de barba, um vestido ou alguém de mão dada com elas ou lendo uma história. As Iremonger mais jovens do dormitório conseguiam se lembrar de mais coisas, mas muitas delas haviam nascido na casa e falavam apenas de brincar com a caixa de cinzas, e uma ou duas se esforçaram muito e quase conseguiram se lembrar de uma mãe ou de um pai, mas eram como sombras, não passavam de chapéus ou vestidos tentando ser pais, um bigode ocasionalmente, um colar. Eram pais feitos de cheiros e sussurros suaves.

Havia duas Iremonger mais velhas que usavam a mesma camisola branca das outras, seus corpos enrugados e curvados cobertos pelo mesmo tecido das mais jovens e animadas. Elas não participavam da empolgação e não ouviam minha história, embora uma das garotas tenha ido até as camas delas para sussurrar alguns trechos. Mas as velhas se viraram de costas, fecharam os olhos e puseram as mãos secas como passas sobre os grandes ouvidos, sem querer saber de nada daquilo. Uma delas continuava a nos dizer para falarmos mais baixo e até ameaçou chamar a sra. Piggott.

Também havia uma garota que, como as velhas, não se aproximara para me ouvir. Era miúda e tinha um nariz grande que parecia ser de outra pessoa.

— Quem é aquela ali? — perguntei.

— Não se preocupe com ela. Não deixe que ela aborreça você.

Disseram que ela havia sido a última Iremonger a chegar antes de mim; as outras costumavam ir até sua cama todas as noites para ouvir suas histórias, mas, agora, a ignoravam. Ela não era mais novidade.

— Venha — falei para a Iremonger isolada. — Eu gostaria de ouvir sua história.

Ela pôs a cabeça e o nariz embaixo das cobertas e só saiu de lá na manhã seguinte.

— Seu objeto de nascença é uma caixa de fósforos — disse uma garota ao meu lado com grande orgulho, como se estivesse louca para me revelar um segredo, embora eu mesma tivesse contado aquilo para ela e as outras tivessem conversado a respeito meia hora antes.

— Por que tanto alarde por causa de uma caixa de fósforos? — perguntei.

— Os objetos de nascença são muito importantes.

— É verdade, só me senti eu mesma depois de receber meu objeto de nascença.

— E que objeto tão importante é esse? — questionei.

— Um sininho.

— Tanta empolgação por causa de um sininho — falei.

— Bem, o meu é uma concha — disse outra.

— O meu é uma pá de lixo.

— O meu é uma escova de roupas.

— O meu é um ferro.

— O meu é uma agulha.

— O meu é uma tesoura para trinchar aves.

— Estão todos na sala de estar dela e a sra. Smith tem as chaves. Podemos vê-los uma vez por semana.

— Um dia maravilhoso!

— Lá em cima, cada um carrega consigo o próprio objeto de nascença o tempo todo. Mas aqui em baixo, não. Aqui em baixo, a sra. Piggott toma conta deles.

— Mas madame Rosamud perdeu o objeto dela esta manhã. E eles procuraram pela casa toda, mas ainda não o encontraram.

— É uma maçaneta.

— Uma linda maçaneta de latão.

— Então, por que simplesmente não dão outra para ela? — perguntei.

— Ah, não seria a mesma coisa.

— Não seria a maçaneta *dela*.

— Era um objeto lindo. Eu o vi. Uma vez, por falta de criados, fui lá para cima e recebi permissão para ser camareira nos aposentos da sra. Rosamud.

— Camareira? — perguntei.

— Camareira é uma Iremonger aqui de baixo que tem permissão para vestir o pessoal lá de cima, cuidar dos corpos deles. É um grande privilégio. Ninguém neste dormitório é uma camareira. As camareiras têm seus próprios quartos.

— Com penicos individuais.

— Sim, e nós dividimos os nossos.

— Mas, agora, é expressamente proibido ficarmos na presença dos Iremonger lá de cima, desde que a maçaneta da madame Rosamud foi passear por aí.

— Eles procuraram por toda parte. O sr. Sturridge está muito nervoso com tudo isso; todos estão tristes. Todas nós adoraríamos encontrar a maçaneta, mas ninguém sabe onde ela foi parar. Revistaram minuciosamente nossos aposentos, vasculharam os colchões, esvaziaram nossos bolsos, tudinho, e nós até ajudamos, mas a maçaneta não foi encontrada. É um objeto muito pequeno e a casa é enorme.

— Vocês sabem qual é o objeto de nascença da sra. Piggott? — perguntei.

— O da sra. Piggott é um corselete, o do sr. Sturridge é uma lanterna de navio e o do sr. Briggs é uma calçadeira.

— O do sr. Groom é um cortador de açúcar e o da sra. Groom é uma forma de gelatina. O da sra. Smith é uma chave, uma chave em meio a todas essas outras. Fico me perguntando o que aconteceria se alguém a achasse, se seria possível destrancar a sra. Smith.

— Imagine o que sairia lá de dentro!

— Melhor nem pensar.

— Aaah! Cuidado, Iremonger, você está sendo devorada viva!

Todo mundo, com um pânico terrível, começou a sacudir a própria camisola. Olhei para minhas pernas nuas e vi que insetos as estavam escalando por todos os lados. Eu havia sentido algo, mas, na escuridão, deduzi que era o toque dos dedos gentis de alguma Iremonger, já que elas haviam me tocado e acariciado com tanta insistência, mas, naquele instante, comecei a ouvir zumbidos atrás das orelhas e a sentir pequenos animais rastejando pelo meu corpo.

— O que é isto? Tirem isto de mim!

— Ela foi mordida!

— Mordida para valer!

— Todo esse sangue novo! Eles adoram.

— É melhor irmos para as nossas camas agora. Ponha o mosquiteiro em cima de você, Iremonger, senão, amanhã, você vai estar tão vermelha e inchada que a única coisa que vai conseguir fazer é gemer e chorar.

— E coçar. Coçar muito.

Enquanto todas corríamos para as camas, eu observava nossas sombras dançando à luz das velas, mas, então, percebi que não eram nossas sombras que estavam se mexendo, mas grandes quantidades de insetos se espalhando pelo chão, fugindo apressados.

— Obrigada por nos contar sua história, Lossy Iremonger.

— Lucy Pennant.

— Obrigada.

— Obrigada.

— Conto para vocês sempre que quiserem — falei.

— Conta mesmo?

— Conta *mesmo*?

— Sim, claro.

— Adoraríamos isso.

— Nunca vou me esquecer — falei.

— Esse é o espírito! — alguém gritou.

— É o que todos dizem no início, mas, no final, acabam esquecendo.

— Talvez ela não esqueça.

De alguma maneira, em certo ponto, apesar das minhas pernas arranhadas e um pouco ensanguentadas e do meu braço enrijecido, peguei no sono.

Na manhã seguinte, meu braço ainda doía, uma das Iremonger olhou o ponto em que a sra. Piggott havia espetado aquela coisa em mim e disse que estava tudo correndo bem, que quase não havia ficado marca nenhuma. Na verdade, aquilo não me preocupava tanto quanto as mordidas na minha perna. Depois do café da manhã, quando nos enfileiramos para a inspeção, ouvi a locomotiva a vapor gritando, voltando para Londres, para tudo o que eu conhecia. Minhas tarefas foram explicadas: eu devia limpar algumas das lareiras na parte de cima da casa. Soube que aquilo era considerado um privilégio, muito melhor do que ser mandada lá para fora, para os cúmulos. Para começar, adestraram-me nas lareiras lá de baixo e assim eu aprenderia o trabalho antes de ser mandada lá para cima à noite, quando a família estivesse dormindo. Observaram-me e fizeram vários comentários. Eu tinha uma escova de arame e baldes e pás e um pedaço de chumbo para esfregar as grelhas. Deram-me mais escovas e também pilhas de velhos jornais londrinos, que deviam ser embolados e postos na lareira, após eu ter terminado a limpeza, com alguns gravetos em cima e alguns pedaços de carvão sobre estes. Qualquer pedaço de carvão parcialmente queimado devia ser recolocado no fogo para ser usado por mais uma noite, qualquer brasa grande devia ir para um balde de metal e o resto das cinzas devia ser peneirado no maior dos baldes e levado para o quarto das cinzas lá embaixo, onde todas as cinzas da casa eram recolhidas. Tratava-se de um lugar grande e cheio de fuligem e todos que trabalhavam ali viviam manchados e encardidos, tossiam muito, lacrimejavam e tinham nódoas negras embaixo do nariz, mas eram alegres e gratos por estarem dentro da casa. Era melhor estar dentro, diziam eles, do que lá fora, no meio dos cúmulos.

Fiquei muito ocupada com o meu aprendizado, que tomou a maior parte da minha primeira manhã, sempre com o vice--mordomo avaliando meu ritmo:

— Você poderia ser mais rápida — insistia o sr. Briggs. — Mais depressa, Iremonger.

Por isso, em vários momentos, eu me esquecia de mim mesma e me tornava apenas uma das criadas que preparava as lareiras, e uma hora se passava antes que eu conseguisse lembrar quem eu era antes de ir para Iremonger Park, que eu tivera um pai e uma mãe. Quando estava trabalhando, pensava sempre com mais intensidade na caixa de fósforos no quarto da sra. Piggott. Peguei-me desejando ardentemente aquele objeto. Tanta empolgação por causa de uma caixa de fósforos, eu dizia a mim mesma; tome tenência. Quando eu for lá para cima, eu pensava, para a parte mais importante da casa, vou ficar sozinha e, então, vou sussurrar para mim mesma tudo a meu respeito, o tempo todo, e, assim, vou guardar em mim tudo o que é meu. Vou manter meu cérebro ocupado; preciso me afastar um pouco das regras deles, vou explorar a casa, irei a lugares que não são permitidos, vou entrar de fininho nos quartos, vou fazer tudo isso. Sou Lucy Pennant, é quem sou, e não tenho por que ficar tão entusiasmada por causa de uma caixa de fósforos.

Na hora do almoço, mais para o final da refeição, o sr. Briggs se aproximou. Ele não havia tirado os olhos de mim durante todo o dia, e me perguntou por que eu não estava comendo a minha colherada.

— Sujeira da cidade, não é, senhor? — falei. — Eu não quero.

— Sujeira da cidade? — repetiu ele. — Quem disse isso? É açúcar com especiarias, coisa cara que temos o grande privilégio de receber. Vai mantê-la forte e evitar que você adoeça, mas, além disso, tem um gosto maravilhoso. Experimente.

— Não, obrigada, senhor — falei. — Prefiro não experimentar.

— Experimente — insistiu ele.

— Não estou com fome — falei.

— Experimente agora, Iremonger, ou serei forçado a chamar alguém para encorajar você. É algo muito importante, vai manter você sadia.

— Não quero mesmo, senhor.

— Não quer? Não quer? Você não tem de querer nada! Você é uma criada Iremonger, eles lá em cima é que têm vontades. Trate de comer agora ou serei obrigado a enfiar isto na sua boca. Vou ter que usar a força e, embora não queira machucar ninguém, nem sempre sou tão preciso. Só uma provinha — disse ele —, agora.

Então, levantei aquela coisa até os lábios e pus a mais ínfima migalha na boca. Era doce e, de alguma maneira, causava uma sensação de calor. Tinha um certo gosto de ternura.

— Engula — disse ele.

E engoli, e me senti feliz como havia muito tempo eu não me sentia.

— Muito bem, o que você achou? — perguntou ele.

— Gostei — respondi.

— Sabia que você ia gostar — disse ele, sorrindo. — Eu sabia!

— Gostei mesmo — confirmei, comendo o resto.

— Claro que sim. Como não gostar?

Depois de uma tarde inteira e uma parte noite treinando nas grelhas de lareira, aguentando firme até o trem voltar apitando de Londres, houve uma pausa para o jantar. Sentei-me ao lado da garota que se recusara a ouvir minha história no dormitório — a nariguda — abri espaço à força e me sentei ao lado dela no banco.

— Fale-me de você — pedi —, quero saber.

Ela era uma garota pequena, pálida e ossuda, com uma boca curvada para baixo e aquele narigão, mas ainda não tinha o tom de pele acinzentado de muitas Iremonger e seus lábios até tinham um toque avermelhado. Quando me sentei, ela continuou a comer, fingindo que eu não estava lá.

— Você se lembra do seu nome? — perguntei.

— Iremonger — respondeu ela.

— Meu nome é Lucy Pennant — sussurrei.

— Nossa, eu já sei.

— Vai me dizer qual é seu nome?

— Você sabe que, agora, existe todo um exército de Lucy Pennants, não é? Mais comum do que insetos. As garotas ficaram loucas. Eu as ouço sussurrando esse nome na área de serviço, nas cozinhas, nas lavanderias ou nas copas. Lucy Pennant, ou variações do nome, muitas vezes elas se enganam. Ouvi uma Iremonger repetindo baixinho sozinha tudo sobre Lucy Penbrush. Bem, minha cara Lurky, estou farta de você, se é o que você quer saber. Estou de saco cheio!

— Então, me diga seu nome, se você ainda se lembra.

— Eu *me lembro* do meu nome. Eu *me lembro*! Quem diabos você pensa que é?

— Eu sou Lucy Pennant, quem é você?

— Eu anotei em algum lugar.

— É mesmo? Então?

— É, anotei para nunca me esquecer. Mas, quando tento me lembrar do meu próprio nome, não consigo, tudo o que me vem à mente é Lucy Pennant. Por cinco minutos, tive certeza de que *eu* era Lucy Pennant. Mas não sou, sem dúvida não sou, tenho meu próprio nome e o anotei.

— Onde você o anotou?

— Ah, Lucy Pennant! — disse ela e lágrimas brotaram em seus olhos. — Não consigo me lembrar, simplesmente não consigo, apesar de ter anotado em algum lugar, *sei* que anotei. Eu o gravei com uma faca. Eu o estava procurando, sabe, quando o sr. Briggs me encontrou. Fui levada imediatamente até a sra. Piggott e, como castigo, vou ficar trabalhando nos cúmulos por dois meses inteiros, e também não posso ver meu coador de chá por duas semanas, não sei como vou conseguir. E dois meses nos cúmulos!

— Só por sair procurando algo?

— Eles não gostam, querem que você fique onde a colocam. Agora, acho que nunca mais vou achar meu nome.

— Você e eu — falei — vamos continuar a procurar, e só vamos parar quando acharmos.

— Eles mandam você trabalhar no lixão por qualquer motivo — disse ela.

— Bem, eles podem ir para o inferno, não podem?

— Muito bem — disse ela —, vamos para o inferno com eles.

Quando sorria, o que era raro, ela parecia muito mais agradável, até um pouco graciosa.

— Vamos encontrar seu nome, prometo.

— Não consigo pensar em outra coisa, mesmo quando estou fora daqui.

— Como é trabalhar no lixão?

— Um inferno.

— Conte.

— Você nunca sabe se vai voltar ou não. Precisa tomar muito cuidado: de repente, a terra se abre sob seus pés e você começa a afundar. Não sei o que vou encontrar amanhã. Talvez encontre minha própria morte. Fique com as suas grelhas de lareiras, agarra-se a elas com força durante toda a vida. Mas tome cuidado, faça exatamente o que eles mandarem e não cruze com nenhum Iremonger lá de cima, ninguém da família, senão você vai parar lá no lixão comigo. Quando você vai subir?

— Assim que o sr. Briggs tocar o sino.

A Prometida, Pinalippy Iremonger

8
UM CAMINHO DE MESA RENDADO

Continua a narrativa de Clod Iremonger

O Último Café da Manhã

Não dormi. Não consegui dormir. Pinalippy estava na minha cabeça e, quando o sol finalmente raiou, com sua luz fraca, eu já estava de pé, pesarosamente a caminho do café da manhã.

Estava acostumado a ir para o refeitório o mais cedo possível, antes que muitos dos meus colegas em calções de fustão chegassem porque, se eu saísse de lá tarde demais, a algazarra de seus objetos de nascença se tornava insuportável e minha cabeça ficava latejando. Eu geralmente era o primeiro a aparecer e o primeiro a sair. Naquela manhã, porém, Tummis já estava lá. Trocamos um aperto de mãos.

— Por conta de toda a encrenca de Rosamud — falei —, talvez meu Colóquio não aconteça hoje, talvez seja cancelado.

— E nós dois ficamos para trás, usando calções? Não seria tão ruim assim.

— Um dia, Tummis, suas calças sem dúvida vão chegar.

— Sonhei com Ormily na noite passada. Posso contar para você?

Então, fomos interrompidos por uma voz feminina sem graça anunciando:

— Cecily Grant.

Lá estava o primo Bornobby ao nosso lado com Cecily, seu sapato feminino tamanho 35 balançando em uma bolsa de couro em torno do seu cinto, pendurada entre suas pernas. O primo Bornobby tinha uma grande coleção de desenhos e gravuras de mulheres em trajes sumários, todos encontrados nos cúmulos — de alguma maneira, Bornobby sempre sabia como encontrá-los; dizia que sentia o cheiro, tinha um faro especial para eles. Ele estava sempre com um ar extremamente cansado, olheiras marrom-acinzentadas em volta dos olhos. Bornobby se lavava com um sabão aromatizado e sempre era possível sentir de longe que ele estava chegando, mas sempre havia um cheiro secundário que o acompanhava, como se o fantasma de um peixe o estivesse seguindo, nadando no ar à sua volta. Recentemente, ele encontrara algo novo nos cúmulos e, já entediado, se perguntava se podia alugá-lo para nós. Era um panfleto publicitário que dizia:

ELEGANTES CORPETES CHARLES THOMPSON
Caimento impecável. Uma silhueta alongada perfeita!!
À venda nas melhores lojas de tecidos. Um milhão de exemplares
por ano. Nos comprimentos 34, 36 e 38 centímetros.
Caem como uma luva!
Se não encontrá-los na sua loja de tecidos, escreva
diretamente para 49, Old Bailey, Londres, informando o
tamanho e anexando um vale postal e o corpete será
imediatamente enviado para você.

— Agora, não, Bornobby — disse Tummis. — Hoje é o dia do Colóquio dele.

— É hoje? — perguntou Bornobby. — Um motivo a mais, então. Vamos, Clod, dê uma olhada nesses corpetes, pense em Pinalippy vestida assim.

— Bornobby, agora não, por favor — insistiu Tummis —, não o chateie.

— Que tal este aqui? É algo especial, só para você, Tummis.

"CINTA SUSPENSÓRIA ELÉTRICA" PULVERMACHER
O vigor muscular está a um passo.
Aparelhos Galvânicos Pulvermacher.
194 Regent Street, Londres.
Fundada há mais de 40 anos. Todos os aparelhos garantidos.

— Não, Bornobby — disse Tummis —, não estou no mercado hoje.

Mas Bornobby não desistiria tão facilmente. Agarrou o braço de Tummis, mas, bem naquele momento, uma mão diferente pegou os folhetos publicitários. Moorcus.

— Obrigado, cavalheiros, eu fico com isto aqui!

— Por favor, Moorcus — suplicou Bornobby.

— Albert Powling!

Afastando-me um pouco de Moorcus, Bornobby e Tummis, vi Albert Powling, o apito, e o tio Timfy que a ele pertencia. Depois, os outros deram um pulo porque Timfy estava soprando seu Albert com força.

A Prima Pinalippy

— Clod Iremonger! — chamou Timfy.

Albert Powling apitou, eu saí do refeitório, subi a escada e percorri todo o caminho até a sala de estar.

— Nervoso? — perguntou titio.

— Um pouco — admiti.

— Sabe o que está do outro lado desta porta?

— A prima Pinalippy — murmurei.

— Você tinha que se ver em um espelho — disse Timfy. — Pálido e suarento. Que bela visão! Eu não me espantaria se muitas outras primas estivessem chorando pelo amor perdido. Você é sem dúvida um conquistador, Clod.

— Está na hora? — perguntei.

— Quase.

— Como é... como é se casar, tio Timfy?

— Só fiquei casado dois meses com a prima Mogritt — disse Timfy com tristeza —, antes de ela pegar a febre alvejante. Depois, tudo o que restou dela foi uma gaita.

— Sinto muito, tio. Vocês eram felizes? Foi tudo como o senhor esperava?

O trem gritou embaixo da casa: Vovô estava indo para a cidade e o edifício inteiro tomava conhecimento do fato tremendo. Aquilo não ajudou a melhorar meu estado de espírito.

— Está na hora — disse meu tio. Soprou Albert uma vez, bem baixinho em comparação com o apito da locomotiva; abriu a porta, me empurrou lá para dentro e voltou a fechá-la.

— Gloria Emma Utting.

— James Henry Hayward.

Lá dentro, na penumbra, na outra extremidade da sala, no pequeno sofá vermelho usado para aquelas ocasiões, sem olhar, só de ouvir, eu sabia que estava sentada minha prima Pinalippy Iremonger com sua Gloria Emma. Era o mesmo sofá no qual minha mãe e meu pai haviam se sentado anos antes. Não havia outro lugar para se sentar naquela sala. Nunca houve, nunca haverá.

De que maneira, no passado, os primos Iremonger decidiram abordar sua prometida? Alguns talvez tenham se atirado. Outros talvez tenham socado a porta, implorando para que a abrissem. Alguns talvez tenham trocado um aperto de mãos. Outros foram direto para o beijo. Eu fiquei ao lado da porta. Certamente, não éramos os primeiros a passar por aquela situação, decididos a transcorrer aquela meia hora sem contato algum, cada um o mais longe possível do outro, olhando em direções opostas até que alguém chegasse para nos libertar e pôr fim àquele martírio. Primo com prima, muito próximos, primos todos os dias, primos todas as noites, primo com prima, primando. Fiquei o mais imóvel e silencioso possível.

— Gloria Emma Utting.

Então, outra voz:

— Estou esperando.

Estátua. Como uma estátua. Mas a voz ressoou outra vez, e foi terrível.

— Você precisa de instruções?

Estátua.

— Gloria Emma Utting.

— Devo ir buscar você?

A voz exigia movimento. E eu iniciei a terrível expedição até o pequeno sofá, não atravessando diretamente a sala, mas como um caranguejo, seguindo as paredes, a pequenos passos, de lado, para que o percurso tivesse o dobro do comprimento.

— Então, é você, não é? — disse ela.

Acho que era.

— Vou me casar com você.

— Sim — consegui articular —, mas não agora.

Ela era muito mais alta do que eu. Tinha uma penugem no lábio superior.

— Você está mesmo nervoso — disse ela.

— Estou. Estou — confirmei. O que mais?

— Sabíamos que isto ia acontecer, não viemos desavisados. Você está tremendo. Está doente?

— Estou, sim.

— Não vai morrer se eu tocar em você, vai?

— Não tenho certeza.

— Então, serei viúva.

— Ainda nem estamos casados.

— Mas vamos nos casar. Não há como fugir disso.

— Bem — falei —, não.

— Vou precisar cuidar de você?

— Espero que não.

— Não sei se vou ser muito boa nisso.

— Não.

— Você acha que vai conseguir crescer?

— Talvez — respondi. — Vou tentar.

— Muito bem, primo Clod, é melhor você me ouvir. Se permanecermos na Heap House depois que você receber suas calças compridas, dois aposentos nos serão designados e, neles, você e eu ficaremos confinados. Talvez sejam aposentos muito pequenos. Talvez sejam na verdade um único cômodo com uma parede falsa feita de pouco mais do que umas tábuas. Foi o que aconteceu quando minha irmã Flippah se casou com o primo Crosspin, mas ela descobriu depois de um tempo que podia deslocar a parede. E quanto mais ela desprezava Crosspin, mais ela empurrava a parede. Ela ficou em um cômodo e aquele cômodo foi ficando cada vez maior, e ele ficou no cômodo que foi diminuindo cada vez mais. No final, ele tinha de dormir em pé. Fico me perguntando se teremos uma parede móvel. Você cabe em um armário? Acho que sim. Espero que tenhamos um armário. Se não, você talvez possa ficar embaixo da cama. Na prateleira em cima da lareira? Não, você chamaria atenção demais lá. Não fique com essa cara de infelicidade.

— Estou infeliz.

— Estou mentindo, seu cabeça de bagre — disse ela. — Eu minto. Vou mentir para você. Sou uma terrível mentirosa, não consigo me conter. Não acredite em uma palavra que eu disser. Estou fazendo um favor em lhe dizer isto, muitas vezes as pessoas precisam descobrir por conta própria.

— Hmmm — falei. — Obrigado.

— Sou mais velha do que você.

— Tenho quinze anos.

— Dezessete.

— Por mais seis meses.

— Não amo você.

— Não!

— Mas sou capaz de amar.

— Ah.

— Amei muito na minha vida.

— É?

— Quer que eu conte?

— Será?

— Estou sempre me apaixonando e desapaixonando — me disse em tom de segredo. — No momento, estou apaixonada, mas não por você. Estou repleta de amor, mas não por você. Eu e ele estivemos *juntos*. Não conseguimos nos conter, um com o outro, perna por cima de perna por cima de perna. Que trapalhada! Botões por toda parte! Colchetes e casas! Muito ofegantes. Toda aquela pele e todo o resto! Ah, mas não tem jeito, devo me casar com você.

— Prima Pinalippy?

— Primo Clod?

— Você está mentindo?

Ela não respondeu.

— Você *está* mentindo? — tentei novamente.

— Bem — disse ela depois de um instante —, deixe-me ver. Ponha para fora. Vamos, vamos. Você sabe que é o que deve fazer. Quero dar uma espiada. Mostre para mim.

Lenta e cuidadosamente, pus para fora meu James Henry e o apoiei sobre minha mão aberta, mantendo-o longe de Pinalippy, mas de maneira que ela pudesse vê-lo.

— É um tampão?

— É — sussurrei —, um tampão universal. Cabe na maioria das pias. Chama-se James Henry Hayward, esse é o nome que eu o ouço dizer.

— Disseram-me que você ouve coisas, minhas tias Noona e Curdlia, e me falaram para dar um fim nisso. Um tampão chamado James-sei-lá-o-quê, meu caro Clod Iremonger, continua sendo apenas um tampão — disse ela. Depois de um momento, acrescentou: — Um tampão não é muito romântico, não é?

— Não — respondi —, não muito. Acho.

— Um tampão — disse ela.

— Pois é, um tampão universal.

— Vou me casar com um tampão. Um tampão. Essa é a minha vida? Um tampão. Imaginei todo tipo de coisa. Você me parecia muito misterioso com esse seu ar doente e pálido, e ainda por cima ouvindo coisas. Podia ser algo extraordinário. Eu tinha cismado que era um relógio de bolso. Teria ficado contente com um peso de papel ou uma lupa, mas um tampão, um tampão... Um belo sapato talvez. Sim, um sapato bonito seria excelente.

— Você *achou* que eu era misterioso? — perguntei. — Fique sabendo que *existe* mistério em um tampão.

— Agora quem está mentindo?

— Com um tampão, você mantém as coisas dentro ou, ao removê-lo, deixa as coisas irem embora. Um tampão em um barco pode impedir que um homem se afogue.

— Você vai descobrir que isso se chama batoque.

— Tirando um tampão, todas as coisas ruins e venenosas podem desaparecer. Você puxa um tampão e sabe-se lá o que vai acontecer, o que vai escapar, o que o tampão andou segurando. Um tampão pode segurar coisas boas e nutritivas. Um tampão é uma abertura, um fechamento, uma porta pequena e circular. Um portal entre mundos.

— Ah, é *mesmo*? — indagou Pinalippy.

— É, sim.

— O que eu sei sobre tampões é o seguinte: uso um tampão quando tomo banho, mas eu mesma não tenho contato com ele; tampão é coisa para criados. A criada o coloca sobre o ralo, depois, despeja a água e, em seguida, eu entro. Estou nua na água, Clod, preste bem atenção, totalmente nua. Eu me lavo e saio, a água, preste bem atenção, Clod, um pouco mais suja, mas muito mais interessante, é drenada quando a criada puxa o tampão. É algo digno de criados, esse seu tampão. Você também gostaria de ver o meu, tenho certeza.

— Não, não — falei. — Não importa.

— Vai gostar de ver o meu — disse ela com muita firmeza.

Pinalippy tirou cuidadosamente algo que estava enrolado em um tubo mantido ao seu lado. Abriu-o sobre o colo, sobre a coxa. Sobre a coxa de Pinalippy.

— Aí está! — exclamou ela.

— Gloria Emma Utting.

Gloria Emma era, como meu tampão, redonda. Mas era maior e mais achatada, embora menos consistente. Era muito fina e tinha muitos buracos e, de início, temi que Pinalippy não tivesse cuidado do seu objeto de nascença, que alguma espécie de traça — em Heap House havia muitas — o tivesse roído, mordiscado, mas, depois, vi que os buracos apareciam regularmente, formando um padrão, e eram propositais.

— O que é isso? — perguntei.

— Você não sabe?

— Não — respondi. — Nunca vi um negócio desses antes.

— É um caminho de mesa.

— Um caminho de mesa? Um caminho de mesa chamado Gloria Emma Utting.

— Então, você acha que ele tem um nome?

— Tem, sim.

— Eu nunca ouvi.

— Não tenho como evitar.

— Você o ouve com clareza?

— Sim, muito claramente.

— Gloria?

— Gloria Emma Utting, é o que ele diz.

— Mais alguma coisa?

— Mais nada, só o nome.

— Gloria Emma Utting.

— Isso mesmo — falei. — Um caminho de mesa.

— Um caminho de mesa! — ela proclamou com ênfase.

— E o que é um caminho de mesa? — perguntei.

— Você não sabe?

— Nunca vi um antes. De que serve?

— Ora, para pôr sobre uma mesa.

— É mesmo?

— Assim a mesa fica bonita.

— É mesmo?

— Coisas podem ser colocadas sobre ele: um prato de bolinhos, por exemplo, ou um vaso de flores. Ou pode ficar sozinho, sobre uma mesa. Ele transforma a mesa. A mesa mais simples e sem graça pode ficar linda com um caminho de mesa.

— Mas o que ele faz?

— É posto sobre qualquer mesa e a torna bonita.

— Mas, na verdade, não faz nada.

— É um pedacinho de beleza portátil!

— E, depois, você põe coisas em cima dele?

— Você pode pôr, mas não é necessário.

— Mas, aí, ele ficaria coberto. Acho que não entendi bem. Ou talvez eu tenha entendido. Ele protege a mesa? Para que não seja estragada por água ou migalhas? Acho que estou entendendo. Uma pequena toalha de mesa, mas, então, por que os buracos?

— É um objeto de rara beleza. *Muito* delicado.

— Rasga com facilidade?

— Se não for adequadamente amado.

— Não é muito prático, não é?

— Não prende água em uma banheira, se é o que você quer dizer.

A meu ver, parecia um objeto totalmente desnecessário. Eu era capaz de amar um caminho de mesa? Ele era cheio de buracos, como se tivesse vergonha de existir, como se quisesse não existir.

— Pode tocá-lo, se quiser — disse ela.

— Tocá-lo?

— Se você quiser.

Ela pôs o caminho de mesa sobre o meu colo. Não pesava nada, um objeto que era como um sussurro. Ela, por sua vez, estava sentada com meu tampão no colo. Ficamos sentados em silêncio por um bom tempo, por fim, ela murmurou, olhando para o meu tampão:

— Parece um sapo.

Então, ficamos ali nos acostumando ao James Henry e à Gloria Emma um do outro, até que, finalmente, o apito do tio Timfy tocou lá fora e ela tirou o caminho de mesa de cima mim e eu, meus dedos resvalando em seu colo, trouxe James Henry de volta para casa. Fiquei feliz que o Colóquio tivesse chegado ao fim; acho que não formamos um par muito adequado. Mas ela sussurrou para mim:

— Acho que correu tudo muito bem, não?

Havia lágrimas nos seus olhos. Então, por um instante, achei que talvez fosse ficar tudo bem no final das contas, mas aí ouvi o suspiro:

— Um tampão de banheira!

Decidi que, provavelmente, não ficaria tudo bem. Ao me levantar, ouvi o sofá dizer algo:

— Victoria Hollest.

Bem, eu pensei, o sofá se chama Victoria Hollest, não havia nada de especial nisso. Lá embaixo, havia um pilar de corrimão chamado Victoria Amelia Broughton e, uma vez, ouvi um candelabro dizer Victoria Macleod, e um bastão de críquete na sala de jogos chamado Vicky Morton. Muito bem, outra Victoria, que assim seja. Mas, então, Victoria Hollest, o sofá pequeno e vermelho, disse:

— Onde está Margaret?

E aquilo era surpreendente, não? Algo muito importante. Nenhum objeto jamais me dissera algo além de um nome até aquele momento. Era muito estranha e desconfortante aquela nova e repentina comunicação. Minhas entranhas se reviraram e achei que vomitaria ali mesmo, em cima do sofá, ou pior ainda, em cima de Pinalippy e sua Gloria Emma, mas consegui me segurar. O que estava acontecendo? O que estava acontecendo comigo? Eu estava enlouquecendo? Será que meu coração, como o de papai, pararia de repente? Fui cambaleando até a porta. Prometi a mim mesmo que, assim que possível, eu voltaria e ouviria Victoria Hollest novamente, mas, naquele momento, eu devia deixar aquilo de lado, pois o tio Timfy não era famoso por sua paciência.

Minha Cabeça e um Balde de Carvão

Pinalippy e eu devíamos ir cada um para o próprio canto e, separados, durante o resto do dia, pensar sobre o nosso futuro juntos. Eu devia ir me sentar no Salão do Elefante e Pinalippy devia ir se sentar no Salão Branco. Simplesmente ficar sentados, pensando em nossa vida juntos, em nossos almoços frios nos esperando em bandejas. Eu devia ficar concentrado por várias horas. Então, fiquei sentado, tentando não entrar em pânico por causa do sofá falante e não pensar no que Margaret podia ser ou onde poderia estar, e, portanto, durante um certo tempo, pensei sobre Pinalippy e tentei me concentrar na sensação do seu caminho de mesa, mas o chamado daquele sofá continuava a ecoar na minha cabeça e comecei a perambular pelo salão, aflito, tentando me distrair. Estava anoitecendo quando ouvi Albert Powling chegando e Timfy finalmente me liberou.

— Pode sair, Clod, e se comporte; não temos tempo para suas trapalhadas hoje, estamos todos irritados.

Voltei correndo para o meu quarto, evitando os corredores principais onde o vaivém dos Iremonger era mais intenso. Eu não queria ter de encarar as zombarias e piadinhas sobre o meu Colóquio, os insultos e as cantorias, minhas roupas sendo arrancadas e eu sendo jogado para o alto em uma brincadeira sem graça, eu queria evitar tudo o que geralmente acontecia após um Colóquio. Não jantaria naquela noite, eu tinha uma lata de biscoitos recheados, seria suficiente, e só sairia de manhã, quando meu Colóquio já fosse menos recente, suscitando, se tivesse sorte, menos entusiasmo. Cheguei ao meu quarto pouco antes de o trem voltar de Londres.

Meus dois aposentos não eram muito grandes, mas eram só meus, a expressão fiel de quem eu era e, geralmente, meio bagunçados. Talvez eu não fosse o mais asseado de todos os Iremonger. Eu não tinha pais para me enquadrar, para me impor regras e garantir que eu cresceria de acordo com a interpretação deles de como um Iremonger deveria crescer; e não tinha irmãos para me roubar ou dos quais roubar, para bisbilhotar e conversar e compartilhar. Eu sou Clod e aquele era meu reino. Talvez não fosse muito grande, e certamente não era nada imponente, mas era meu chiqueiro e lá eu chafurdava todas as noites.

Eu nunca teria cortado os cabelos e as unhas. Só teria comido o que me apetecia, levantado sempre tarde, sassaricado e sapateado na minha sujeira se não tivesse um camareiro que, embora fosse apenas um criado Iremonger, e portanto não merecesse muita atenção, vinha uma vez por semana e me arejava. Preciso sempre esconder tudo com muita atenção, pois ele vasculha tudo minuciosamente e tem um faro terrível. Naqueles dias de asseio, eu era escovado e aparado e esfregado e fervido e aspergido com aromas, meu cabelo era forçado à obediência e eu voltava a ser branco e limpo até a semana seguinte, quando já tivesse me rabiscado, amassado, borrado e sujado a meu bel prazer. Qualquer coisa que não estivesse bem escondida cessaria de existir; o camareiro Iremonger, sem sequer mencioná-la, simplesmente a pegava e a fazia desaparecer para todo o sempre. Às vezes, para ter uma sensação ainda maior de independência e individualidade, eu acendia um cachimbo de barro ou até pitava uma cigarrilha, caso tivesse encontrado uma, senão, enrolava rapidamente um cigarro de recortes de jornal e ácaros secos, sempre correndo o risco de que o camareiro Iremonger me lembrasse que aquelas coisas não eram permitidas, ocasionando assim a chegada de Briggs, que, pedindo perdão, puxava minha orelha com bastante força ou batia nos meus dedos antes de me obrigar a rezar doze

Ave Moorries (Moorrie havia sido um Iremonger muito bom, um prodígio com a peneira que encontrou muitos tesouros perdidos antes de morrer em uma explosão de metano, tendo acendido um charuto no meio dos cúmulos. *Nota bene*: É TERMINANTEMENTE PROIBIDO FUMAR NOS DEPÓSITOS DE LIXO). Mas, fora isso, na maior parte do tempo, deixavam-me sozinho em meio ao meu fedor.

Naquela noite, quando o sino tocou, quando o corredor estava em silêncio — exceto pelo ruído perpétuo de Cyril Pennington, um balde de incêndio —, saí em busca de Victoria Hollest.

Estava bem perto da Sala dos Colóquios quando ouvi um novo murmúrio vindo da sala dos professores. Espiando lá dentro, vi uma criada Iremonger ocupada com suas tarefas de limpeza noturna e, de início, não dei muita importância. Tenho pouco tempo para os criados Iremonger, mas prefiro quando eles chamam menos atenção, e estava prestes a seguir em frente quando ouvi que tinha algo de muito errado com aquela Iremonger. Eu achava que criados Iremonger nunca faziam barulho, mas aquela fazia. Aquela criada estava sem dúvida dizendo algo com a sua boca de serviçal fechada. Por que ela estava fazendo ruídos? O que estava dizendo? Enquanto eu prestava atenção nas palavras, a criada Iremonger, que naquele momento notei que era jovem e tinha uma cabeleira ruiva embaixo da touca, aproximou-se de mim com um olhar ensandecido e acertou minha cabeça com um balde de carvão.

O Doutor Aliver Iremonger

9
UM PAR DE FÓRCEPS CURVADOS

Dos diários médicos do doutor Aliver Iremonger, clínico geral.

Quarta-feira, 9 de novembro de 1875

A paciente Rosamud Poorler Iremonger, 57 anos, está em estado de grande agitação. Amarelidão nos olhos. Não consegue encontrar nenhuma posição confortável. A paciente relata dores por todo o corpo. Continua se esticando para segurar algo, mas nada que é posto em sua mão lhe causa alívio. Fiz com que outras maçanetas de latão fossem trazidas à sua presença, mas isso só aumentou seu terror. Ela acredita que se tornará algo diferente do que é agora. Não há como aquietá-la, exceto com medicamentos.

Quinta-feira, 10 de novembro de 1875

Grande prostração física. Ela não saiu da cama durante todo o dia. Teme ser transformada em algo a qualquer instante. A paciente uiva angustiada com medo do retorno da Velha Doença. O irmão, diz ela, morreu dessa doença aos 7 anos; transformou-se em um batedor de roupas a serem lavadas no tanque. A paciente não consegue se tranquilizar. Seus temores são certamente exagerados. Ela precisa se acalmar, mas não tira da cabeça que a terrível enfermidade está voltando e ninguém consegue convencê-la do contrário.

Quinta-feira, 10 de novembro de 1875 — 23 horas

Feições muito alteradas. Superfície do corpo fria. Olhos encovados. O corpo está mudando de cor; apresenta um tom negro-azulado que não havia antes. A paciente não fala há cinco horas. Dorme finalmente, o que deve ser considerado um dado positivo. Pulsação imperceptível.

A Tia da Casa, Rosamud Iremonger

10
UMA MAÇANETA DE LATÃO

Continua a narrativa de Lucy Pennant

Uma Iremonger carrancuda, de meia-idade e gorducha, com muitas mordidas de insetos pelas pernas, me guiou e me acompanhou da parte subterrânea à parte superior da casa, subindo todas aquelas intermináveis escadarias. Em cada patamar, uma escotilha.

— Por que tantas escotilhas? — perguntei.

— Para a eventualidade de um alagamento — disse a Iremonger. — Para lacrar a casa, caso os cúmulos a invadam, para interromper a subida do nível de alagamento.

— Mas e aqueles que estiverem embaixo?

— Vão estar submersos, não é? O que você acha? Venha, suba.

Ela se movia depressa e era difícil lembrar exatamente o caminho para descer de volta. Cada escadaria era diferente: uma era de pedra, uma era de metal enferrujado, outra era de madeira e estava muito carcomida e lascada, havia uma outra de madeira, mas estava limpa e polida e tinha uma passadeira até o topo com prendedores de latão.

— Não faz nenhum sentido — falei.

— Para você, não — replicou a Iremonger.

— Por que foi construída assim? — indaguei.

— É assim que eles gostam, os que moram lá em cima.

A Iremonger limpou o nariz com o punho.

— Muitos ficam enjoados nas primeiras vezes que sobem, é bastante comum. Alguns ficam enjoados todas as vezes que sobem, mesmo que já tenham subido muitas vezes; mesmo que subam diariamente, ainda assim, ficam enjoados. Você está segurando um balde, Iremonger, pode usá-lo.

— Não, acho que não vou ficar enjoada — falei. — Eu gostaria de ver um pouco mais da casa.

— Nada disso! Fique nos cômodos aos quais estamos indo, você não deve perambular por aí. De jeito nenhum. E, caso se perca, não suba mais, quanto mais no alto, mais perto do sótão, e no sótão ficam todos os morcegos, e são morcegos perigosos que mordem. Não se perca. De jeito nenhum. Sra. Piggott!

— Tem muitos cômodos?

— Muitos.

— Eles devem ser riquíssimos, os Iremonger. E será que também são pouco numerosos? — questionei ao passar por tantos locais vazios

— Sra. Piggott!

— E, talvez, um pouco tímidos?

— Piggott! — fungou ela, parando e virando-se. — Você já viu alguém da família, de verdade?

— Vi — foi a minha resposta. — Cusper Iremonger.

— Ah, mas ele não mora aqui, então, não conta.

— Você já viu algum que conta?

— De perto, não — disse ela. — Uma vez, vi um bem de longe, vindo na minha direção, levei um baita susto. Consegui me esconder atrás de um sofá. Fiquei lá várias horas, até ter certeza de que ele tinha ido embora.

— Por quê? O que teria acontecido se você não tivesse se escondido?

— Nem gosto de pensar nisso.

— Por que não?

— Eles são profundos!

— Bem, e o que isso quer dizer?

— E são rápidos!

— Bem, eu também sou.

— E são malvados!

— É mesmo? O que eles fazem?

— Pegam. Eles pegam.

— Eu *gostaria* de ver um deles.

— Sra. Piggott!

— O que acontece se eu cruzar com um deles enquanto estou preparando uma lareira?

— Você deve se esconder.

— E se um deles aparecer na minha frente e eu não tiver chance de me esconder?

— Não vai acontecer.

— Por que não?

— Porque, agora, eles estão dormindo, senão, não nos permitiriam subir — disse ela. — Você não deve pensar neles, nem por um instante. Faça apenas seu trabalho, o mais depressa possível, e, depois, desça novamente o mais rápido que puder. Você termina e a noite chega ao fim. E, se você vir alguma coisa, se algo vier na sua direção, se esconda. O mais depressa possível. Deixe que a vejam e segure bem seu balde e, se algo se aproximar, bata nele, bata, bata.

— Mas o que *se aproximaria* de mim?

Mas ela só disse:

— Sra. Piggott!

Logo depois, fiquei sozinha. No início, não me importei com o espaço, o vazio, só eu ali. Mas, depois, é claro, percebi que não era só eu que estava ali, havia também a casa.

Vi um dos salões para recepções e uma sala de estar, o salão do café da manhã, a Sala dos Colóquios, com apenas um pequeno sofá vermelho, e o cômodo que se chamava Salão do Sol: um aposento com mais janelas do que a maioria, mas que tinha um ar depressivo já que todos os vidros estavam cobertos de sujeira. A outra coisa que não percebi direito com a velha Iremonger ao meu lado, me dando instruções, era que, embora eu estivesse sozinha lá em cima, aqueles aposentos estavam longe de ser silenciosos. O encanamento se lamentava ruidosamente e havia todos os sons da fauna que circulava pela casa, a começar pelas criaturas estranhas aninhadas em algum lugar das paredes, roendo sem parar, e entendi por que me instruíram para sempre ficar com meu balde de carvão por perto, mas só usá-lo caso fosse provocada, em legítima defesa; por outro lado, caso eu matasse um rato ou uma gaivota, eu deveria, em seguida, limpar toda a sujeira. E não jogar os corpos fora porque eles tinham serventia: podiam ser esfolados e a pele podia virar um casaco, ou as penas podiam ser usadas para escrever ou forrar algo, a carne podia ser aproveitada, as carcaças podiam ser fervidas para fazer cola. Nada devia ser desperdiçado.

Muito pior do que os animais eram os outros sons, os ruídos dos Suprairemonger adormecidos. Suprairemonger, era assim que os criados chamavam os membros da família que moravam acima da superfície. A respiração deles descia pelos dutos das chaminés e soprava no meu rosto. Eu tinha certeza de que a casa abrigava muitos fantasmas e não teria me surpreendido se todos os fantasmas de Londres se reunissem ali e transformassem a mansão em um grande parque de diversões. Tentei não pensar nisso. Mas, ao trabalhar em uma lareira, você fica de costas para o cômodo e não há como fugir da sensação de que você está sendo observada. Eu mantinha a cabeça abaixada e o balde de carvão à mão, acendia velas e, a luz, eu dizia a mim mesma, formava pequenos bolsões de segurança. Tentava me lembrar das canções que eu conhecia.

Encontrei uma moedinha,
Guardei-a para mim,
Uma magia ela tinha,
E à minha saúde pôs fim.

Mas isso não ajudava muito.

Cuspe, catarro e saliva
Aonde você vai correndo?
A Forlichingham, viva, viva!
Cuidado, vai acabar morrendo
Um tropeço ou escorregadela
Uma queda na lama e pumba
Ai cabeça, ai costela
E Filching Mound será sua tumba.

Essa tampouco ajudava, então, fiquei bem quietinha. Sra. Piggott, disse a mim mesma, e, de alguma maneira, me senti melhor.

Havia muitas *coisas* lá em cima, muitos trecos e cacarecos cujo nome eu desconhecia. Eu gostava de pegá-los e segurá-los, objetos estranhos sobre as lareiras ou mesinhas de canto, coisas, apenas coisas, que cabiam tão direitinho na palma da mão. Pequenos retratos de pessoas com ar infeliz, silhuetas emolduradas de estranhos homens e mulheres, com mechas de cabelos amarrados com laços negros, retorcidos atrás das molduras. Caixas de rapé entalhadas, prédios em miniatura feitos de palitos de dentes, bússolas de prata, um bastão de marfim, livros minúsculos com as bordas douradas.

Havia muitas coisas que transmitiram tristeza e deleite nos cômodos da parte superior da casa. Eu não queria deixá-las para trás. Coloquei-as uma ou duas vezes no bolso só para saber qual era a sensação, e era muito bom sentir aquele peso. Um grande consolo. Todavia, senti que minha mão desejava, acima de tudo, uma coisa pequena e quadrada, que chacoalhava ao ser agitada, *aquela* era a coisa perfeita para ser segurada.

Eu estava no Salão do Sol quando tudo aconteceu. Até agora, não sei bem ao certo como foi. Estava perto da lareira e não me lembro de ter esbarrado em nada nem pisado com muita força no assoalho, mas, de algum modo, ela deve ter se soltado; eu devo tê-la tirado do lugar de alguma maneira. Não há outra explicação, pois, de repente, lá estava ela. Algo bateu com estrondo no chão e foi rolando em minha direção. Levei um baita susto de início. Quase gritei, quase distribuí golpes com o balde. Parou de rolar bem na minha frente. Como se estivesse me mirando. Como se quisesse ser encontrada por mim.

Era uma maçaneta, de latão. Pequena, com uma haste no centro. Eu sabia que devia ser a maçaneta que eles estavam procurando, que pertencia a uma pessoa chamada Rosamud. Imaginei que ela ficaria muito contente em reavê-la. Mas, então, achei que poderia ficar com ela — não por muito tempo, eu logo a devolveria, ficaria só por alguns dias. Era algo que eu podia segurar. Era apenas uma maçaneta, é claro, nada mais do que uma maçaneta. Algo brilhante, algo a ser segurado e, de alguma maneira, a vida é muito melhor quando você tem algo para segurar. Vou devolvê-la em breve, pensei; sem falta, mas não agora.

Gostei da maçaneta. Ela tinha algo especial, algo pessoal.

Por isso decidi guardá-la. Enrolei-a na minha juba, retorci os cabelos à sua volta, depois, a fixei com um prendedor. Cobri-a com os cabelos como eu costumava fazer com aquelas outras coisas em Filching e pus minha touca por cima, de maneira que não pudesse ser vista, nem mesmo se você tirasse minha touca. Talvez minha cabeça só tivesse ficado um pouco mais pontuda, só um pouquinho. Só por um tempinho, eu disse a mim mesma, depois, devolvo. Então, prossegui fazendo meu trabalho, me sentindo melhor, pois tinha a maçaneta.

Estava limpando a lareira da sala dos professores, um lugar cheio de coisas, quando, de repente, tive a sensação de que alguém estava me observando. Virei-me para a porta e *havia* alguém lá, alguém horrível.

Era um fantasma.

O fantasma de um menino feio e de rosto abatido. Eu tinha certeza de que ele havia aparecido para me assombrar. Lá estava ele, parado no umbral da porta, um menino horrível com os cabelos repartidos no meio e olheiras fundas, uma boca muito larga e uma cabeça que parecia um pouco grande demais para os seus ombros. E eu pensei, não, não vou me assustar; estive tão aterrorizada este tempo todo com a possibilidade de ver um fantasma que ver de fato um não é tão assustador assim e não vou deixar que essa criatura infeliz me persiga toda vez que eu subir, então, vou mandá-lo cair fora, não vou me assustar. Em seguida, me levantei, agarrei o balde de carvão e marchei em sua direção, as mãos tremendo, e desferi um golpe, como haviam me dito para fazer, ataquei-o com o balde. E o balde acertou em cheio. Fez contato. Encontrou algo, não o umbral da porta, não, acertou o menino, perto da orelha. Saiu até um pouquinho de sangue.

Talvez não fosse um fantasma.

Talvez não fosse.

Não era.

Não, não era um fantasma. E, se não era um fantasma, certamente era alguém da família. Eu havia batido em um Suprairemonger. Só saiu uma gota de sangue, mas aquele Suprairemonger fez um escândalo terrível e eu continuava a dizer que sentia muito e ele continuava a segurar sua preciosa orelha como se eu a tivesse arrancado.

Quando ele se acalmou um pouco, implorei que não contasse a ninguém.

— Prometa que não vai me dedurar.

Ele ficou com as mãos na orelha e disse:

— Meu nome é Clod. Espero que tenha ouvido falar de mim; o filho de Ayris.

— Meu nome é...

— Eu sei o seu nome — disse ele com impaciência. — Seu nome é Iremonger, é claro.

— Meu nome é Lucy Pennant.

— É? É mesmo? Tem certeza? Não sabia que os criados lá de baixo tinham nome, exceto o mordomo e alguns outros.

— Bem, nós temos, e o meu é Lucy Pennant, e trate de não se esquecer.

— Esse é um assunto muito delicado para você, não?

— É, sim!

— Não precisa ficar tão brava.

De início, achei que era muita esperteza minha dizer a ele meu nome, um ótimo lugar para guardá-lo: dentro da cabeça de um Iremonger lá de cima. Depois, fiquei imaginando se, na verdade, não havia sido uma grande burrice. E se ele contasse à sra. Piggott que uma criada chamada Lucy Pennant havia não somente falado com ele, o que era expressamente proibido, mas também usado seu próprio nome proibido e acertado sua orelha com um balde de carvão?

— Tem mais alguma coisa em você que é diferente, não é? — perguntou ele.

— Espero que sim — respondi.

— Você tem um objeto de nascença.

— Tenho — falei. — Tenho, sim, é uma...

— Os criados geralmente não têm objetos de nascença.

— Todos nós temos. Eles ficam guardados lá embaixo, no quarto da sra. Piggott.

— Talvez, então, seja o balde — disse ele. Um minuto mais tarde, acrescentou: — Não, não é o balde. Será que é a sua touca?

Ele estava franzindo muito a testa, de alguma maneira sabia que a maçaneta estava embaixo da minha touca, mas como ele poderia saber? A velha criada Iremonger tinha razão: eles são perspicazes.

— Há quanto tempo, Lucy Pennant, você está aqui em Heap House? Parece que você não conhece bem as regras.

— Desde ontem à noite.

— E, antes de ontem à noite, você estava em outro lugar?

— Em algum lugar eu tinha que estar, não?

— É claro.

— Todo mundo está em algum lugar, não é mesmo?

— É verdade.

— Você nunca está em lugar nenhum.

— Sim, sim, calma. Não é você que está com a orelha sangrando. E, por favor, lembre-se de que você é uma criada e eu, não. Mas, voltando ao assunto, há muitos lugares por aí, não? Muitos lugares, em geral, mas sempre estive aqui.

— Há muitos lugares, um montão.

— Pois é, acho que o mundo é grande, mas eu queria saber, Lucy Pennant, do lugar onde você estava ontem. Como era?

— Menor.

— Ah, é mesmo? Interessante. E o que mais?

— O que você quer saber?

— Tudo.

— É muita coisa, não acha?

— É, sim — disse ele. — Se você não se importar, pode começar agora.

— E eu? O que eu ganho com isso?

— Não sei. O fato de eu não contar a ninguém que fui atacado por uma criada?

— Mostre-me a casa. Sou nova aqui, me perco. Mostre para mim.

— Você estava em Londres?

— Estava.

— Você conhece Londres?

— Claro.

— Pode me falar a respeito?

— Então, é uma troca? Você me mostra a casa e eu conto a você tudo sobre Londres?

— Está bem, negócio fechado. Vamos começar imediatamente: esta é a sala dos professores.

— Isso eu já sei. Conte outra coisa.

— Vou contar. A casa tem sete andares, oito em alguns lugares. Seis escadarias principais. Nem sei quantas secundárias. Quatro salões de jantar, três longas galerias. Muitos tesouros aqui e ali, grandes coleções.

— Mostre para mim.

— Então — perguntou ele —, qual é seu objeto de nascença?

— Uma caixa de fósforos. Mostre-me uma coleção.

— Que tipo de caixa, grande, pequena, quantos fósforos tem dentro?

— Não sei, não vi. Havia uma fita em volta que dizia "lacrada para a sua comodidade". Na verdade, não tem nada a ver comigo.

— Uma caixa de fósforos lacrada.

Uma campainha tocou lá embaixo e eu sabia que deveria me apressar.

— Preciso ir agora. Fizemos um trato, não foi, os termos são convenientes a ambas as partes?

— São, sim.

— Então, está fechado. Mas terá de ser em outra ocasião. Agora, preciso ir.

— Amanhã à noite?

— Está bem, amanhã, se você quiser.

— Eu saio e encontro você.

— Está bem.

E eu pensei, o que será que está preso à corrente que vai para dentro do bolso do robe dele, o que tem lá na ponta?

— Boa noite — falei.

Ele respondeu:

— Boa noite. Boa noite, Lucy Pennant.

Sim, aquela foi a primeira vez em que me encontrei com Clod Iremonger.

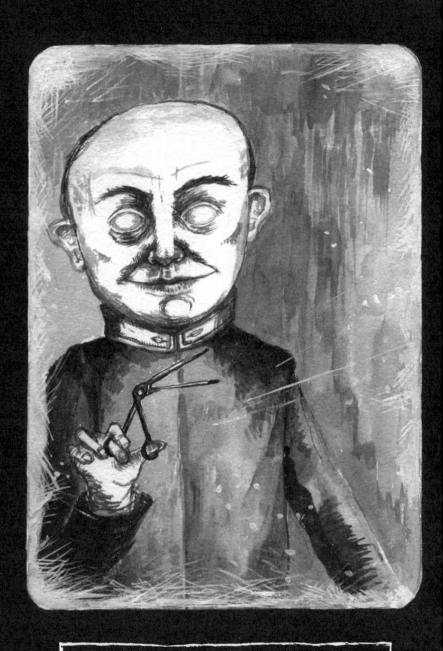

O Governador Supremo de Objetos de Nascença, Idwid Iremonger

11
UM PAR DE PINÇAS DE NARIZ

Continua a narrativa de Clod Iremonger

Lucy Pennant Está na Minha Cabeça

Ela se chama Lucy Pennant. Limpa as lareiras em alguns dos cômodos depois que já estamos na horizontal nos buracos onde ficam nossas camas. Eu nunca havia falado com muitos membros da família encarregados de limpar e lavar, ensaboar e escovar, desinsetizar e depurar, alvejar e arear, engraxar e engomar, e que, de dia, vivem fora de vista, em algum lugar no subsolo de Heap House, com pá de lixo e escova em riste. Eram criaturas noturnas, eu havia deduzido. Não gostavam que descêssemos até as áreas de serviço; o tio Timfy soprava seu apito e o sr. Sturridge era deveras desencorajador. Portanto, eu não via muito aquelas pessoas. Geralmente, nenhum som as distinguia e, quando elas passavam, eu não ouvia nome algum. Provavelmente, meses inteiros se passavam sem que eu sequer dedicasse a tais criaturas um único pensamento, como se o trabalho de limpar nossa imundície, lustrar nossa mansão e remover cinzas e pele morta fosse realizado por ratos. Mas, agora eu havia visto uma delas, à luz de vela. Uma mariposa cintilante.

De volta ao meu quarto, ao meu espaço, sussurrei:

— Vi Lucy Pennant esta noite. Ela me bateu com seu balde. Ela vem de Londres. Ouvi seu objeto de nascença, mas não consegui captar seu nome.

O que mais? Ela tinha olhos verdes. Era um pouco mais velha do que eu. Um tiquinho mais alta. Eu talvez ainda crescesse, pensei, mas talvez isso não seja muito importante. Pinalippy me pedira para crescer, mas eu não queria pensar em Pinalippy naquele momento. Queria pensar em Lucy Pennant. Ela achou que eu fosse um fantasma; eu a assustei. Acho que eu nunca havia assustado ninguém até então. Preciso aprender o nome do objeto de nascença dela; conhecia muito melhor uma pessoa quando sabia qual era seu objeto de nascença e como ele se autodenominava.

Um Segredo de Tummis

O primo Tummis bateu à minha porta logo cedo na manhã seguinte.

— Tummis — falei disse. — Tummis e Hilary, entrem e fechem a porta. Tenho uma grande novidade para contar. Algo maravilhoso. Fechem a porta.

— O que foi, Clod?

— Hilary Evelyn Ward-Jackson.

— Seu nariz está escorrendo. Olá, Hilary.

Tummis limpou o nariz no punho da camisa.

— Acho que Wateringcan talvez volte esta noite — disse ele.

— Acho possível, você não acha? Tentei procurá-lo, dei umas voltas por aí, mas não encontrei nenhuma pista, e não queria que Moorcus me pegasse, ele estava de guarda ontem à noite. Hoje é a vez de Duvit, então, talvez eu tenha mais sorte. Mas acho que Wateringcan vai voltar para casa quando estiver cansado.

— Vai, sim, tenho certeza — falei.

— Clod, conte sua novidade, estou ansioso.

— Tummis — falei —, você alguma vez já ficou esperando muito tempo, sentindo comichão e se coçando, limpando o nariz, olhando para a porta esperando que ela se abra e, aí, de repente, uma história excelente surge à sua frente? Sua própria história, veja bem, não a de outra pessoa, não um papel pouco importante na obra alheia. Mas algo totalmente seu. Sua história pessoal. Você alguma vez já desejou ter sua própria história, na qual você é o protagonista?

— Clod, você me atordoa logo de manhã cedo.

— Sua própria história, Tummis; pense bem, toda sua. Como ela seria?

— Uma história do Tummis? Como seria?

— Minha história veio até mim, Tummis. Acho que foi isso.

— Nossa, Clod!

— Nossa, Tummis!

— Você precisa me contar tudo. Como ela é? Como foi o Colóquio? Sei que ela parece bastante grande e durona, mas, então, não foi assim que ela se comportou?

— Pare! Pode parar por aí, Tummis Gurge Oillim Mirck Iremonger. Pinalippy não é a minha história. Não é de Pinalippy que estou falando. Minha história é algo totalmente diferente.

— Não é possível.

— Claro que é, Tummis. (Seu nariz está escorrendo.)

— (Obrigado.) Qual é a história?

— Bem — comecei, depois, hesitei. Não queria arruinar tudo. De repente, pensei que era algo muito delicado, muito novo e pequeno, e não queria contar a Tummis, ainda não, embora geralmente contasse tudo a ele. De repente, senti um grande vazio se abrindo entre nós, como se ele estivesse se afastando, foi o que senti, mas, mesmo assim, não preenchi aquele buraco. Eu o deixei lá. — Ainda não juntei todas as peças, não quero destruir tudo antes de ter certeza. Mas posso dizer que a história tem um pouco de vermelho.

— Um pouco de vermelho, é mesmo?

— Vermelho e também verde.

— Uma cor meio de lama, então? Amarronzada?

— Não exatamente.

— Bem, como assim?

— Não sei dizer exatamente.

Lá embaixo, o trem gritou rumo a Londres.

— Conte para mim, Clod, por favor.

— Percy Hotchkiss.

— É Aliver — sussurrei. — Veio para o meu exame médico.

— Por favor, conte para mim, Clod. Por favor.

Bateram à porta.

— Clod — disse uma voz —, posso entrar?

— Ah, raios! — murmurou Tummis nervosamente. — Raios e mais raios.

A porta se abriu; tio Aliver estava diante de nós.

— Achei que tinha ouvido vozes — disse ele. — Tummis, você deveria estar aqui?

— Não, tio.

— Você vai esgotá-lo, Tummis; ele se cansa facilmente.

— Estou muito bem hoje, tio — declarei.

— Você é tão robusto, pobre Clod, quanto um dente-de-leão.

— O que é um dente-de-leão? — perguntei.

— Você não precisa se preocupar com isso. Alguns de nós, Tummis, não têm uma constituição tão forte quanto a sua; grande fortaleza, exemplo ambulante de vigor.

— Ele é como o Monumento, tio? — perguntei. — É como a estátua erguida em homenagem ao Grande Incêndio de Londres, construída em 1677, com sessenta metros de altura, localizada no cruzamento da Monument Street com Fish Street Hill?

— Exatamente — disse ele —, igualzinho. Andou lendo, Clod?

— Sim, tio, muitos livros sobre Londres.

— Sinto muito, tio — disse Tummis. — Ontem foi o Colóquio dele e eu...

— Não quero ver você aqui novamente.

— Está bem, tio.

— Caia fora, então.

E lá se foi o caro pernalta, magoado e ranhoso.

Um Tio Chamado Aliver

Meu tio Aliver, administrador de xaropes e poções, de pílulas intragáveis com aspecto e cheiro de fezes de animais; meu tio Aliver, o médico, o encanador das entranhas humanas, com os pensamentos todos voltados para dentro; ele que, ao olhar para as pessoas só conseguia ver a parte subcutânea, os gotejamentos e coagulações, as feridas e hematomas, ele cuja imaginação era dominada por furúnculos e erupções; ele que era companheiro de dores e inchaços, cãibras, resfriados e fungos, bolhas e torções testiculares, cáries, bichos-de-pé e verminoses, estomatites, unhas encravadas e excrecências cutâneas, dedicava sua companhia, sua sociabilidade, sua interação, seus olás, comovais e euteamos apenas aos enfermos. As pessoas sadias, jovens e ativas, que dormem profundamente todas as noites, ele não conseguia compreender de forma alguma. Não eram interessantes. Aliver só conseguia reconhecer uma pessoa pelos seus achaques. Era amigo íntimo e admirador de todas as enfermidades, da coriza aos calos, do catarro à catarata, do câncer ao carbúnculo, dos cistos à catalepsia e ao cretinismo; sentava-se à cabeceira da cama e as tratava com desvelo. Com um doente, era amoroso, meigo e paciente; com uma pessoa sadia, era grosseiro, cego, desconcertante e desagradável. Quando seus pacientes se recuperavam, tio Aliver lhes dava as costas, magoado e infeliz, já sentido saudade da doença que ele mesmo, em sua amargura, ajudara a debelar. Tio Aliver se casara com a tia Jocklun (faca de bolo) e o casamento não foi feliz, até a pobre tia Jocklun pegar antracose; em seguida, ele nunca mais a deixou, até ser ela a deixá-lo, para todo o sempre.

Comigo, o tio Aliver era geralmente muito atencioso e animado, manifestava muita preocupação e era muito afeiçoado à minha cabeça, a ponto de eu desejar que tal afeto fosse um pouco menor. Nos dias em que ele era brusco e áspero comigo, eu sabia que minha saúde estava melhor. Ele era um médico de primeira e conhecia tudo sobre a inconstância da máquina humana.

— Você parece ter dormido muito pouco — disse tio Aliver naquela manhã, apalpou minha cabeça e auscultou meu coração. Receitou minhas pílulas para aquela semana e, àquela altura, exceto por algumas breves perguntas, as consultas geralmente terminavam.

— Pobre Rosamud, Clod. Ela está sofrendo muito. Seus cabelos estão caindo. Sua pele escureceu.

— É verdade. Pobre titia.

— A casa inteira está aflita por ela. Tenho andado atarefadíssimo. Meu irmão Wrichid achou que tinha visto sua cortina girando pelo quarto, mas acho que é mais provável que a girar tenha sido uma taça de vinho tinto. O sr. Groom relatou uma súbita coagulação de substâncias, desde leite até marzipã, e estranhas linhas azuis que surgiram na pele de uma carcaça de porco pendurada na câmara fria. Isso sem falar do nascimento do último filho da prima Lolly; ela o chamou de

Kannif em homenagem ao avô, homem de saúde muito frágil. E a tia Ommaball Oliff, sua venerável avó, incessantemente mal-humorada, deu à criança um cavaco de lápis como objeto de nascença, portanto, é improvável que o menino sobreviva a esta noite. E, é claro, os cúmulos estão repletos e isso já é o bastante para deixar qualquer um nervoso. Não vejo tanta tensão desde que perdemos Rippit. Mas pelo menos você, Clod, permanece constante; constantemente Clod.

— Agucei o ouvido para captar a maçaneta, mas não a ouvi.

— Mas ela está em algum lugar. Clod, talvez devêssemos fazer você dar uma volta, subir e descer pela casa, ver o que consegue ouvir. Não vamos fazer muito alarde, Timfy não precisa saber. Sim, talvez devêssemos fazer isso. Vale a pena tentar. Está disposto? Isso o livraria da escola.

— Claro, tio.

— E, afinal, como foi seu Colóquio? Esqueci de perguntar. A garota é simpática?

— Acho que correu tudo bem. E, tio, no Colóquio...

— Um caminho de mesa, eu acho.

— Um caminho de mesa, isso mesmo. E, tio, teve outra coisa. O sofá da Sala dos Colóquios falou, bem baixinho, disse que se chamava Victoria Hollest.

— Victoria Hollest? É mesmo? — titio perguntou mecanicamente.

— Sim — respondi — e isso não teria nada de estranho, mas ele disse algo mais, algo diferente do nome, perguntou onde estava uma pessoa chamada Margaret. Tenho certeza de que foi o que ouvi, posso ir até lá e ouvir novamente, se o senhor quiser.

— Clod, seu trouxa! — disse ele apaixonadamente. — Você deveria ter me contado logo de cara. É melhor eu dar uma olhada no seu objeto de nascença.

Aquilo só acontecia uma ou duas vezes por ano e tio Aliver deixava bem claro que era algo que não gostava de fazer; havia outros médicos para objetos de nascença. Saquei meu tampão e o pus em cima de sua mão aberta, a corrente esticada ao máximo. Ele tirou uma lupa de um bolso e a usou para observar completamente meu tampão, guardou a lupa, tirou um par de alicates e virou o tampão.

— Inspire — ordenou ele e eu obedeci.

Deu umas pancadinhas leves com os dedos no meu tampão, o que me deixou muito ansioso.

— Algum problema com o meu James Henry? — indaguei.

— Acho que não, mas talvez você precise se consultar com outra pessoa.

Tio Aliver me devolveu o tampão.

— Como está se sentindo?

— Bastante bem, tio.

— Quero que você ouça o que conseguir, Clod, pela casa afora.

A Casa Falante

E lá fomos nós, subindo escadas de mármore e descendo escadas de ferro. Entramos em pequenos armários, grandes salões, viramos aqui e ali aleatoriamente, tentando ouvir o chamado da maçaneta Alice Higgs, aquelas duas palavras se destacando da cacofonia do edifício. Como captá-la no meio de todos os outros ruídos? A casa falava e tagarelava, sussurrava, balia, cantava e gorjeava, coaxava, estalava, cuspia, ria, gargalhava, ofegava, apitava e gemia. Vozes jovens, agudas e animadas, vozes velhas, roucas e trêmulas, femininas, masculinas, muitas, muitas vozes e nenhuma delas de uma pessoa, mas de coisas da casa falante, aqui e ali um varão de cortina, uma gaiola de pássaro, um peso de papel, uma lata de tinta, uma tábua de assoalho, um corrimão, uma cúpula de abajur, uma corrente de sino, uma bandeja de chá, uma escova de cabelo, uma porta, um criado-mudo, uma cuba de pia, um pincel de barba, um cortador de charutos, um ovo de cerzir, um capacho. Deparei-me com uma maçanete falante, mas ela dizia Marjorie Clarke, era de azeviche de Whitby e abria a porta da Sala do Adeus — onde os defuntos Iremonger são lavados e vestidos, um cômodo que, originariamente, fazia parte da casa de um agente funerário em Whitechapel. Visitamos Victoria Hollest, o local do encontro com Pinalippy no dia anterior, mas a sala estava vazia, exceto pelo sofá, que, de fato, ainda estava sussurrando a pergunta "Onde está Margaret?".

— Isso é tudo? — perguntou Aliver.

— Sim, tio, e "Victoria Hollest". Cinco palavras.

— Então, talvez seja prudente adiar os próximos Colóquios. Eu diria que devemos substituir o sofá, mas há mais de um século todos se sentam nele e, além disso, temos apenas a sua palavra.

E continuamos nossa ronda. Até entramos por uma porta com YVA escrito de um lado e ADOM do outro — para representar a distinção entre os sexos com base nos nomes do infeliz casal expulso do Jardim do Éden, embora os nomes usados nesse caso fossem uma típica variação Iremonger. Vi uma parte da ala das meninas, que, na verdade, não diferia dos aposentos do lado ADOM; a sala de aula era praticamente idêntica, só que objetos diferentes diziam coisas diferentes. Foi em uma das salas de aula, a das primas mais velhas, com Pinalippy sentada atrás de uma carteira me observando de maneira estranha, e muitas das outras garotas olhando para ela e, depois, para mim, que o segundo incidente aconteceu. Titio falou com a professora da classe, que ordenou silêncio, e prossegui com a minha escuta, e quase deixei passar, mas, ajoelhando-me ao lado da carteira da prima Theeby, ouvi, por baixo do ruído da sua capa de bolsa de água quente (Amy Aiken), um tinteiro de porcelana chamado Jeremiah Harris dizendo, além do próprio nome, "Eu ficaria muito agradecido".

Meu tio perguntou se eu tinha certeza absoluta daquilo. Eu tinha.

— Provavelmente, não é nada — disse meu tio para a professora —, mas mande esse tinteiro lá para baixo. Etiquete-o antes.

Senti-me muito importante naquele momento, com todas as primas me observando, até ouvir a prima Horryit murmurando:

— Aproveite e mande-o lá para baixo.

Horryit era considerada a mais bonita de todas as primas Iremonger. Ela tinha um objeto de nascença barulhento chamado Valerie Borthwick, embora eu não fizesse ideia do que era. Horryit devia se casar com o primo Moorcus no mês seguinte.

Mais tarde, na longa galeria, havia um batedor de tapetes que dizia, além de Esther Fleming, "Coqueluche". E, na grande sala de jantar do vovô, havia uma garrafa de decantação, Alexander Fitzgerald, que dizia: "Eu preferiria que não". Mas nada de ouvir Alice Higgs em lugar algum. Por fim, o tio Aliver disse que poderíamos parar. Sentamos nos primeiros degraus de mármore da grande escadaria, entre o porteiro adormecido da Vovó e o Trisavô.

— O que está acontecendo com os objetos, tio? — perguntei.

— Não faço ideia, Clod, talvez seja necessário pedir ajuda. Como você está se sentindo? Não cansei você demais?

— Não, senhor.

— Obrigado, Clod — agradeceu ele e, depois, talvez por causa da tensão do dia com todos aqueles objetos emitindo sons novos, o tio Aliver acabou falando demais. — Clod, seu avô me pediu para cuidar de você de maneira especial.

— Meu avô? — indaguei. — Vovô falou de mim?

— Sim, Clod, ele fala de você com frequência. Quando ele se consulta comigo, diz: "E me diga, Aliver, como anda nosso Clod ultimamente? Temos muitas esperanças para ele."

— É mesmo? — perguntei. — Ele fala isso mesmo? Não vejo Vovô há mais de um ano. Ouço o trem chegando e partindo, é claro. Vovó não quer me ver; diz que no verão, quem sabe, mas está longe de ser uma certeza. E sempre achei que Vovó gostasse mais de mim do que o Vovô.

— Ele não esqueceu você. Outro dia mesmo disse: "Clod logo vai ganhar calças compridas, não é?" Respondi que sim. E seu avô acrescentou: "Preciso vê-lo antes disso."

— Vovô quer me ver! Ele disse isso mesmo?

— Disse, sim, Clod. Você é um caso especial, um Iremonger que ouve coisas, precisamos ser muito cuidadosos. Devemos manter você a salvo até seu avô revelar seus planos.

— Vovô... — sussurrei. — Quando vou vê-lo? Não vou estar sozinho, vou? O senhor vai estar comigo, tio Aliver?

— Não se preocupe, eu provavelmente já falei demais. Volte para o seu quarto agora, Clod, descanse. Vou escrever um bilhete e mandá-lo para a escola. E, Clod, não dê atenção demais a Tummis Iremonger, Tummis não é o tipo de amigo que você deveria ter, portanto, fique longe dele, uma pessoa desse tipo não pode fazer bem algum a você. Em vez disso, cultive talvez uma amizade com o seu primo Moorcus.

— Mas Tummis... — protestei.

— Direi ao seu avô que você é muito bom. É o que você quer, não? Um belo relatório.

— Sim, tio, é claro.

— Então, pode ir, meu germezinho. Vou enviar uma mensagem a Bay Leaf House. E nada de correr.

No Salão do Sol

O resto do dia passou devagar, gotejando, contando os minutos, arrastando os segundos. Chega de sol, disse a mim mesmo, e fiz uma espécie de dança da sombra. Cochilei vez por outra, isolei partes do dia, puxei as cortinas dos meus olhos e tentei imaginar alguns minutos roubados, tirei tempo do dia e o dei à noite. Só que, quando eu dormia, Vovô assombrava meus sonhos e eu me sentava na cama banhado de suor. Por fim, a barulhenta locomotiva a vapor do Vovô ressoou pela casa. Falta pouco, não falta muito tempo agora.

Esperei Lucy Pennant. Eu estava vestido e pronto, embora todos os Iremonger à minha volta estivessem tirando as roupas do dia e certamente vestindo pijamas, deitados debaixo de lençóis, usando redinhas para cabelos e bigodes, envoltos por mosquiteiros. Eu estava esperando. Havia escovado os cabelos no espelho, puxado as meias para cima e amarrado os sapatos. Estava deitado na cama, esperando que a casa se aquietasse. Ouvi um criado andando para cima e para baixo no corredor, certificando-se de que ninguém queria mais nada, de que todos nós havíamos ido para a cama. Enquanto esperava, devo ter adormecido. Acordei de repente, algo acabara de passar correndo pela minha porta, crocitando.

Não sei o que foi, mas me acordou. Quanto tempo fiquei adormecido? Eu não sabia dizer ao certo. Estava atrasado? Eu não sabia. Dei uma escovada rápida nas minhas roupas, reparti os cabelos dizendo a mim mesmo que, se eu tivesse alguma chance de vê-la, era melhor me apressar. Abri a porta do quarto. O que estava lá fora? A noite. Mergulhei nela.

De início, não consegui encontrar Lucy. Ela não estava na sala dos professores; aquela lareira já havia sido preparada. Ela não estava em nenhuma das salas de aula. Enfim, no final de um longo corredor, com uma escuridão noturna tão espessa que quase sufocou minha pequena vela, lá estava ela e lá estavam as palavras suaves, suavíssimas, que saíam da sua touca. Ouvi entre os outros objetos daquele cômodo, Patrick Wellens e Jenny McMannister (uma grelha de lareira e uma redoma de vidro), alguns outros murmúrios bem baixinhos. Ela estava no Salão do Sol, mas não estava aprontando a lareira, e sim limpando as janelas.

— O que você está fazendo? — perguntei.

— Não chegue assim tão de fininho! A menos que queira levar um balde na fuça.

— Achei que você preparasse as lareiras.

— Eu queria olhar para fora — disse ela.

— Você deveria estar fazendo isso? Quer dizer, está certo? Quer dizer, você não vai se meter em encrenca?

— Quem limpa as janelas nesta casa? O estado delas é lastimável.

— Eles provavelmente acham que não vale a pena. As janelas logo voltam a ficar cobertas de sujeira.

— Só quero ver lá fora. Não consigo abrir a janela, está trancada...

— É para que as gaivotas não entrem.

— Achei que, esfregando bem uma delas, eu talvez conseguisse ver alguma coisa, qualquer coisa, lá fora.

— Provavelmente, deve estar mais suja ainda do outro lado.

— Eu não tinha pensado nisso.

— Esse é um dos problemas: vivendo no lixão, a quantidade de poeira, fuligem e cinzas é tanta que vai parar em todos os cantos. Se você sair por um minuto, voltar para a casa e assoar o nariz, seu ranho sairá negro. A poeira vai parar em todos os lugares, não apenas na casa, mas nas pessoas também.

— Então, não faz muito sentido limpar as janelas.

— Acho que não.

— Mas talvez a sala fique mais clara, não é?

— Acho que mais escura não vai ficar.

— Então, vamos tentar.

— Eu? Você não pode estar se referindo a mim. Sou um Iremonger.

— Sim, você pode ajudar.

— Ah — falei —, tudo bem, então.

E foi o que fiz, o que nós fizemos. Limpamos uma janela. Passamos uns panos velhos no vidro e aqueles trapos, que já não eram muito brancos, logo ficaram totalmente negros. Não adiantava usar outros panos mais ou menos novos, todos logo ficavam pretos. Muita noite era absorvida, mas ainda sobrava muito a ser removida. E, enquanto esfregava a janela ao lado dela, prestava atenção a umas palavras abafadas que pareciam até um pouco mais fracas do que antes, mas, por fim, entendi a primeira: "Alec!".

— Acho que é Alec! — exclamei.

— O que você disse? — perguntou ela.

— Nada não. Até que estou gostando de limpar janelas.

— Idiota — murmurou ela. — Onde você estava? Achei que não viria.

— Queria ter chegado muito mais cedo, de verdade, mas não consegui. Da próxima vez, vou ser muito mais rápido.

— É melhor mesmo, não posso ficar aqui a noite toda esperando você.

— Não, não seria correto da minha parte.

— Tenho muitos afazeres.

— Sim, sim — falei e, por um instante, ficamos calados, esfregando a janela juntos.

— Sinto muito pela sua orelha — disse ela finalmente.

— Já está quase boa, obrigado.

— Logo o sino vai tocar, preciso descer. É melhor você ser mais rápido amanhã. Se quiser que eu conte alguma coisa.

Àquela altura, nossas mãos estavam imundas e eu não me importava nem um pouco. Demos alguns passos para trás para olhar o vidro. Para mim, parecia estar na mesma, mas disse que estava mais claro, e ela pareceu ter ficado contente. Lucy me fez prometer que eu voltaria ao Salão do Sol durante o dia para ver se havia alguma diferença. E eu prometi que o faria.

— Você sabe que eu não deveria fazer o que estamos fazendo agora?

— Limpar janelas?

— Na verdade, eu também não deveria fazer isso, mas, sobretudo, eu não deveria falar com você.

— Por que não?

— Não é permitido. Regra da casa.

— Quem disse?

— O Vovô.

— Quem é esse Vovô?

— Umbitt Iremonger, acumulador dos cúmulos.

— Também sou uma de vocês — argumentou ela. — Uma Iremonger. Por parte de mãe.

— Eu sou Iremonger há gerações, tanto por parte de pai quanto de mãe.

— Então, é por isso que você é assim.

— Assim como?

— Mirrado e torto.

Aquilo doeu um pouco.

— Não sou muito alto, não é?

— Você é meio tímido, não?

— Para a minha idade? Tenho 15 anos e meio. Quando eu fizer 16, vou ter de me casar.

— Bem, boa sorte.

— Eu não quero, preferiria não me casar.

— Então, diga que não.

— Não posso.

— Por que não?

— Regra. Todos se casam aos 16 anos. Bem, quase todos.

— Você gosta de regras, não?

— Não, não gosto. Elas simplesmente existem; não posso passar por cima delas.

— Porque você é baixinho?

— Porque sou um Iremonger.

— Eu já tenho 16 anos e não sou casada. Provavelmente, não vou me casar. Mas quase aconteceu. Eu ia me casar. Escapei por um triz.

— É mesmo? Posso perguntar com quem?

— Com os cúmulos, seu bobão.

— Ah.

— Ele diz "ah".

— Vai me contar o que aconteceu?

— O que tem na ponta dessa corrente pendurada aí?

— Meu James Henry Hayward.

— Seu o quê?

— Meu Ja... Meu tampão, meu objeto de nascença. Quer ver? Vou mostrar para você.

— Você o chamou de outra coisa agora há pouco.

— Ah... bem, acho que posso contar para você. Eu ouço vozes.

— O quê?

— Objetos, sabe, alguns objetos têm vozes e dizem o próprio nome para mim. Aquela redoma ali. Está vendo?

— Estou.

— Ela se chama Jenny McMannister.

— Que história é essa? Você é doente, é isso?

— Sim, sou doente. O tio Aliver me dá pílulas.

— É algo grave? No início, achei que fosse, tive essa sensação. Você é perigoso? Você não parece perigoso.

— Não, não sou nem um pouco perigoso.

— É melhor não ser mesmo, senão, vai levar uma bifa.

— Não sou perigoso, só ouço coisas.

— Bem, você pode ouvir coisas longe de mim. Não me assuste ou vou pegar meu balde novamente.

— Não, não, nem penso nisso.

— É melhor eu voltar lá para baixo agora, antes que deem pela minha falta.

— Boa noite, então. Obrigado pela conversa. Amanhã, apareço mais cedo.

— É melhor mesmo.

E lá se foi ela com todos os apetrechos de limpeza, mas se virou à altura da porta.

— Como é mesmo meu nome? — perguntou de maneira bastante agressiva.

— Lucy Pennant, é claro — respondi.

— Obrigada — agradeceu e desapareceu.

— E Alec alguma coisa — sussurrei.

E isso foi tudo. Que noite! Eu me sentia bastante leve enquanto voltava para o meu quarto, até balancei meu James Henry na corrente. Corri o último trecho e, enquanto subia depressa a escada, percebi algo se deslocando em cima de mim, mais veloz do que eu, e, por um instante, vi um pássaro se mexendo nas sombras.

— Wateringcan! — gritei.

Mas ele sumiu, desapareceu, foi para os cômodos na parte superior da casa. É melhor ele não ir para o sótão, pensei; os morcegos o fariam picadinho lá.

Fui para a cama pensando que era uma pena eu não ter uma recordação de Lucy Pennant, um pequeno objeto, algo que me ajudasse a enfrentar o dia, algo para eu me lembrar dela. Um retrato seria a melhor coisa, uma imagem.

O Tio Idwid

Na manhã seguinte bem cedo, logo após eu me vestir, pouco depois da locomotiva do Vovô ter partido, ouvi Percy Hotchkiss se aproximando no corredor, junto de algo desconhecido chamado Geraldine Whitehead. O tio Aliver bateu e entrou, muito nervoso. Ao seu lado, estava um homem que eu nunca tinha visto, mas que parecia que conhecia desde sempre. Ele tinha algo de muito familiar, estava usando um uniforme oficial com uma folha de louro dourada trançada no colarinho. Era um homem pequeno, com ralos cabelos emplastrados sobre o grande crânio branco e veias saltadas em suas têmporas. Quem era ele? Por que parecia que eu o conhecia?

— Permita-me apresentar — disse o tio Aliver com certo nervosismo — seu tio Idwid Iremonger. Acho que você não o conhece; ele é o irmão gêmeo do seu tio Timfy.

— Como está o pequeno Timfy? — perguntou Idwid. — Ele é meu irmão *menor*, sabe, nasceu depois de mim, vinte e dois minutos depois.

Ele disse tudo isso sorrindo, parecia sorrir muito. Sua voz, ao contrário da voz do seu gêmeo, era muito suave. Ouvira falar do tio Idwid antes, mas ainda não o conhecia. Ele era um Governador, um dos Iremonger de maior prestígio, mas morava na cidade e não voltava para casa.

— Então, esse é o tal garoto, não é mesmo? — disse o tio Idwid, abrindo um sorriso e revelando seus dentes claros, mas ele não estava olhando para mim ao falar: seu rosto estava virado para outro lugar. Só então percebi que as órbitas em sua cabeça tinham algo errado: eram leitosas. O tio Idwid era cego. Ele estava com um sorriso aberto para o quarto, respirando profundamente como se quisesse inspirar todo o ar. — Sente-me, por favor, Aliver.

O tio Aliver o levou até uma das minhas cadeiras.

— Aproxime-me dele, leve-me para bem perto, e você, meu caro Clod, venha até mim. Sente-se aqui comigo, por favor.

Sentei-me ao lado dele, bem perto; nossos pés não tocavam no chão.

— Como é bom estar aqui em Heap House novamente! — exclamou ele. — Ora, o que estou ouvindo? — disse, levando suas pequenas e bem-cuidadas mãos até os ouvidos, murmurou algo para si mesmo e, em seguida, estalou os lábios. — Ouço James Henry Hayward! Olá? Olá! Venha, James Henry Hayward, venha, venha até mim! — chamou e abriu as mãos. — Sei que você está aqui, venha, quero conhecer você. Ponha-o para fora, Clod, deixe-me ver, por favor.

Não pude conter um sorriso: ele conseguia ouvir como eu! Aliver assentiu para mim e eu, lentamente, pus meu tampão nas mãos dele. Idwid o levou bem para perto do nariz e o farejou, tateando e acariciando por toda parte.

— James Henry Hayward — disse o tampão, alegremente, na minha opinião.

Idwid o virou de cabeça para baixo e fez cócegas em sua parte inferior.

— James Henry Hayward! — pareceu dizer ele, rindo.

Eu nunca o ouvira rir antes. E, enquanto James Henry dizia o próprio nome cada vez mais depressa com total alegria, percebi outra voz se aproximando, uma voz que estava dizendo com um sussurro frio "Geraldine Whitehead".

Vi então que Geraldine Whitehead era um instrumento de metal com um bico fino, longo e retorcido, uma espécie de alicate estranho e magricela. James Henry se calou imediatamente.

— Meu tampão! — exclamei.

— Silêncio — disse tio Idwid, sorrindo. — Silêncio, está tudo bem, minha pinça está se ocupando dele por um instante.

— Gerald Whitehead — falei —, é como ela se chama.

— De fato, como você é esperto! Soube que você também ouve todos os nomes! — disse Idwid. — Geraldine Whitehead é uma pinça especial projetada para extrair pelos do nariz e das orelhas também. Muito boa e útil. Bem, deixe-me ver.

Ele segurou com muita delicadeza meu tampão e sua Geraldine Whitehead e, em seguida, com a mesma suavidade, o soltou e guardou a pinça novamente. James Henry disse:

— James Henry Hayward.

— Aliver — chamou o tio Idwid —, você examinou Clod recentemente?

— Sim, Governador, muito recentemente.

— E tem certeza absoluta de que não há nenhuma rachadura nele? Você verificou?

— Perfeitamente, Governador, nenhuma rachadura.

— Você o auscultou? Nenhuma concavidade?

— Nenhuma concavidade, Governador, eu o auscultei.

— Então — afirmou Idwid bastante satisfeito —, fui chamado em tempo. Meu caro Clod, é excepcional ser um Ouvinte. Eu sou um Ouvinte e me tornei Governador Supremo dos Objetos de Nascença.

— Eu não sabia que havia outra pessoa capaz de ouvir. Nunca me disseram.

— Clod, vamos fazer companhia um para o outro.

— Fico muito feliz que o senhor esteja aqui.

— Fomos feitos para ficar juntos.

— Há algo de errado com James Henry? — perguntei.

— Nada de especial, mas vamos ficar de olho nele — disse Idwid, sorrindo. — Diga-me, jovem Clod, o que você tem ouvido? Você ouviu Victoria Hollest perguntando por Margaret? E o que mais? Por favor, conte para mim.

— Eu ouço vozes — falei. — Acho que sempre ouvi; objetos dizendo o próprio nome, sempre nomes. Não sei o que isso significa exatamente...

— Significa que você é muito esperto.

— Eu só ouço nomes, e nem tudo tem nome.

— Certamente.

— Mas algumas coisas têm, algumas coisas sussurram o próprio nome e outras o gritam, e muitos objetos de nascença têm nomes, mas não todos...

— Nem todos? Muito interessante.

— O balde de incêndio no saguão tem um nome, e o pilar de corrimão da escadaria de mármore também. Por toda a casa, objetos diferentes com nomes diferentes.

— Você é uma grande alegria! — observou Idwid, ainda segurando meu tampão. — Que beleza ter encontrado você. Vou ficar aqui até que todos os objetos tenham se acalmado porque, você sabe — ele disse, aproximando bastante sua lustrosa cara de lua da minha —, os objetos andam um pouco aflitos. Nada com o que se alarmar; vez por outra, eles se deixam levar por certas ideias e precisam ser gentilmente lembrados de quem são. Eu posso fazer isso por eles. Clod, meu pequeno ouvinte, vamos ouvir falar muito um do outro, muitíssimo, e tudo será esplêndido. Segundo o seu tio Aliver, Clod, parece que a inquietação entre alguns objetos começou com a perda de uma maçaneta chamada...

— Alice Higgs! — exclamei, tendo descoberto algo. Alec, não. Nada de Alec! Fui muito tolo!

— Alice Higgs? E o que você sabe sobre Alice Higgs, a maçaneta?

— Ela pertence à tia Rosamud, que a perdeu.

— Nada mais? — perguntou ele.

— Nada — respondi, embora eu estivesse tremendo. Eu não devia, mas queria contar a ele. O tio Idwid tinha algo que fazia com que as pessoas quisessem agradá-lo o tempo todo. Então, quase contei tudo. Mas, embora eu gostasse muito dele, devia, naquele momento, manter o paradeiro de Alice Higgs em segredo.

— Muito bem, vamos encontrar a tal Alice Higgs, onde quer que ela esteja. Ela está se escondendo, mas nós a encontraremos. Não há lugar algum em que uma maçaneta chamada Alice Higgs possa se esconder de mim. Eu, Idwid Percible Iremonger, encontro todas as coisas, queiram elas ou não. Toda vez que alguma coisa está perdida, mandam me chamar.

Não gostei tanto assim de Idwid naquele momento. Ele devolveu meu tampão.

— Muito obrigado — disse meu tio.

— James Henry Hayward — sussurrou o tampão.

— Até logo, James Henry Hayward. Vou ouvi-lo novamente em breve. E até logo, caro Clod. Vamos conversar mais, eu e você, sobre muitas coisas. Nós que ouvimos tantas coisas temos muito a nos dizer. Acompanhe-me, por favor — sussurrou.

O tio Aliver o ajudou a se levantar e, em seguida, o homenzinho lustroso, com um sorriso no rosto, se foi e eu fiquei sozinho no quarto com meus pensamentos, pensamentos sobre

Lucy Pennant, que só então entendi que estava guardando Alice Higgs dentro da touca. Preciso tirá-la de lá antes que o tio Idwid a descubra porque, se ele ouvir Alice Higgs primeiro, sabe-se lá o que será feito de Lucy.

Os Cozinheiros de Heap House, sr. Orris

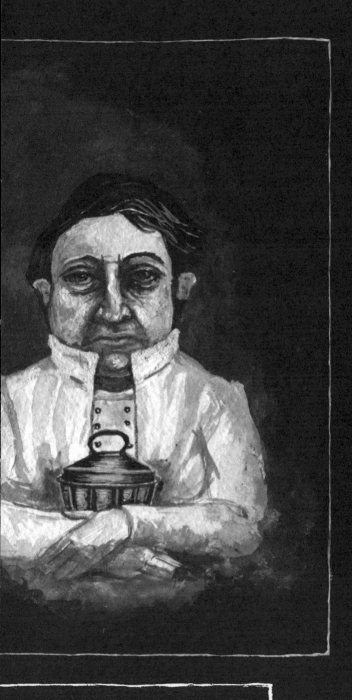

e sra. Odith Groom

12
UMA FORMA DE GELATINA DE ESTANHO E UM CORTADOR DE AÇÚCAR DE FERRO FUNDIDO

Trecho do livro de receitas do sr. Orris e da sra. Odith Groom, cozinheiros-chefes de Forlichingham Park, Forlichingham, Londres

Anotação de 12 de novembro de 1875

LISTA DE PERDAS: Ladrão na cozinha. O grande extintor de incêndio de latão de vinte litros. Faca de confeiteiro. Dois cortadores de massa. Quatro colheres Iremonger (340 gramas). Treze tubos de confeitar da melhor prata alemã faltando. Ladrão dentre nós. Não sabemos quem. Vamos descobrir. Facas afiadas, sempre conosco. Odith, um cutelo; Orris, sua trincha.

LISTA DE MERCADORIA AVARIADA: Doze hadoques, embora temperados. Porcos pendurados cheios manchas e vermes, um ficou azul-turquesa. Sete pares de faisões duros como porcelana, impossível descongelá-los. Cogumelos, espatifados. Cenouras, murchas. Maçãs negras e ocas. Bacon curado empapado. Aveia para mingau, mais traças do que flocos, todas sufocadas no frasco. Muito pouco sobrou para ser levado para a parte superior da casa pelo elevador de comida.

Almoço lá de cima: pés de porco em conserva, repolho em conserva, alface em salmoura.
Almoço aqui embaixo: linguiça de miúdos de porco, tripa recuperada, caramujo e colher.
Jantar lá de cima: cormorões assados, bico-de-tesoura negro e águia-pescadora, nabo cozido.
Almoço aqui embaixo: roedor dragado e colher.

ANOTAÇÕES: Hoje, vimos uma xícara se mexendo por conta própria, realmente testemunhamos o fato. O mundo está chegando ao fim? Não podemos confiar em nada, nada. Só em Orris. Só em Odith.

A Copeira de Heap House Florence Balcombe

13
UMA XÍCARA COM PARA-BIGODE

Continua a narrativa de Lucy Pennant

Quando acordei na manhã seguinte, depois de ter sonhos horríveis com a minha caixa de fósforos pegando fogo e me queimando, vi todas as Iremonger no dormitório em polvorosa. Estavam amontoadas nos cantos, sussurrando, mas nenhuma delas tinha ido trabalhar.

— O que está acontecendo? — perguntei.

— O que está acontecendo? — repetiram. — Por onde você andou?

— Lá em cima, limpando lareiras. Na minha cama, tentando dormir um pouco. O de sempre.

— Tem gente nova, vinda da cidade. Seremos todas inter-rogadas, vieram ontem à noite com Umbitt.

— Algo está acontecendo! — disse uma delas.

— Algo terrível — guinchou outra. E, depois, todas começaram a gritar como um bando de aves, cacarejando e se acotovelando e fazendo um monte de movimentos com as mãos e com o rosto.

— Vi um dos Iremonger da cidade gritando com o sr. Sturridge — esganiçou-se uma delas.

— E o que Sturridge disse? — perguntei. — Ele não deve ter aceitado isso.

— Você acha que não? Ele não fez nada! Abaixou a cabeça.

— E Piggott está furiosa! Uma Iremonger a viu chorando!

— A sra. Piggott? Por quê? O que aconteceu?

— Coisas! — responderam elas em coro. — Ah, coisas!

— Que coisas? — questionei.

— Ontem à noite, Locky Pignut — disse uma Iremonger ajeitando o vestido e dando um passo à frente, autodenominando-se porta-voz, muito importante, peito estufado —, você devia estar limpando as lareiras, foi depois que o sino tocou. Aconteceu no corredor para os depósitos de cinzas. Um grito terrível; de início, só uma Iremonger gritando, mas, depois, mais gritos de outras Iremonger, então, saímos todas correndo, de camisola, mal tivemos tempo de calçar nossos tamancos, e atravessamos desabaladas o corredor, criados Iremonger saindo de todos os quartos, inclusive camareiros, todos, muitos rostos pálidos, e, abrindo caminho, consegui finalmente ver do que se tratava. Ah, sim, vi tudo com meus próprios olhos! E também gritei!

— Ah, que horror! — disseram as Iremonger em volta dela, agitadas.

— O quê? — perguntei. — O que era?

— Era... — disse a Iremonger muito lentamente, o rosto pálido e as mãos tremendo. — Era uma xícara com para-bigode!

— Uma xícara com para-bigode? — indaguei. — Que diabos é isso?

— Para ser sincera, não sabíamos. Nunca tínhamos visto nada igual. Mas uma xícara com para-bigode tem uma aba sobre a borda para que um cavalheiro...

— Provavelmente um distinto cavalheiro — acrescentou outra.

— Sim, para que um distinto cavalheiro — continuou a primeira, reassumindo sua posição —, não suje o bigode bem encerado e penteado ao beber seu chá. Isso é uma xícara com para-bigode para a sua informação. E havia uma ontem à noite! No corredor! Uma xícara com uma aba sobre a borda, porcelana branca, sem marcas. Ninguém sabia de onde tinha vindo, ninguém jamais a havia visto.

— Mas o que há de tão aterrador nisso? — Perguntei.

— Se quer mesmo saber, Looky Pineknot, ela estava se mexendo!

— Se mexendo?

— Se mexendo sozinha; eu vi, senão não teria acreditado, mas estava rodopiando, traçando círculos e mais círculos. Às vezes, parava um tempinho e, em seguida, dava pulinhos para a frente, como um sabiá ou um gavião ou algum passarinho. Às vezes, ia rodopiando até quase chegar aos pés de algum Iremonger e, em seguida, todos gritavam ou tentavam fugir. Uma Iremonger tentou ameaçá-la com um atiçador e ela recuou um pouco.

— Devia haver alguma criatura dentro dela, um rato, talvez, ou um camundongo — falei —, até mesmo um inseto grande.

— Não! Não! — disse ela. — Era só uma xícara, nada mais, e aquela xícara destrambelhada tilintava aqui e ali. Até que a sra. Piggott chegou rugindo: "O que todas vocês estão fazendo?" Então, enquanto as Iremonger abriam caminho para a sra. Piggott passar, a xícara aproveitou a chance e saiu rolando, esbarrando lá e cá pelo caminho, até se chocar diretamente com o extintor de incêndio e fugir pelo corredor, saltitando em direção à cozinha. Em seguida, a sra. Piggott ficou muito pálida! E, depois, os gritos: "Peguem-na! Peguem-na!"

— Você devia ter visto a correria — interveio outra moça.

— Algumas Iremonger em cima de cadeiras e mesas, gritando,

enquanto a xícara corria para um lado e para outro em um estado terrível, até que, por fim, o sr. Groom, o cozinheiro, segurando uma panela de cobre de cabeça para baixo, conseguiu prender a xícara ali embaixo. Groom se sentou em cima da panela, mas ainda dava para ouvir a xícara batendo contra a panela, fazendo um alvoroço terrível. Desesperada para sair.

O trem, partindo para Londres, abafou a voz da Iremonger por um instante.

— Onde ela está agora? — perguntei.

— Ainda está ali, debaixo da panela, só que o sr. Groom foi embora e pôs em seu lugar um grande peso de cozinha.

— Seis quilos — acrescentou outra Iremonger consideravelmente nervosa, dando um passo à frente e, em seguida, recuando novamente.

— E lá vai ficar, tilintando vez por outra, mas muito mais silenciosa do que antes, quase abatida, poderíamos dizer.

— Gostaria muito de vê-la — falei.

— Está sendo vigiada dia e noite por ao menos quatro rapazes da cozinha de Groom, cada um armado com algo rombudo e pesado; um rolo de massa, uma grossa pá de madeira, uma cuspideira; caso a xícara consiga se libertar novamente.

— Gostaria de vê-la assim mesmo.

— Bem, não é possível, Iremonger! — disse a sra. Piggott lá da porta. — Todas em fila! Diante das camas. Inspeção geral!

A sra. Piggott estava segurando um coador de chá. Era o coador de chá da minha amiga, a Iremonger que havia se coçado e perdido o nome, eu tinha certeza. E a cama dela estava vazia, ela não estava no dormitório. Onde estava?

Devíamos ficar na frente das nossas camas e esperar até sermos chamadas. Aquilo estava acontecendo em todos os dormitórios na parte inferior da casa. Havia muito nervosismo, uma inspeção geral, todos os criados iam ser questionados.

Um a um, seríamos convocados ao escritório do sr. Sturridge, onde os interrogatórios aconteceriam. A chamada era feita, vários criados eram cadastrados e acrescentados e subtraídos dos registros.

Perguntaram onde estava minha amiga sumida, quem a havia visto por último, e uma das Iremonger disse que ela estivera se desinsetizando nos depósitos de cinzas, que tinha coisinhas para levar para lá depois de voltar lá de fora, dos cúmulos. Mais oficiais entraram: eram um grupo Iremonger da cidade com seus ternos e chapéus escuros, todos com folhas de louro douradas bordadas no colarinho. Tinham vindo de Bay Leaf House. Instruíram alguns criados para levarem embora a cama, o banquinho e as roupas sobressalentes dela, tudo. Quanto ao destino de tudo aquilo, ouvimos com muita clareza: "Incinerador." Logo depois, uma Iremonger entrou com um esfregão e um balde, e lavou o chão onde a cama da outra Iremonger ficava.

— O que está acontecendo? — sussurrei para a faxineira. — Onde ela está, você sabe?

— Não sei. Cale-se. Não é para falar.

Pouco depois, um Iremonger chegou trazendo cal e esfregou a parede.

— Você sabe o que está acontecendo? — perguntei a ele.

— Sem permissão para falar. Instruções especiais para ficar calado.

Depois que ele se foi, outro Iremonger entrou com um tanque de metal nas costas e um borrifador.

— Fechem os olhos! — berrou ele.

Borrifou um pouco de líquido no ar, sobre nós e nossas camas, como se estivesse chovendo no quarto, e, quando protestamos, um Iremonger da cidade girou uma manivela, uma buzina, um barulho medonho, e ordenou:

— Nada de conversa! Silêncio! Silêncio durante a limpeza!

E assim fomos borrifadas. E ficamos lá pingando, não apenas nós e nossas roupas, mas nossas camas e também as paredes, tudo encharcado.

— Muito bem, senhoras, isso não é nada demais — disse o Iremonger da cidade —, toda essa borrifação não é nada demais. Apenas precaução. Sem pânico, por favor. Para sua segurança. Agora, fiquem em pé e deixem que o ar as seque lentamente, está tudo bem. E, por obséquio, é um favor que peço a vocês. Queiram juntar mais as camas e preencher esta lacuna. Parece que há algo fora do lugar, vocês não acham?

Ele nos fez deslocar as camas de maneira e logo ficou parecendo que aquele vazio nunca estivera ali.

— Muito bem! Muito bem! Inspirem!

— Desculpe, senhor — intervim.

— O quê? — disse o Iremonger.

— Eu limpo as lareiras, senhor, lá em cima, à noite.

— E?

— A Iremonger que costumava dormir aqui, onde ela está?

— Por que quer saber? — perguntou ele e pareceu tão interessado que tirou um caderno do bolso. — Lareiras — murmurou.

Cuidado, disse a mim mesma, esses homens de terno preto certamente fazem o que querem com as pessoas, jogam-nas nos cúmulos sem pensar duas vezes.

— Ela... ela — hesitei — pegou um lenço meu emprestado. Eu gostaria de tê-lo de volta.

— Não é possível! — disse ele. — O lenço se foi.

— Ela está bem?

— Está sumida, a suspeita é que se perdeu nos cúmulos.

— Mas ela estava nos depósitos de cinzas, se desinsetizando. Já tinha voltado. Não podia estar lá fora nos cúmulos.

— Qual é a sua função?

— Limpo as lareiras, lá em cima, senhor, já disse.

— Então, não deve se preocupar, não é mesmo? Isso não tem nada a ver com você, certo? Você será ressarcida: um lenço. E, agora, todas vocês devem esperar um pouco mais, por favor. Melhor se for em silêncio.

E ele se foi.

— *Vocês* não perguntaram sobre ela — sussurrei para as outras no dormitório. — Ela se foi e vocês não levantaram um dedo. Só sabem ficar aí em pé. Só fazem o que os outros mandam.

— E você foi muito corajosa, não é, Iremonger? — disse minha vizinha.

— Não me lembro de você ter feito muita coisa — declarou outra.

— Eu perguntei — falei.

— Não pareceu ter surtido muito efeito.

— Não pareceu ter surtido efeito algum.

— Não, não surtiu efeito — admiti.

— É, eu diria que não.

— Mas vou encontrá-la, vou descobrir o que aconteceu.

— Ouçam a heroína.

— Eu vou. Pode anotar.

— Você vai limpar as lareiras e ficar calada, é isso que vai fazer.

— Não vou deixar que ela desapareça. Tenho amigos lá em cima.

Aquilo as fez rir.

— Tenho, sim. Vocês vão ver!

Mais risadas.

— Como ela é quizumbeira! — disse uma delas.

— E será que vale a pena? — perguntou outra.

— Tanta confusão por nada.

— Vamos, Iremonger, esqueça essa bobagem.

— Você é uma limpadora de lareiras, deve se agarrar a isso — disse uma delas. E, com uma voz mais gentil: — E gostamos muito de ouvir suas histórias.

— Você consegue mesmo se lembrar dela? — perguntou outra toda amável.

— Claro que consigo.

— Pode nos dizer como ela era?

— Ela usava um vestido preto e uma touca branca, e calçava tamancos — falei, me esforçando ao máximo.

— Como todas nós.

— Ela tinha um nariz grande e os olhos eram castanhos.

— E diga, por favor, qual era o nome dela?

— Iremonger — sussurrei.

Fizeram-nos esperar na frente das nossas camas a manhã inteira, enquanto secávamos. Por fim, as Iremonger foram chamadas uma a uma e levadas para fora do quarto para serem interrogadas, sem voltar depois, de maneira que as que ficavam só podiam imaginar o que estava acontecendo. Lentamente, muito lentamente, o dia foi passando. Outro Iremonger, que cuidava de pias, pôs a cabeça dentro do quarto para murmurar que a xícara com para-bigode conseguira fugir; que um dos meninos da cozinha, louco para dar uma espiadinha, havia levantado a panela, só um tiquinho, e a xícara acabou escapando às pressas. Agora, o menino estava do lado de fora, nos cúmulos, e todos estavam procurando a xícara com para-bigode. Que confusão, pensei, que gente! Eu esperava que eles nunca encontrassem a tal xícara com para-bigode. Então, pensei em Clod, que, apesar de ser um pouco estranho e assustador, apesar de ter a cabeça grande e a pele pálida, apesar de ser pequeno e esquisito, demonstrava alguma bondade. Talvez Clod, talvez o estranho Clod, pudesse me ajudar a descobrir o que havia acontecido com a Iremonger que gravara o próprio nome em algum lugar da casa. Eu a acharia, com a ajuda dele. Juntos, nós a acharíamos.

— Iremonger!

Fui chamada para subir aos aposentos do sr. Sturridge.

Do lado de fora da sala de estar do sr. Sturridge, muitos objetos estavam empilhados. Lá estavam o lampião de navio que era o objeto particular do próprio mordomo, e, ao seu lado, várias outras coisas estranhas: um peso de papel feito de vidro, um grande apontador de lápis com manivela, uma ponta de caneta, um aparador de livros, um pedaço de roda-pé, um barra de sabão carbólico desembrulhada, uma fivela de cinto e um raspador de sapatos. Objetos de nascença de outras pessoas, supus, mas eu não fazia ideia do motivo para estarem ali fora.

Fui convocada a entrar. O sr. Sturridge estava em um canto, tão alto que quase batia no teto, parecendo uma espécie de pilastra, como se a sala fosse desabar caso ele saísse dali. Sua expressão era muito infeliz e aborrecida. Vários Iremonger da cidade estavam em pé em volta da escrivaninha do mordomo e, atrás da escrivaninha, em cima de travesseiros, estava sentado algum outro tipo de Iremonger que eu ainda não havia visto. Ele era baixo e lustroso, tinha um rosto redondo e um uniforme muito bonito com uma folha de louro dourada no colarinho, parecia muito feliz, com um grande sorriso no rosto. Os olhos eram o que ele tinha de mais peculiar, eram inteiramente brancos e leitosos, não havia nenhuma parte escura neles. Um cego.

— Este cômodo — disse ele — ainda está muito barulhento, muito tagarela. Aí está! O que é isso? Ele se sentou com as costas eretas, a cabeça pendendo ora para um lado ora para outro, e levantou as mãozinhas.

— Todos em silêncio! Nem um pio. Eu a localizei. Eu a localizei, ali, ali! Ali! — exclamou e apontou. — O que está ali?

— Uma arandela, senhor — disse um Iremonger da cidade.

— Aquela arandela, silenciosa de início, certamente tímida, está falando agora. Estou ouvindo, você se chama Charlie White. Eu sabia! Eu sabia que havia algo zumbindo em meus ouvidos, eu sabia que estava ouvindo algo! Espere, pare com isso! Charlie White, fique quieto!

O homenzinho cego tirou uma ferramenta de metal do bolso e começou a agitá-la na direção da arandela.

— Vou conseguir silêncio, Charlie! Vou, sim!

Um Iremonger da cidade se aproximou para ajudá-lo.

— Sr. Idwid, governador, posso ajudá-lo de alguma maneira?

— Pode, sim. Gentil da sua parte. É Charlie White, ali! Acordei Charlie White e ele não cala a boca, não consigo captar mais nada enquanto Charlie White não parar Charliear e Whitear. E eu sei, eu bem sei que há algo mais do que Charlie White e a minha Geraldine neste recinto. Mordomo!

— Sim, senhor — disse Sturridge.

— Alguém acabou de entrar. Quem é?

— É... — disse aquele homem alto com exaustão na voz. — outra Iremonger, senhor.

— Sem equipamento, só com a roupa do corpo?

— Exatamente, senhor.

— Venha cá, por favor, nova Iremonger — disse ele, inclinando-se para a frente, a cabeça formando um ângulo que fazia com que sua orelha esquerda estivesse totalmente virada na minha direção. — Não há motivo algum para ter medo. O que é isso? — murmurou ele, um enorme sorriso surgindo em seus lábios carnosos. — Venha cá, acho que estou ouvindo você.

Tentei recuar, mas um Iremonger da cidade me empurrou um ou dois passos para a frente, para mais perto da orelha do cego. De alguma maneira, ele parecia saber que eu estava escondendo algo, embora eu não soubesse dizer como.

— Mais perto, por favor — disse ele. — Aproxime-se!

Fui empurrada para mais perto da escrivaninha, mas, exatamente quando fiquei bem próxima, quando estava encostada na escrivaninha e o Iremonger da cidade atrás de mim começou a empurrar minha cabeça ainda mais naquela direção, o homenzinho gritou.

— Charlie White, não consigo ouvir nada com toda a sua tagarelice. Você, Dunnult!

— Governador — disse o Iremonger da cidade ao lado dele.

— Retire aquela arandela.

Enquanto a arandela era retirada, o pequeno homem-lua se recostou, sussurrando para si mesmo, sua mão vez por outra se esticando no ar à sua frente, na minha direção.

— Tem algo aí! Estou ouvindo! Você não, Charlie, você não. Calma, Charlie, silêncio!

Eles levaram algum tempo para tirar a arandela da parede, mas, no final, ela saiu, junto com muito reboco, e, assim que o homenzinho tirou os dedos, muito asseados, dos ouvidos, outra pessoa entrou correndo.

— Uma Aglomeração, governador! Uma Aglomeração! Duas vassouras estão faltando, um extintor de incêndio sumiu, dois bastões de lareira desapareceram, dois lampiões a óleo e a manivela de uma bomba d'água! Os Groom acabaram de entregar o relatório. Na câmara fria, dois ganchos sumiram. Nas cozinhas, uma concha, um escorredor, um ralador de cravo. No geral, um rastro de desaparecimentos, um mapa de sumiços!

— Não vou tolerar nenhuma Aglomeração durante minha vigilância! — respondeu o homenzinho, seu sorriso sumindo por um momento dos lábios, mas reaparecendo no instante seguinte.

— Mais de trinta itens, senhor.

— Guie-me, Dunnult; guie-me agora, meu caro companheiro. Tire-me daqui imediatamente.

Em um minuto, ele sumiu, junto com todos os Iremonger da cidade, e fiquei com o sr. Sturridge em sua sala.

— Ainda aqui, Iremonger? — disse o mordomo. — Retorne às suas tarefas. O circo — disse ele de maneira desagradável — acabou!

— Sim, senhor. Obrigada, senhor.

Fui embora rapidinho e logo estava cuidando das minhas tarefas diárias. Durante aquele longo dia, fiquei no meio de outros Iremonger e, toda vez que eu ouvia alguma conversa sobre Idwid Iremonger, ou o governador Iremonger, logo me afastava. Ele só esteve por perto uma vez, na sala dos sapatos, onde eu tinha um turno como engraxate. O Governador entrou lá rapidamente, mas logo recuou, reclamando que havia barulho demais naquele lugar, embora só estivéssemos lá eu e dois outros Iremonger, limpando sapatos em uma mesa sobre cavaletes. Ele sequer olhou na nossa direção.

— Barulho demais, barulho demais aqui! — gritou ele. — Quem foi que mandou os criados de volta para os seus postos?

— O sr. Sturridge, governador — disse o tal Dunnult.

— Ele não sabe qual é o próprio lugar. Mas, quando Umbitt voltar, ele vai aprender — disse ele e abriu um grande sorriso. — Ah se vai!

— Sim, senhor.

— Continue a me guiar!

— Certamente, senhor governador. Por aqui.

— Uma agulha em um palheiro! E ninguém sabe distinguir um criado do outro. E 42 objetos com paradeiro desconhecido.

Lá se foi o cego, acho que lá para cima. Não o vi novamente, não naquele dia. Mas o vi depois.

O trem voltou, como de costume. Jantamos, como todas as noites, e eu estava pronta no horário de sempre, ao lado das minhas lareiras, pronta para entrar em ação, assim que o sino tocasse.

Vou esperar no Salão do Sol, pensei; ele certamente vai me procurar lá. Mas, então, fiquei pensando se a sala dos professores não era melhor. Fiz algumas tentativas mornas de limpar as lareiras, mas não consegui me concentrar. Eu continuava a tentar ouvir algo. Parecia que havia muito mais ruídos naquela noite, e, enquanto apurava os ouvidos junto à lareira do Salão do Elefante, ouvindo murmúrios que desciam pela chaminé, pensando que eu mal conseguia distinguir alguma coisa — um som distante que poderia ter sido "Ah, Umbitt!" — de repente, ele apareceu ao meu lado.

— Eu disse para você não aparecer de supetão! — reclamei.

— Ah, sim, desculpe — disse ele. — Eu estava com muita pressa. Quer dizer, estava muito preocupado, quer dizer, estou muito feliz em ver você. Fiquei esperando o dia todo. Devia ter ido ao porão, mas sabia que ele estava lá embaixo e não queria chamar atenção. Estive preocupado *a esse ponto*. Fico muito feliz em ver você!

— Sim, tudo bem — falei —, já chega. Não precisa ficar tão perto.

— Ah! Desculpe. — Ele estava muito nervoso.

— A verdade é que estou feliz por ver você e tudo o mais.

— Está? Está *mesmo*?

— Não exagere.

— Não consigo evitar.

Ele passou a mão no repartido dos cabelos, ergueu-se um pouco, tentou dar um sorriso, desistiu, tentou dizer uma frase, desistiu, esticou a mão na direção da minha cabeça, desistiu, deixou os ombros caírem um pouco, parecia ter adiado a decisão de parecer corajoso.

— Vou mostrar a você um pouco mais da casa, se você quiser. Venha comigo — disse ele.

Eu deveria ter falado ali mesmo, naquele instante, sobre o cego que ficou me ouvindo, devia ter revelado a ele que era uma ladra, também devia ter contado sobre a Iremonger que havia sumido, mas hesitei e deixei que me guiasse por aquele palácio feioso.

— Cara Lucy Pennant — disse ele, parando em um aposento que me parecia bastante aleatório —, este cômodo é chamado de Sala das Aparas.

— E o que acontece aí dentro?

— É aqui que as unhas da família são aparadas.

— Muito justo. O que mais? Mostre-me algo mais.

Prosseguimos, mas não fomos muito longe. Clod ia na frente, apurando os ouvidos, ao que me parecia, muito cuidadosamente. De repente, ele me puxou para trás de um vaso alto. Ouvi algo vindo em nossa direção, arranhando e mergulhando; houve um grito estridente e quase respondi soltando um grito parecido, mas Clod pôs a mão sobre a minha boca. Então, uma gaivota apareceu na nossa frente. Era um pássaro grande e estridente; aproximou-se caminhando rapidamente pelo assoalho, bicando uma coisa e outra. Chegou bem perto de nós.

— É apenas Wateringcan — disse Clod. — Xô, Wateringcan, xô!

— Wateringcan?

— A gaivota de estimação do meu primo Tummis, uma gaivota-de-bico-de-cana — explicou ele — que fugiu. Vá para casa, Wateringcan. Vá para casa!

Mas Wateringcan não foi para casa. Em vez disso, abriu as asas e pulou de uma pata para outra, como se estivesse fazendo uma dança; depois, soltou um grasnido desagradável como se estivesse entoando uma canção.

— Ela vai fazer com que sejamos descobertos — falei. — Vá embora, pássaro! Saia!

Clod tirou algo do bolso.

— É tudo o que tenho, meu último biscoito. Vou jogá-lo o mais longe possível e saímos correndo na direção oposta. Está pronta?

— Pronta!

Clod jogou o biscoito, o pássaro saiu pulando atrás dele e nós saímos correndo, por outro corredor. Clod parou de repente e nos escondemos atrás de um guarda-fogo.

— O que foi? — perguntei.

— Ssssh! — respondeu ele.

Ficamos ali sentados por muito tempo. Eu não estava ouvindo absolutamente nada e, exatamente quando estava prestes a dizer que não havia nada ali, *algo* surgiu. Passos. E eu só conseguia ver um garoto alto com cabelos muito brilhosos e fofos vestindo um robe e caminhando. Ele parou por um instante, limpou o nariz no punho e chamou com uma voz suave "Wateringcan? Você está aí?", antes de seguir em frente.

— É Tummis — disse Clod — procurando sua Wateringcan. É um bom sujeito. Vamos lá conhecê-lo? Ele ficaria muito surpreso ao ver você. Mas ele deve estar com Wateringcan agora e certamente haverá muita interferência sonora. Costumávamos sair juntos com bastante frequência, houve uma época em que saíamos uma noite após a outra em busca de um filhote de avestruz.

— Um avestruz, aqui?

— Na verdade, nunca tivemos muita esperança. A culpa é do primo Moorcus. Você precisa conhecer Tummis em outra noite. Devo adverti-lo primeiro.

Preciso contar a ele agora, pensei, será que ele vai ajudar, será que pode ajudar? Ele é um Suprairemonger, isso deve ter algum significado. Mas o que estou fazendo? Buscando a companhia de um Iremonger? Qualquer pessoa em Filching me diria que isso é terrível. Não se pode confiar em um Iremonger, todos sabem disso; você sempre deve mantê-los à distância. Fique muito tempo com um Iremonger e você certamente vai se dar mal, é óbvio; qualquer pessoa em Filching teria dito isso.

No entanto, lá estava eu, com Clod.

— Por favor, entre, Lucy — disse ele diante da outra porta. — Este cômodo aqui é chamado de Fumeijódromo.

— E por que tem esse nome?

— É aqui no Fumeijódromo que os Iremonger adultos vêm fumeijar.

— Fumeijar?

— Sim, fumeijar. Vamos fumeijar, Lucy, nós dois, aqui dentro? É para isso que este lugar serve, afinal de contas. Vamos fumeijar em um sofá de couro?

— Não sei, geralmente, não me convidam dessa maneira. O garoto se aproxima, vai chegando mais perto e, depois, bem, ou você faz ou não. E não tenho certeza, Clod, gosto de você e coisa e tal, mas...

— Você se senta em uma dessas cadeiras, são muito confortáveis, um homem vem e entrega a você um cachimbo, o acende e você fumeija. Às vezes, tem tanta gente fumeijando aqui que você nem consegue enxergar a parede em frente, às vezes, o andar inteiro fica enevoado, é um lugar muito fumoso, opaco, denso. Está a fim de fumeijar?

— Sim, tudo bem, então, aceito fumeijar.

Ele pegou um cachimbo de barro de uma prateleira e o compartilhamos, passando-o da minha boca para a dele.

— Gosto dessa fumeijação — falei.

— Eu também — ele retrucou. — Gosto de um bom fumeijo.

— É excelente.

— É verdade.

— Pode crer.

— Bem, aqui estamos Lucy, bem confortáveis. Então, você pode me contar?

— O quê? Contar o quê?

— Bem... Bem, você pode me contar... tem alguma coisa que você gostaria de me contar... da sua própria boca... sobre si mesma, eu gostaria de saber, ainda há tempo, ainda temos a noite toda.

Eu deveria ter contado a ele tudo o que aconteceu lá embaixo, mas não dava, não ainda; e ele estava sentado tão perto de mim, e eu não me importava, e passamos o cachimbo um para o outro e foi muito bom por um certo tempo, tão bom que eu não queria que acabasse. O que ele vai fazer, fiquei imaginando; o que ele vai fazer quando eu contar a ele? Não vai gritar, não é? Esses Iremonger são tão estranhos quando o assunto são objetos, mas acho que ele não vai gritar. Estava gostando muito dele naquele momento, sentado ao meu lado, sua cabeça próxima; sim, gostava dele de certo modo, se as coisas tivessem sido diferentes, se aquele fosse um lar, digamos, um internato, talvez fizéssemos coisas juntos. Aí, eu pensei: por que não fazer assim mesmo? Então, comecei a falar, passando o cachimbo de barro entre nós, e, como um pontapé inicial entre nós, contei a

Clod tudo, exceto o que era mais importante, preparando o terreno, por assim dizer.

Contei a ele sobre o orfanato e a outra garota ruiva que havia lá, a valentona, falei um pouco da casa em que morei antes e das muitas famílias que moravam lá em andares diferentes, e disse que eu morava no porão com Papai e Mamãe, que Mamãe lavava roupas e Papai era o porteiro da casa. Depois, contei que houve uma grande doença que atingiu primeiro os objetos e, em seguida, as pessoas, e muitas portas e andares foram isolados e que, certo dia, quando voltei para casa da escola, minha mãe e meu pai...

— Tinham meio que travado — hesitei nesse ponto. — Eles tinham se tornado objetos, estavam duros e não eram mais eles mesmos.

— Nunca ouvi nada sobre isso! — disse ele finalmente. — Nem mesmo boatos!

Ficamos em silêncio por um tempo, depois, ele disse baixinho:

— Então, você também é órfã. Igual a mim.

— Mas você tem todos esses primos, tias e tios.

— Eu poderia viver sem eles, com exceção de Tummis — disse ele. — Lucy, também conheço Londres, mas nunca a vi.

— Você acha que conhece Londres?

— O Monumento. Elephant and Castle. Lincoln's Inn Fields. Threadneedle Street! The Strand! High Holborn!

— Mas você sabe como eles são?

— Seven Dials! Whitechapel! A Torre Sangrenta! Harley Street!

— O que tudo isso prova?

— O que eu conheço. Máquinas de costura White são compradas em 48 Holborn Viaduct. Os pigmentos em pó de Horle são encontrados em 11 Farringdon Road. W. Wallet, figurinista teatral e peruqueiro, 84 e 96 Tabernacle Street, Finsbury Square. Extrato de carne Liebig, 9 Fenchurch Avenue. Tudo isso é Londres.

— Mas são apenas palavras, pronunciadas como se não significassem nada.

— Creme de confeiteiro em pó Bird's, sem necessidade de ovos, vendido por toda parte!

— Chega.

— O que mais? Tem mais, muito mais. Um guinéu por uma caixa de pílulas para distúrbios nervosos e biliares.

— Tudo bem, tudo bem.

Continuamos a fumeijar por um tempo em silêncio.

— Você sabe alguma coisa, Lucy Pennant — perguntou ele —, sobre minha tia Rosamud?

— Nunca ouvi sequer um sussurro a respeito — falei, corando.

— Bem, como posso dizer, minha tia Rosamud, ela era... não, não é bem isso... não gosto muito da tia Rosamud... sim, mas como posso continuar... quando nós nascemos, nós, Iremonger, aqui em Heap House, cada um de nós recebe uma coisa... uma coisa que devemos guardar... acho que esta não é uma boa maneira de explicar. Vou recomeçar. Lucy?

— Sim, o que foi?

— Lucy!

— Sim?

— Fique bem quietinha. Para trás do sofá, depressa!

Mais uma vez, eu não estava ouvindo nada, mas Clod pôs as mãos sobre os ouvidos e ficou terrivelmente pálido. E, mais uma vez, ele tinha razão. Muito, muito antes de eu ouvir alguma coisa, ele já sabia que havia algo a caminho. Seja lá o que fosse, parecia muito grande, houve um grande estrondo antes que a tal coisa se aproximasse. Todo o cômodo parecia tremer, a coisa foi se aproximando até tudo estar sacolejando e um terrível fedor de gás empestear o ar. Clod estava com tanto pânico, prestes a gritar, que o segurei perto de mim para mantê-lo calado. Mas o grande ruído estridente foi embora novamente, tudo foi ficando cada vez mais silencioso e soltei Clod. Ele olhou para cima aterrorizado.

— O que foi isso? — perguntei.

— Era... — disse ele com a voz fraca — era alguém carregando algo muito barulhento que se chama Robert Burrington.

— Quem é Robert Burrington?

— Não sei direito. Nunca o ouvi antes, não sei o que ele está fazendo ou quem está com ele. Mas acho que é melhor não ficarmos aqui, não é mais seguro.

Ele pegou minha mão novamente e me apressou para sair do Fumeijódromo e descer uma escada bem silenciosamente, passando por um homem uniformizado que estava dormindo sobre uma mesa e por um relógio monstruoso até chegarmos em um aposento enorme que eu nunca havia visto e nem sabia que existia até então.

— Este, minha cara Lucy...

— *Cara* Lucy?

— Este, obviamente, é o Salão dos Mármores.

— Muito imponente, não é mesmo?

— Esta é a Grande Cristaleira. Aqui ficam guardados todos os objetos de nascença dos Iremonger que já morreram. Posso falar sobre um ou dois deles se você quiser. Está vendo aquele apagador de quadro-negro na terceira prateleira? Era do meu pai. Ao seu lado, uma chavinha de piano, o objeto da minha mãe.

— Está me mostrando seus pais?

— Estou.

— Obrigada, Clod — falei com sinceridade. — É uma honra. — E era mesmo.

— Eu não os conheci, nenhum dos dois. Mas costumo vir aqui para olhar seus objetos, pensar neles, como se eu os fosse entender mais estudando esses vestígios. Todas essas antigas vidas. Aquela ali em cima é a bengala de estoque do bisavô Adwald.

— E o que é aquilo ali?

— O chifre de narval do tio-bisavô Dockinn e, ao seu lado, a concha de náutilo da tia-bisavó Osta, a esposa dele. E ali está o coral vermelho da tia-avó Loopinda.

— De quem é aquele reloginho?

— É um relógio de ouropel. Era de Emomual, que morreu há uns cem anos. E ali está a montante do irmão dele, Owsild; eles pertencem a um tempo no qual os objetos de nascença eram coisas muito bonitas. Nada de escovas, tinteiros, papel mata-borrão nem desentupidores de pia, mas olifantes esculpidos em marfim e esferas armilares e pássaros mecânicos e patas de elefantes. Mas isso não acontece mais porque Vovó diz que precisamos de objetos do cotidiano, já que vivemos em uma era utilitária.

— A cristaleira está trancada, não está?

— Ah, sim, fica sempre trancada e só é aberta quando alguém morre.

— Um sapatinho de bebê, que tristeza!

— Não é bem assim. Aquilo era do tio-avô Fratz, e ele viveu até os 93 anos. O que é triste, porém, são aquele boné, aquele pião e o cortador de charutos. Todos morreram muito jovens, e o saleiro e o pimenteiro ali também são tristes.

— Gêmeos?

— Isso mesmo. Tifo.

— O que são esses objetos ali guardados naquele móvel menor ao lado da Grande Cristaleira: uma caixinha de remédios, uma corda de pular, um vaso de vidro, um olho de vidro... O que é isso?

— Os suicídios dos Iremonger — respondeu ele.

— Coitados. Não, prefiro a cristaleira maior. Vidro grosso, não é?

— Tão grosso quanto o vidro usado nos capacetes de escafandros usados pelos homens que se aventuram debaixo d'água. Tem um sinal na parte inferior direita: PREBBLE & SON VIDRACEIROS DAS PROFUNDEZAS. Bem, estes são o Salão dos Mármores e a Grande Cristaleira.

— Obrigada. Muito obrigada.

— Mostrei a você vários aposentos, não foi?

— Mostrou, sim.

— E, agora, vou fazer uma pergunta e vou ser bem direto.

— Então pergunte logo.

— Acho que você está com a maçaneta da minha tia Rosamud no meio dos seus cabelos, embaixo da touca.

— Eu... como... bem... não vou dizer o contrário.

— Sei que está com você, Lucy, e isso não está certo.

— Como você sabe? Talvez não esteja comigo.

— Estou ouvindo.

— É uma maçaneta. Você não pode ouvir...

— Está bem baixinho agora... um sussurro, eu a ouço falar, dizer o próprio nome.

— Tudo lorota, não é? Não tente me assustar.

— Ela está dizendo "Alice Higgs", bem fraquinho, mal dá para ouvir agora.

— É o que você diz. Isso não prova nada.

— Então, tire a touca.

— Não vou tirar nada!

— Por favor, Lucy. Não é seguro, não mais.

— Achado não é roubado! Eu a achei!

— E eles vão descobrir, e duvido que a mantenham aqui.

— Não tenho mais nada! Absolutamente nada! Nadinha no mundo inteiro! Nadica de nada, Clod, um objeto sequer! Você não a tiraria de mim, não é? Ela tem o peso perfeito.

— Tenho que tirá-la de você e entregá-la à tia Rosamud, depois, acho que tudo vai parar, tudo vai voltar ao normal. Os Iremonger da cidade vão voltar para a cidade e tudo vai ficar bem novamente, e virei me encontrar você toda noite, sem falta. E você vai ficar a salvo. Vai ficar a salvo assim que me entregar a maçaneta, mas, se você não a der para mim, eles vão continuar a procurar e vão encontrar com você, e depois, Lucy, se encontrarem você com a maçaneta, não faço ideia do que vão fazer, mas vai ser algo terrível, e seja lá o que fizerem com você, uma coisa certamente vai acontecer, eles não vão perdoá-la e, sem dúvida, sem a menor sombra de dúvida, você não vai subir mais e nunca mais a verei. E esse pensamento é muito horrível para mim. Entregue-a para mim, Lucy; entregue agora, Lucy Pennant, e deixe-me ajudar!

Foi um discurso e tanto. De repente, minhas mãos estavam tirando minha touca, mas pararam por um instante.

— Com uma condição — eu disse.

— Vamos, Lucy, você precisa se apressar! Sabe que é a coisa certa a ser feita!

— Tem uma coisa que você precisa fazer.

— Qualquer coisa! Basta dizer e me entregar a maçaneta!

— Estou procurando uma amiga, uma Iremonger lá de baixo. Ela estava lá fora nos cúmulos, ou no depósito de cinzas, e desapareceu e eles estão armando a maior confusão por causa disso, e quero saber para onde ela foi. Acho que ela está em perigo, e quero que me ajude.

— O que você quiser, mas entregue a maçaneta para mim.

— Vai descobrir o que aconteceu com ela?

— Sim, vou tentar fazer o possível; qual era o nome dela, como posso reconhecê-la?

— Essa é a parte fácil — falei. — Ela é a Iremonger que sumiu.

— Tudo bem! — disse ele e esticou a mão.

— Ela perdeu o próprio nome. Gravou-o em algum lugar aqui em Heap House, mas não se lembra onde foi.

— Eu provavelmente o vi. Você deveria ter falado antes. As pessoas escrevem os próprios nomes por toda parte.

— Diga!

— Alguns foram queimados com uma lupa, como Jaime Brinkley, 1804, em uma poltrona que fica perto de uma janela, mas que já chegou aqui com essa escrita.

— Uma mulher, Clod. Viu algum nome de mulher?

— Hellen Bullen, turma 2B.

— Onde estava?

— Em uma régua, na sala de aula.

— Acho que não é ela.

— Isto é Propriedade de Prunella Mason, Afaste-se. Isso está em uma cômoda na Galeria Longa.

— Não, acho que não.

— Florence Balcombe, 1875.

— Onde estava?

— Hmm... em uma das escadarias dos fundos. Gravado em um dos degraus.

— É esse! Você a encontrou, Clod! Você a encontrou!

Dei um beijo nele ali mesmo, na boca, de tanta alegria. Ele pareceu ter ficado atordoado, como se eu o tivesse socado.

— Achou o nome dela! — exclamei. — Agora, precisamos encontrá-la. Pergunte por aí, Clod, descubra o que aconteceu.

Tirei a touca e meus cabelos se soltaram, e ouvi Clod sussurrar:

— Vou começar a voar. Ah, vou bater no teto!

— O quê?

— Nada, nada, Lucy Pennant — respondeu ele. — É muito ruivo, não é mesmo, seu cabelo. Você me beijou.

— Foi só um beijo, Clod.

— Albert Powling! — sussurrou ele. — Depressa!

Fomos para trás da Grande Cristaleira, que passou a ter 3 metros quando, até bem pouco tempo antes, tinha só dois.

Passos, mais passos, passos diferentes. Depois, falatório também.

— Ouvi algo — disse a voz de um homem.

— Sim, tio Timfy, o que foi? — perguntou uma voz mais jovem.

— Acho que foram vozes. Stunly, Divit?

— Sim, tio.

— Quero que fiquem bem alertas, não quero que esses Iremonger da cidade venham nos dizer o que fazer. Eu é que mando aqui. Não me importa se Idwid voltou; o que Idwid é para mim? Ele está sempre me menosprezando. E daí que ele é Governador? Eu que cuido da Heap House, os meus olhos é que funcionam direito. Sou um Tio Idoso e devo ser respeitado. Bem, vocês fizeram suas rondas, quem está faltando, quem está fora quando deveria estar dentro?

— Tummis, tio.

— E Clod.

— Se depender de mim, nada de calças compridas para eles. Onde está Moorcus?

— Cumprindo sua tarefa!

— O que foi isso?

Um farfalhar, barulho de patas sobre as placas de mármore.

— É aquele pássaro novamente.

— Peguem-no! Prendam-no!

E, do nosso esconderijo, ouvi Clod sussurrando:

— Ah, não...

Um grito estridente.

— Peguei, tio!

— Bons meninos, bons meninos.

— Hilary Evelyn Ward-Jackson — sussurrou Clod —, essa não! Mais passos, mais pessoas chegando.

— Veja o que encontrei!

— Tummis Iremonger!

— Wateringcan! Wateringcan!

— Torça, quebre! — gritou o que era chamado de tio.

Em seguida, um barulho como o de uma vara sendo partida no salão.

— Wateringcan! — alguém gritou com sofrimento.

— Muito bem, Moorcus. Leve-o lá para cima, para Umbitt em pessoa!

Então, todos foram embora. Arfando e tremendo, nos arrastamos para fora do nosso esconderijo. Havia uma gaivota no chão.

— Ah, coitado do Tummis! — disse Clod.

— Coitada da Wateringcan — falei.

— Isso tudo deve parar, está tudo dando errado — disse ele. — Dê a maçaneta para mim, Lucy, de uma vez por todas.

Soltei meu cabelo e a entreguei.

— Vamos nos encontrar amanhã? — perguntei.

— Sim, sim — disse Clod, em pânico. — Você conhece a Sala dos Colóquios?

— A do sofá vermelho?

— Isso mesmo, nos encontramos lá amanhã à noite sem falta.

— Por que lá?

— Deve ser lá, gostaria muito de me encontrar com você lá. Ah, está tudo dando errado. Vou levar isto para Rosamud, isso vai ajudar, sei que vai. Amanhã à noite, Lucy, minha querida Lucy! — gritou ele, segurando minhas mãos, dando um beijo forte na minha boca e, depois, se foi. Acho que ele não havia beijado muitas pessoas antes. Eu não me importava. Ele podia tentar novamente se quisesse.

Também fui embora correndo, voltei para os meus baldes e apetrechos, desci depressa a escada. Estava muito atrasada, muito mesmo. Havia uma leve luminosidade entrando pelas janelas, um pouco do dia tentando penetrar. Achei que, em meio a todo aquele caos, eles não deveriam estar se importando comigo. Enquanto eu descia, tudo estava silencioso como deveria estar, alguns ruídos das cozinhas já que o café da manhã estava pronto, mas nada fora do normal. Consegui, pensei; estou a salvo agora, nada de ruim vai acontecer comigo agora, tudo terminado. Clod vai ajudar, sem dúvida, ele é bacana, afinal de contas. Sim, gosto dele. Esse pensamento e o prazer de formulá-lo me suscitavam uma felicidade repentina e curiosa. Gosto dele, de Clod Iremonger. Eu não conseguia parar de sorrir. Pus os baldes no lugar e fui para o dormitório, tudo tranquilo, tudo melhor agora, tente dormir talvez. Vou vê-lo amanhã novamente, tudo vai ficar bem. Florence Balcombe, disse a mim mesma, Florence Balcombe e Clod Iremonger. Abri a porta, tudo estava silencioso; nas várias camas, todos aqueles fardos adormecidos. Caminhei silenciosamente pela fila de camas, estava tudo bem. Bastante bem. Quase chegando na minha. Quase lá. Meio estranho, pensei então, tem alguém sentado ao lado da minha cama, no banquinho. Eu devia estar enganada, devia ser de outra Iremonger, uma Iremonger que estava sentada, se preparando para o dia, alguma outra Iremonger; eu não devia me preocupar, minha cama devia ficar mais à frente, e avancei um pouquinho, e aquela pessoa na cama me observou enquanto eu passava e, depois, aquela mesma pessoa, seja lá quem fosse, disse:

— Bom dia, Iremonger, eu estava esperando você.

E eu disse aterrorizada:

— Bom dia, sra. Piggott.

A Desventurada Alice Higgs

14
UM BALDE DE GELO

Continua a narrativa de Clod Iremonger

No Saca-Rolhas

Éramos como pulgas ou abelhas ou pequenas moscas ou besouros ou escaravelhos ou traças, que vivem por pouco tempo, esvoaçam, agitam-se, arrastam-se, comem, vivem, amam, morrem em poucos instantes, chegam ao fim, viram apenas grãos de poeira. Uma vida inteira comprimida em tão pouco tempo. Ah, Lucy é um pensamento, o melhor dos pensamentos. Todos os melhores pensamentos que já tive foram com Lucy Pennant. Vou vê-la novamente hoje à noite, falei a mim mesmo; quando estiver escuro novamente, não falta muito e ela vai estar na Sala dos Colóquios, vamos nos sentar juntos sobre Victoria Hollest e vou dizer o que penso dela. Depois, vou beijá-la novamente.

— Aaaaaalice Hiiiiiigsssss.

— James Henry Hayward.

— Você tem razão, Alice, vamos logo — falei à maçaneta, acariciando-a um pouco no bolso do meu colete. Sua voz estava muito fraca, muito instável.

O trajeto até a Enfermaria durava pelo menos meia hora. Eu precisava levar correndo aquela maçaneta de volta para tia Rosamud antes que tio Idwid me encontrasse, ou, pior ainda, descobrisse Alice Higgs em meu poder. Eu não podia seguir o caminho mais direto, a escadaria principal logo estaria tomada pelo falatório dos objetos de nascença. Era o início de um novo dia, a família Iremonger estava se levantando, os andares intermediários já estavam agitados. Eu iria pelos fundos, subiria a escadaria de pedra em caracol chamada Saca-Rolhas e, no meio do caminho, entraria pela porta que dava na Galeria Longa — antigamente, uma ponte coberta sobre o rio Fleet — e, em seguida, desceria pelo outro lado até, finalmente, alcançar a Enfermaria, que, em outra vida, foi um banho turco perto de St. James' Square.

Lá fui eu subindo a Saca-Rolhas, dando voltas e mais voltas, meus passos tiquetaqueando e ecoando e revelando minha presença nos antigos degraus de pedra. Tive que subir e dar muitas voltas até chegar à porta intermediária, mas finalmente cheguei, só que, quando tentei, ela não abriu. Havia algo do outro lado da porta intermediária, algo com um nome. De início, não consegui captar; a porta era muito grossa. Alguém estava tomando conta da porta — será que Idwid tinha posto alguém de sentinela? Talvez, pensei, fosse o avestruz de Tummis que foi até lá me surpreender. Então, a maçaneta girou e a porta começou a se abrir e o nome ficou bem claro para mim.

— Robert Burrington.

Foi o suficiente. Comecei a fugir. E, no meu terror, sem pensar direito, em vez de descer de volta, o que teria sido a coisa certa a fazer, subi mais e mais, galgando a Saca-Rolhas rumo ao topo da casa, que não devia ser visitado. Em silêncio. Em silêncio e bem devagar no início, o mais lentamente que eu podia, e a porta, pensei, será que continuou a se abrir?

À medida que eu subia cuidadosamente, ouvi um barulho surdo vindo lá de baixo como uma resposta. Rezei para que fosse apenas meu eco, só que aquele eco parecia estar ficando mais alto, parecia ter um ritmo próprio, vida própria, totalmente independente. Ouvi o nome em meio àquela barulheira terrível, estava se aproximando cada vez mais rápido, como a locomotiva do Vovô entre os cúmulos.

— Robert Burrington. *Robert Burrington! ROBERT BUR-RINGTON!*

Quem quer que estivesse carregando o objeto que dizia "Robert Burrington" estava subindo a escadaria em caracol em meio à escuridão na minha direção. Então, segui em frente, bufando e resfolegando, com aquele som cada vez mais profundo e pesado vindo lá de baixo. Àquela altura, a única saída era a porta lá no topo, a porta que dava para o espaço em que ficava o sino do campanário antigamente. Mas o sino havia sido levado lá para baixo e era usado para nos chamar para as refeições.

Lá em cima, ficava uma porta que dava para o sótão, e era em direção àquela porta, àquela terrível porta proibida, que eu e James Henry Hayward, e também Alice Higgs, embora mais fraca, estávamos fugindo, nos arrastando e escorregando por aqueles antigos degraus, gastos por séculos de uso, tortos e sulcados e lisos e traiçoeiros mesmo para os passos mais cautelosos. Segui me arrastando, girando e subindo, subindo e girando, acossado pelo barulho ensurdecedor de Robert Burrington, cada vez mais próximo e alto, mas, finalmente, lá estava a porta, arqueada e antiga, ainda uma volta de parafuso a subir, e lá fui eu, escorregando, de quatro, enquanto o tal Robert e o tal Burrington gritavam muito, e lá estava a porta, e eu a toquei e logo ali, uma volta abaixo de mim, estavam os urros de Robert Burrington, e um suspiro, e um Robert, e outro suspiro, e um Burrington, e finalmente a porta se abriu e saí daquela terrível garganta de pedra e me deparei com um perigo diferente.

O Sótão de Heap House

O sótão de Heap House nunca deveria ser visitado, pois, naquele aposento putrefato, viviam morcegos. Dezenas de milhares deles, que mordiam coisas vivas com grande determinação e podiam causar infecções monstruosas. Durante a minha existência, houve pelo menos sete casos de Iremonger que sucumbiram à raiva após mordidas de morcegos. Mas foi exatamente aí, com algo berrando Robert Burrington atrás de mim, que entrei, ignorando aterrorizado uma placa mofada, presa à porta do campanário, que dizia: INVASORES NÃO PASSARÃO.

Bati a porta atrás de mim. Embrenhei-me na espessa, fétida e úmida escuridão. Acima de mim, ouvi um farfalhar. Não devo acordá-los, devo ser muito silencioso. Prossegui com o maior cuidado possível, escorregando uma vez e sentindo uma umidade densa e algo como lama no meu braço, mas fui em frente, desesperado, atravessando aquele campo de fezes de morcego na tentativa de encontrar um esconderijo.

Havia uma espécie de monte alto e afunilado, ligeiramente luminescente, e ali me agachei e esperei. Ainda não estava ouvindo Robert Burrington. A porta do sótão permanecia fechada e escura. Talvez o detentor de Robert Burrington não venha, pensei; pode ser que ele conheça a fama do sótão e tenha mudado de ideia, é sensato e não quer se meter nesta enrascada, não é tolo a ponto de se aventurar pelos traiçoeiros andares superiores de Heap House. Naquele exato momento,

enquanto eu formulava esses pensamentos, ouvi um pequeno rangido e, com aquele rangido, outro som, e seja lá quem
estivesse carregando Robert Burrington, apareceu no umbral.
Só consegui distinguir uma silhueta de homem, um homem
altíssimo com uma cartola negra, mais alto e mais magro do
que qualquer outro homem que eu jamais tivesse visto, dois
metros e quarenta talvez, mas poucos centímetros de largura.
Fiquei esperando atrás do monte. O que ele vai fazer?

— Robert Burrington?

Do fundo do meu bolso, ouvi uma resposta abafada, como
se meu tampão estivesse louco para responder.

— James Henry Hayward.

Empurrei meu tampão mais para o fundo do bolso.

— Robert Burrington? — mais uma vez.

— Al... Al... Al... — Foi tudo o que a pobre maçaneta
conseguiu dizer.

— Robert Burrington. — De novo.

Enquanto o varapau esperava, algo muito curioso começou
a acontecer. Comecei lentamente a ouvir outros nomes vindo
dele e percebi que outros nomes estavam sendo ditos por baixo
do mais possante e certamente dominante Robert Burrington.
Ouvi Edith Bradshaw e Ronald Reginald Fleming e Alasdair
Fletcher, havia um tal Edwin Brackley e uma srta. Agatha
Sharpley e também Cyril Pennington. Cyril Pennington era o
balde de incêndio do meu andar e, por algum motivo, aquele
homem o havia pegado. Nunca tinha ouvido tantos nomes
antes vindo de uma só pessoa e, mesmo assim, prestando atenção, havia outra onda de nomes por trás da primeira. Captei
uma sra. Sedley e um Tom Packett e uma Jenny Rose Finlay e
um Stoker Barnabus e, depois, muito levemente, um Nobby.
Sim, alguma coisa, provavelmente um objeto grã-fino, estava
dizendo bem baixinho "Nobby". E havia ainda outros nomes.

Consegui discerni-los aos poucos, como se estivessem entrando e saindo do campo de audição, como se estivessem inspirando e expirando. Dentre eles, captei outro nome conhecido. Ouvi um leve resmungo: "Florence Balcombe".

Florence Balcombe; por que ela estava falando o próprio nome em meio aos objetos? Não fazia sentido. Porém, embaixo das ondas de nomes, ouvi mais uma vez: "Florence Balcombe".

Fiquei tão perplexo ao ouvir o nome de Florence Balcombe que quase me esqueci da minha precária situação, mas James Henry se debateu novamente como se quisesse falar com todos eles. Em seguida, cobrindo todos os outros nomes, ouvi novamente "Robert Burrington".

E meu tampão gritou: "James Henry Hayward!" Enfiei minha mão no bolso e o empurrei mais para baixo ainda, cobrindo-o com o meu lenço para atenuar seu grito.

— Robert Burrington?

Será que o varapau tinha ouvido meu tampão? Será que ele conseguia ouvir? Ainda parado na soleira, parecia que farejava o ar muito sutilmente. Fiquei totalmente imóvel e em silêncio, uma estátua, uma estátua, pensei, sou uma estátua, sou feito de mármore, nada no mundo pode fazer com que eu me mexa.

— Robert Burrington? Robert Burrington? Sra. Sedley? Alasdair Fletcher?

Será que os morcegos conseguem ouvir?, fiquei pensando. Por favor, faça com que os morcegos os ouçam. Mas só escutei um levíssimo farfalhar no vasto e perigoso teto em cima de mim. O compridão permanecia no umbral e, mais uma vez, algo que ele carregava disse em voz alta:

— Robert Burrington? Robert Burrington? Edith Bradshaw? Nobby?

Em outra parte do cômodo, surgiu uma outra voz:

— Freddie Turner.

— Robert Burrington?

— Freddie Turner!

Algo passou voando sobre a minha cabeça, na escuridão, achei que fosse uma tachinha, mas certamente era algum inseto e, seja lá o que fosse, voou diretamente até o varapau. Atingiu-o e, naquele momento, ouvi um leve tinido e um grito:

— Freddie Turner!

— Robert Burrington! — Muito mais alto.

— Freddie Turner? — Um sussurro agora.

— Burrington!

— Freddie?

— Burrington!

— Fred... — E, depois, tudo parou novamente.

Tudo menos um grito repentino do meu tampão de banheira.

— James Henry Hayward! James Henry Hayward!

Meu tampão estava gritando! E, em resposta, ouvi um grande rugido vindo da porta:

— Robert Burrington! *Robert Burrington!*

Em seguida, tudo aconteceu tão depressa que só depois consegui reconstruir a cena. Quando olhei de volta para a porta, o homem alto não estava mais lá. Sem conseguir mais vê-lo, tomado pelo pânico, recuei, engatinhei para trás às pressas, como se fosse um besouro de cabeça para baixo, minhas mãos se arrastando sobre as fezes dos morcegos, que se esfarelavam como giz e me faziam escorregar, e, enquanto eu me deslocava, por cima da minha cabeça, como se um vento tivesse repentinamente atravessado o sótão, o teto começou a se mexer freneticamente. Tentei me levantar, mas continuava perdendo o equilíbrio e caindo, então, vi a silhueta do homem alto se aproxima rapidamente.

O objeto principal do varapau gritou mais alto do que nunca, como se a boca de um vulcão tivesse acabado de se abrir, ou como se um canhão urrasse:

— *ROBERT BURRINGTON!*

De repente, senti um forte cheiro de gás, e também de alcatrão, em seguida, o homem alto avançou.

— *ROBERTROBERTEDITHMATRONEDWINMISSNOBYYF LORENCEBURRINGTON!*

E, de uma hora para outra, tudo ficou absolutamente escuro.

Morri.

Estou morto.

Estou morto, pensei.

Estou mortinho da silva, pensei, porém, raciocinei, porém, deduzi, estou formulando este pensamento. Sinto minha respiração, porém, parece que estou no mesmo lugar, porém, meus pés estão na minha frente, porém aqui estão minhas pernas, porém aqui está meu peito, ainda dentro do colete, então, será que não estou morto? E o que é então essa escuridão terrível bem na minha frente, e esses guinchos estridentes, esse bater de asas, esses uivos intermitentes e essas arremetidas? E, entre o farfalhar de asas e os chiados, não era possível ouvir Roberteios? Não havia sinais claros de Burringteios? Sim, de fato havia.

Ao avançar na minha direção, o compridão despertara o teto que, naquele momento, cobria seu corpo. Robert Burrington lutava com os morcegos e finalmente consegui me levantar e correr para longe dos terríveis gritos e grunhidos. Encontrei uma escada de mão, subi, deparei-me com uma claraboia, empurrei, depois lá estava eu em pé, sem fôlego, sobre o telhado da Heap House. Em um instante, mais nenhum barulho, silêncio absoluto.

No Topo das Coisas

Eu não conseguia ouvir nada lá fora, absolutamente nada, porque eu podia ouvir tudo. Tudo estava me chamando; todos os objetos que tinham voz rugiam e ululavam e cantavam, sussurrando, rindo, zombando, espirrando, conversando e resmungando, e eu não conseguia discernir um único ruído em meio ao caos. Tudo era uma terrível balbúrdia, um muro de sons, uma enorme onda que me ensurdecia. Eu era um ser doméstico, feito para ficar dentro de casa. Era melhor ver o mundo através de uma janela, sem pôr os pés lá fora, sem chegar tão perto de tantas coisas. Estava surdo lá fora, no telhado de Heap House, os cúmulos turbilhonando embaixo de mim, armando uma tempestade.

O telhado da Heap House era o grande reino dos pássaros, os tijolos e o cimento daquela paisagem nas alturas eram feitos de penas e excrementos. Havia outras criaturas cobertas de penas além das gaivotas, como os pombos por exemplo, os pombos sarnentos da cidade com uma pata ou um olho só. Embora não fossem tão perigosas quanto os morcegos, era melhor não incomodar as gaivotas. Elas tinham um temperamento terrível. Afinal de contas, aquele era o lar delas, e não o meu. Eu precisava escalar uma ou duas cúpulas para encontrar o caminho até a escada em caracol que se estendia por tudo o comprimento da parte externa do edifício e havia sido retirada de bibliotecas de várias partes de Londres. Olhei à minha volta. Olhei para baixo. E só vi lixo.

Enormes picos e fossas, enormes montanhas e vales, enormes abismos sem fundo. Ver tudo aquilo se mexendo e mudando de forma, exalando mau cheiro e desmoronando era um espetáculo e tanto! Suspiros e sobressaltos! Para um Iremonger, é impossível não sentir orgulho das pilhas de lixo, orgulho e, é claro, medo. Eu podia ter ficado lá assistindo àquele espetáculo glorioso e correr o risco de pegar a Cegueira dos Cúmulos, à qual sucumbiram tantos Iremonger antes de mim. Minha prima de segundo grau, Roota, infeliz na escola, onde era intimidada e marginalizada, excluída e apedrejada, atacada verbal e fisicamente, subia no telhado todos os dias para se consolar, até que acabou se apaixonando pelos cúmulos e entregando o coração a eles. Um dia, magoada, com a mente atormentada e o coração partido, ficou vagando lá em cima, admirando os campos de imundície a perder de vista e resolveu se entregar de corpo e alma aos cúmulos: atirou-se lá de cima. Planou com graça e leveza, subindo no início, mas o encanto terminou e se transformou em uma queda vertiginosa.

De repente, havia outra coisa se mexendo além dos cúmulos. A claraboia pela qual eu havia fugido estava se abrindo mais uma vez e uma cartola começou a surgir, como uma chaminé perfurando um telhado. A cartola foi subindo cada vez mais e, embora estivesse arranhada e amassada, continuava a cobrir a cabeça do varapau.

O varapau, o varapau estava a caminho.

Então, saí aos trambolhões o mais rápido que podia. Rezei para que ele não tivesse me visto. Como ele sobreviveu aos morcegos? Saí correndo, sem parar, fugindo de gaivotas que protestavam me bicando, e finalmente cheguei à Floresta no Telhado.

A Floresta no Telhado

A floresta era como chamávamos a enorme quantidade de chaminés provenientes de toda a cidade de Londres que Vovô, com sua sabedoria, reunira: pequenos capelos ou grandes tubos de órgãos, muitíssimas chaminés, das quais apenas algumas estavam conectadas aos dutos verticais lá de baixo. Havia milhares daquelas peças de dominó e era no meio delas que eu corria, gritando, pois, atrás de mim, abrindo caminho por entre a neblina de gaivotas e suas penas, o varapau, com seu chapéu comprido, seu rosto comprido, seus braços compridos e suas pernas compridas, vinha marchando.

Entrei por uma viela em algum lugar no meio da Floresta e acelerei, tirando a chute os pássaros do caminho. Em vez de prosseguir por ali, comecei a ziguezaguear, virando à esquerda, depois, à direita, mais uma vez à direita, voltando um pouco, esquerda, esquerda, seguindo em frente por um bom trecho, nova mudança de rota, seguindo outro caminho, esquerda à frente, em frente, meia-volta, depressa, depressa, alguém ali, pássaros e chaminés, rápido, entre atrás de uma delas, qual, esta aqui. Uma chaminé alta e múltipla com cinco capelos; ali me agachei e arquejei e resfoleguei. Afundei James Henry mais ainda no bolso por desencargo de consciência e esperei e arfei, arfei, esperei e fiquei pensando. Quem é aquela pessoa? O que ele é? De onde veio? Como ficou daquele jeito, tão estranho e comprido?

Lá vinha ele novamente. Não estava na minha viela, mas a três ou quatro de distância; era tão alto que ultrapassava as chaminés e sua cabeça despontava sobre elas. Empurrou algumas chaminés e as derrubou; nas maiores, debruçava-se para olhar lá para baixo, enfiando as longas mãos nos estreitos tubos e tirando ocasionalmente de lá ninhos de pássaros e uma ou duas gaivotas, e quando as aves mordiam e gritavam, ele as espantava com tapas, sem se machucar, intrépido. O varapau selecionava as chaminés, uma aqui, outra ali, enfiando-se entre elas e espiando lá dentro, chegando cada vez mais perto, até eu ver sua sombra na minha própria viela. Ele estava a apenas duas chaminés de distância, sua sombra cada vez mais escura à minha frente, mas, de repente, suas pernas compridas o levaram embora novamente, e esperei e tremi, o rosto pressionado com força contra a argila, e, toda vez que ele parecia ter ido embora, eu o via novamente, sua cartola por cima da Floresta.

Por fim, achei que deveria fazer uma tentativa, senão minha cabeça explodiria. Afastei-me um pouco. Não o estava vendo; examinei a viela de chaminés de um lado e do outro, não o vi, saí, não o vi. Lá longe, estava a cúpula enferrujada que indicava o topo da escada em caracol que me levaria de volta para dentro da casa com segurança, mas, entre mim e a escada de metal, havia ruas e vielas inteiras de chaminés, e ele podia estar me esperando atrás ou ao lado de qualquer uma delas.

Eu não o estava vendo. Agora ou nunca.

Foi embora, disse a mim mesmo, seja lá quem for, foi embora. Corri.

Então, de repente, lá estava ele novamente.

Sentado alinhado com as chaminés, ereto. Vi o longo corpo esticado, a cartola da altura das chaminés, o capelo de uma chaminé mais grossa, pensei no início. Mas aquela chaminé tinha braços finos cruzados à sua volta e longas pernas encolhidas, um corpo esguio e, mais terrível do que tudo, um rosto comprido. Antes, ele sempre estivera na escuridão ou à distância, mas, naquele momento, estava a poucos passos de distância, imóvel entre as chaminés. Esperando. Aguardando o momento certo. Então, com ele bem próximo, pude vê-lo direito pela primeira vez. Que horror!

Aquele homem comprido e magro não era uma pessoa.

Não era de forma alguma uma pessoa.

Ele, ou melhor, *aquilo* era uma grande coleção de coisas. Aquilo, aquilo era feito de metal, de tubos e molas, de engrenagens e pistões, um ser mecânico composto de muitíssimas coisas reunidas, com uma espécie de motor lá dentro. A cartola era um longo cano com uma tampa, e um filete de fumaça saía lá de dentro, e havia muitos objetos pequenos presos a canos de metal maiores, como crustáceos grudados no casco de um navio. Havia um saca-rolhas, um cachimbo de barro, uma lupa, uma meada de barbante, um avental, um grande gancho que, pendurado no chapéu, balançava na frente do seu rosto como se fosse um monóculo. Naquele instante, vi com clareza seu rosto, aquilo não tinha um rosto de verdade, era uma placa de latão polida, e a placa tinha uma escrita: INSPECIONADO PELO LABORATÓRIO UNDERWRITERS, EXTINTOR DE INCÊNDIO MANUAL DE 20 LITROS, CLASSIFICAÇÃO N. 650859. Havia confundido essa escrita com olhos. O que achei que fosse uma boca era uma escrita com letras muito maiores: PARA USAR EM CASO DE INCÊNDIO, VIRE DE CABEÇA PARA BAIXO. O que acreditei que fosse o nariz do varapau era, na verdade, a mangueira do extintor de incêndio, um pedaço de cano preto e grosso com um esguicho de latão na ponta. Aquela terrível coleção de objetos era o varapau e eu estava bem na sua frente, assombrado — assombrado e fascinado. Por que será que ele parou? Fiquei pensando, será que quebrou? Obviamente, aquilo nunca havia se mexido, foi tudo apenas fruto da minha imaginação. Tendo ou não se mexido antes, naquele momento estava imóvel. Veja só o que sua imaginação aprontou, falei a mim mesmo. E estiquei um dedo para cutucá-lo. E, naquele exato momento, ele voltou a funcionar novamente.

O esguicho começou a se mexer; parecia estar farejando, e, ao mesmo tempo, um zumbido começou a sair de dentro da criatura, seguido de uma pulsação surda. Ele começou a se levantar.

Não fiquei ali nem mais um segundo. Saí desabalado, me esgoelando, atabalhoado, aterrorizado, e fui em direção à cúpula enferrujada. À medida que corria, uma cesta, certamente retirada dos cúmulos pelos pássaros, passou voando ao meu lado, rodopiando em direção ao ponto de onde eu havia fugido, rumo à criatura, desesperada para se unir a ela. Não foi apenas a cesta; de repente, outras coisas também se mexiam, muitas em alta velocidade, rumo à massa de objetos cujo nome principal era Robert Burrington. E Robert Burrington, aquela grande coleção de coisas, estava ficando cada vez maior. Olhei para trás: a criatura estava novamente de pé, e, com passos largos, avançava, crescendo enquanto caminhava, abatendo chaminés enquanto corria, mãos largas e compridas feitas de ancinhos e pistões e dutos e canos tateando à sua frente e o nariz de esguicho balançando para a frente e para trás em estado de alerta e agitação, e, se um para-raios não tivesse se atirado em cima daquele ávido sortimento de objetos e o derrubado por um instante, acho que eu muito provavelmente teria sido esmagado, mas ele ficou lá caído por um instante, tentando entender aquela última adição à sua coleção, e corri para a cúpula, agarrei o corrimão e me atirei escada abaixo. Comecei a descer ao trancos e barrancos, gritando, gritando sem parar até chegar à porta, abri-la e entrar em algum canto dos andares superiores da Heap House.

Estava lá dentro novamente. Estava ouvindo. Estava ouvindo meus próprios gritos.

Não vai parar, aquela coisa, aquele monte de coisas, não há como detê-lo, pensei; ele vai descer a qualquer momento, vai trazer todo o telhado junto, não pode ser detido, os morcegos não conseguiram detê-lo, está crescendo cada vez mais, vai juntar todas as coisas, quer tudo e tudo corre na sua direção. Aquele monstro sabia que eu tinha James Henry e sabia que eu tinha Alice Higgs e os queria de qualquer jeito. Nada vai detê-lo. Em momento algum. Como as coisas conseguem fazer aquilo? Como conseguem se mexer sozinhas?

Não fique aqui, disse a mim mesmo; não fique aqui ao lado da porta, tão perto da escada externa. Aquela porta logo vai se abrir e todos aqueles objetos vão entrar destruindo tudo, farejando James Henry e Alice Higgs. Depressa, depressa, mexa-se, a casa está tremendo, não está? Será que já chegou na escada? Será que está descendo?

Vamos, vamos, Clod, para a Enfermaria, devolva a maçaneta a Rosamud e, depois, pelo amor de Deus, procure ajuda, peça--a aos gritos. Levantei-me e saí correndo. Rumo à Enfermaria.

A Enfermaria

Minha audição estava voltando, embora o estrondo ainda vibrasse na minha cabeça, cada vez um pouquinho menos. Eu não ouvia Robert Burrington, mas continuava olhando para trás, procurando o som ensurdecedor daquela coisa feita de coisas; ele ainda não havia chegado, mas logo chegaria, pensei, certamente chegaria. Preciso devolver a maçaneta Alice Higgs à tia Rosamud. Tudo começou com a maçaneta, talvez terminasse com ela também. Uma vez que devolvesse a maçaneta à sua legítima proprietária, talvez toda a confusão em Heap House parasse, todos as partes de Robert Burrington se dispersassem, tudo se acalmasse mais uma vez e, sobretudo, talvez eu visse Lucy Pennant à noite. Então, para a Enfermaria.

Eu não podia adentrar a Enfermaria e provocar um grande alvoroço; precisava agir com cuidado e tranquilidade. Nada podia ser feito até que a enfermeira-chefe Iremonger, com um grande lenço branco amarrado na cabeça, estivesse longe da sua escrivaninha na entrada. Ela estava lá sentada com sete relógios pendurados de cabeça para baixo sobre o peito. Esperei. Vamos, vamos, sempre olhando para trás à procura de Robert Burrington. Vamos, vamos. Finalmente, algum Iremonger adoentado gritou e lá se foi a enfermeira-chefe, seus sapatos fazendo barulho nos ladrilhos. Então, lá estava eu na Enfermaria, procurando tia Rosamud.

O nome do paciente estava afixado na porta de cada um dos quartos, portanto, esperava encontrar sem dificuldade minha tia. Ela não estava no primeiro corredor que percorri nem no segundo; no terceiro, havia muito mais movimento e tive que me esconder por um tempo atrás de um grande cesto de roupa suja. Muitos nomes estavam sendo pronunciados naquele andar, alguns gemendo, alguns suspirando, alguns reclamando, alguns sussurrando, outros sentindo dor, outros ainda chorando. Levei um tempo para conseguir isolá-los, para recuperar a audição, para me livrar por completo do estrondo dentro da minha cabeça, mas, então, finalmente, no meio de tantas outras palavras, captei o nome "Geraldine Whitehead!"

Tio Idwid estava atrás da porta que isolava o quarto mais barulhento. Mas isso não era tudo. Para complicar ainda mais as coisas, no meio daquela barafunda de nomes, captei um outro nome, lento e sério, incisivo e arrogante: "Jack Pike".

Vovô estava lá dentro. Vovô em pessoa estava ali, embora devesse estar na cidade àquela hora. Só então percebi que, pela primeira vez na vida, eu não havia ouvido o trem partir de manhã.

Vovô em pessoa e sua cuspideira portátil Jack Pike, e também tio Idwid e sua pinça de nariz Geraldine Whitehead; os quatro estavam reunidos atrás da porta bem à minha frente. Então, ouvi o grito, um lamento terrível, um urro doloroso: ui, ai, um berro horrível. E o pior era o nome chamado com total desespero: "Percy Detmold! Percy Detmold! Percy Detmold!"

O que estavam fazendo com o pobre Percy Detmold, seja lá quem fosse? O que estava acontecendo naquele quarto? Aproximei-me de mansinho e espiei pelo buraco da fechadura. Vovô, sentado com suas enormes costas voltadas para mim, e, ao seu lado, o tio Idwid segurando Geraldine Whitehead. Não havia mais ninguém no quarto, absolutamente ninguém, mas os gritos continuavam, aumentando a cada vez que Idwid empurrava sua pinça de nariz em direção a algo que estava fora do meu campo de visão. Idwid se mexeu e vi que toda aquela agonia e desespero provinha de um mero coador de chá, muito arranhado e amassado, que estava sobre a mesa e vez por outra era cutucado por tio Idwid e sua Geraldine.

— Percy, Percy Detmold!

Um coador de chá, um coador de chá em agonia.

— Trate de ficar parado, Percy Detmold! — disse Idwid, sua voz não tão gentil agora, eu podia ouvir o Timfy que havia dentro dele. — Você não passa de um coador de chá! Não tem nada a ver com uma xícara com para-bigode, absolutamente nada. Você é, e continuará a ser, um coador de chá. Pronto, agora é a vez de Umbitt!

— *PERCY DETMOLD! PERCY DETMOLD!*

Por que Vovô e Idwid estavam atormentando tanto aquele objeto? O que tinha acontecido com a minha casa, o quê? O que fazer para que tudo voltasse a ser como antes? Livre-se da maçaneta, disse a mim mesmo; pelo menos livre-se da maçaneta, e rápido, antes que ela ou James Henry sejam ouvidos por Idwid.

Havia muitas portas com nomes que não me interessavam — Nareen, minha tia-bisavó; e minha tia Shorly, e minha prima de segundo grau Lorry —, nos fundos de um corredor mal iluminado e distante, havia uma plaquinha: IREMONGER, ROSAMUD. Entrei e fechei rapidamente a porta atrás de mim.

Era um quarto simples, um banco, uma mesa, uma cama e uma protuberância na cama que certamente responderia "Presente" se eu perguntasse "Rosamud?"

Fui até o banco, que era bastante alto. Só conseguia entrever na lateral: PROPRIEDADE DO STRANGERS CLUB, LONDRES. Pus Alice Higgs sobre o banco, mas ela não disse nem uma palavra para meus ouvidos massacrados.

— Olá, tia R. — eu disse. — Sou eu, Clod. Como a senhora está? Como passou esses últimos... tempos? Trouxe algo para a senhora, tia Rosamud. Está aqui. Em cima do banco. A senhora está me ouvindo?

Não houve resposta, nenhum movimento, sequer um ruído.

— Está me ouvindo, tia Rosamud, está me ouvindo? Trouxe algo para a senhora, algo que vai deixá-la muito contente. Onde a senhora está? De que lado? Não me lembro da senhora como um travesseiro, a senhora não costumava ser um travesseiro.

Eu não conseguia vê-la. Havia muitos lençóis e cobertas empilhados e amarrotados aqui e ali, muitos travesseiros também, mas eu não conseguia descobrir Rosamud no meio daquilo tudo. Não conseguia ver tia Rosamud. Só conseguia vislumbrá-la na minha mente, do jeito que lembrava, zangada e brandindo sua maçaneta. À medida que as recordações foram aflorando, comecei a entender aquele monte de panos sobre a cama. Distingui um lençol de uma fronha, um cober-tor de uma colcha, depois, no meio daquele monte, muito lentamente, comecei a perceber uma silhueta. Finalmente, vi tia Rosamud. Ela esteve deitada na cama o tempo todo, mas seu corpo, ao que me parecia, sem sombra de dúvida, era feito de lençóis e colchas e travesseiros. Ela era feita de objetos de cama, objetos amontoados a esmo, jogados ali, criando uma forma aproximada do corpo da pobre Rosamud, mas, olhando com mais atenção, vi que a semelhança era muito forte, que a pobre tia Rosamud se tornara um monte de tecido.

— Tia Rosamud! — gritei. — Tia Rosamud, a senhora não passa de roupa de cama!

Acho que comecei a gritar naquele momento, acho que deve ter sido isso; pois tinha certeza de que a roupa de cama, além de ser a tia Rosamud, havia se mexido por conta própria, soltando uma pluma de pato naquele exato momento. Minha tia Edredom, minha tia Cobertor, cara tia Fronha, pobre tia Manta, socorro, socorro!

Puxei toda a roupa de cama, tentando encontrar minha tia lá no meio. Mergulhei nos tecidos, embrenhando-me e enrolando-me lá dentro, mas, no final, consegui arrancar tudo da cama e não havia tia alguma no meio daqueles panos todos. Ela devia ter saído, devia ter ido embora. A única coisa que havia na cama era um balde de metal, um balde frio, como os baldes usados para gelo, com uma tampa — um balde de aparência triste e que tinha algo de muito familiar. Como se eu o tivesse visto antes, como se eu o conhecesse muito bem e tivesse um pouco de medo dele. Depois, me pareceu ter ouvido um ruído, um ruído baixinho, mas que foi ganhando confiança, o ruído era "Rosamud Iremonger".

— Tia — falei. — Tia! Onde a senhora está? Estou ouvindo bastante bem. Tia! Tia!

— Rosamud Iremonger.

— Estou ouvindo, mas não a vejo. Onde a senhora está se escondendo? Saia. Sou eu, Clod. Onde a senhora está, tia?

— Rosamud Iremonger — disse novamente a voz triste.

Então, não houve mais mistério. A voz vinha do balde sobre a cama. Era o balde que estava falando. Minha tia Rosamud era um balde. Depois, ouvi outra voz.

— Olá.

Não era o balde falando. A nova voz vinha de outro lugar, do banco; havia alguém sentado no banco da minha tia, uma garotinha muito suja com um vestido puído, muito magra e pálida, grandes olheiras uma pobre esfomeada, uma catadora do lixão. Nunca havia visto aquela menina maltrapilha, porém, havia algo nela, assim como no balde, que me parecia muito familiar. A menina descabelada tinha uma cabeça grande e um corpo magro, pendurado ali como um apêndice. Mas a cabeça era muito sólida e proeminente, uma cabeça redonda, bastante brilhosa, se ela fosse um objeto, seria algo como uma... então, ela falou, disse o próprio nome:

— Alice Higgs.

E eu desmaiei.

A Governanta, Claar Piggott
O Mordomo Olbert Sturridge

15
UM CORSELETE E
UMA LANTERNA DE NAVIO

Continua a narrativa de Lucy Pennant

— Bom dia, sra. Piggott — falei para a figura que estava sentada na cadeira ao lado da minha cama.

— É isso que você acha, Iremonger? — respondeu a governanta ao se aproximar. — Eu diria que é um dia bastante ruim para você. Diria que é o pior dos dias para você. Onde estava?

— Lá em cima — eu disse —, limpando as larei...

Antes que pudesse terminar a frase, a mão branca e ossuda da sra. Piggott bateu com força no meu rosto.

— Não — disse ela. — Não vou aceitar isso. De jeito nenhum. Onde você estava?

— Lá em cima, sra. Piggott.

— Isso, com certeza. Lá em cima onde?

— Por favor, senhora, limpando as larei...

A mão desferiu outro golpe.

— Vou perguntar mais uma vez, e tome muito cuidado com a sua resposta. Sou uma pessoa amorosa, afetuosa e exuberante; deixo-me levar pelas emoções, e essas emoções podem ser atiçadas e posso ficar acalorada, posso entrar em ebulição, e você não quer isso, não é, minha querida?

— Não, sra. Piggott, não quero.

— Então, Iremonger... Não vou chamá-la de Lareira agora, já que suas lareiras foram inspecionadas e não estavam à altura, algumas sequer haviam sido tocadas, mas vamos deixar para falar disso daqui a pouco. Trate de me dizer onde estava, e o que estava fazendo? Fale logo!

Todas as outras Iremonger do dormitório estavam acordadas àquela altura, todas sentadas, observando, captando tudo, sentindo cheiro de sangue.

— Sra. Piggott... — falei.

— Fale.

— A verdade é que...

— Fale.

— Eu me perdi.

— Você nunca se perdeu antes, por que desta vez?

— Ouvi um barulho, um barulho terrível, um estrondo, um zumbido, um grande alarido, e saí correndo.

— Isso é uma Aglomeração! — gritou ela. — Você viu uma Aglomeração! Estão procurando uma Aglomeração por toda parte, sabiam que havia uma solta por aí, precisam detê-la antes que cresça demais.

— Uma Aglomeração, sra. Piggott? — perguntei.

— Uma grande coleção de canos e apitos, tubos de latão, maçanetas e parafusos, de todo tipo, sortidos, centenas de peças aleatórias que se reuniram, se associaram, foram ficando maiores. Uma coisas dessas foi vista em algum lugar da casa e sumiu novamente, está se escondendo. Onde você a viu, minha pequena?

— Do lado de fora da Sala das Aparas, no terceiro andar.

— Do lado de fora da Sala das Aparas? O que você estava fazendo lá? Não deveria ir até lá. Há algo de muito errado acontecendo, algo escuso e perverso, algo traiçoeiro, ou não me chamo Claar Piggott. Acho que não gosto de você, Iremonger, estou começando a desgostar de você neste minuto, falta pouco, só mais um segundos e provavelmente vou desprezar você. Venha — disse ela, beliscando minha nuca e me puxando para a frente —, se você viu uma Aglomeração, outras pessoas precisam saber. Venha comigo.

Piggott me beliscou com força.

— Meu pescoço! — gritei. — A senhora está me machucando.

— É de propósito, queridinha, essa é exatamente a minha intenção.

Ela me arrastou até a sala de Sturridge. Eu estava em pânico, tentando me liberar. Mas não precisava ter me debatido tanto, o cego não estava lá. Com seus rostos soturnos, alguns Iremonger da cidade faziam companhia ao mordomo, alguns usavam cintilantes capacetes de latão do corpo de bombeiros.

— Ela viu uma Aglomeração! — A sra. Piggott anunciou ao entrarmos.

— Onde? Quando? — perguntaram os homens, agitados.

— No terceiro andar — disse a sra. Piggott. — Na Sala das Aparas.

— Há quanto tempo foi isso, Iremonger? Depressa, diga logo, quanto tempo faz?

— Há duas horas — respondi.

— Duas horas! — um homem gritou. — Certamente já deve ter se deslocado.

— Mas devemos procurar mesmo assim. Ver o que está faltando. Ter uma ideia do tamanho dessa coisa.

— Talvez esteja subindo.

— Talvez ainda esteja lá. É uma possibilidade.

— Peguem martelos, levem pés de cabra, pesos, pólvora. Tratem de se munir de estopins. E levem ímãs também! Vamos subir!

Os homens pegaram todo tipo de instrumento pesado e saíram correndo da sala. Deixaram-me a sós com a sra. Piggott e o sr. Sturridge.

— Esta casa está à beira da ruína, Olbert — Piggott disse ao mordomo. — Como permitiram que uma Aglomeração se formasse? Que danos será que vai causar?

— A Aglomeração pode causar muitos danos, e eles também com todo aquele armamento. Esses homens não entendem esta casa, não têm amor nenhum por ela.

— E aqui, Olbert, temos essa Iremonger que andou perambulando pela parte superior da casa e não limpou as lareiras.

— Isso é uma infâmia! — Foi o que o mordomo declarou com sua voz profunda. — Vivemos dias e noites incertos, Iremonger errante e, em meio a isso tudo, você ainda fica percorrendo caminhos que não lhe dizem respeito? O que pretende, vagando por aí dessa maneira? Que lugares andou explorando? Viu algo novo, algo magnífico? Iremonger Park é magnífico. O que a fascinou? O que a fez suspirar e ficar maravilhada? Por favor, fale, eu gostaria muito de ouvir, não me canso de reunir opiniões favoráveis a respeito desta portentosa mansão.

Suas palavras, embora tão solenes a ponto de parecerem esculpidas em mármore, foram muito mais gentis do que o ruído estridente da governanta, e, em seus olhos, vi o que me pareceu ser ternura. Ele amava tanto aquele lugar que eu queria dizer algo positivo sobre a casa para fazê-lo feliz. Queria conquistar sua simpatia e jogá-lo contra Piggott.

— Eu vi, sr. Sturridge, a Sala das Aparas com todas aquelas tesouras penduradas, centenas delas.

— Ah, sim, é um local muito afiado. Algumas das unhas dos Iremonger mais idosos se tornam um pouco duras, crescem demais e acabam ficando retorcidas, outras ficam afiadas como facas, mas, na Sala das Aparas, há instrumentos para cortá-las, para restabelecer a ordem. Muito bem, o que mais você viu?

— A sala dos fumadores com todos os assentos em couro.

— Esteve no Fumeijódromo?

— Aquela sala tem o cheiro de lugares distantes.

— De fato, de fato. Cheira a Turquia, a África, a perfumes das Arábias. Exatamente. E o que mais você viu?

— Vi, sobretudo, um lugar enorme com um chão de mármore e uma grande cristaleira repleta dos mais lindos tesouros. Mas essa última visita não foi bem aceita.

— Ela esteve no Salão dos Mármores! Uma limpadora de lareiras no Salão dos Mármores! — tonitruou o mordomo.

— Eu disse que não gostava dela — disse a sra. Piggott. — Que invasão!

— Uma mera limpadora de lareiras nunca pisou no Salão dos Mármores, é o próprio Briggs que se encarrega de limpar aquelas lareiras. Nunca foi permitido. Proibido. Terminantemente!

— Lamento, sr. Sturridge, sra. Piggott, não era minha intenção...

— Ingrata! Parasita imunda e matreira! — gritou Piggott.

— Jamais! Ah, jamais! — berrou o mordomo com suor brotando na grande testa. — Você não condiz com aquele lugar! Você, *você*, em um lugar daqueles! Só de pensar nisso, sinto-me desmoronar como uma ruína antiga! Você manchou o mármore! Ah, ah, meus alicerces estão abalados, meus pilares foram entortados, perdi totalmente meu prumo. Tudo está vindo abaixo!

— Acalme-se, Olbert, não desfaleça agora, onde está seu remédio?

— Terceiro andar — ele arquejou —, segundo aposento.

Em vez de sair correndo, a governanta procurou o endereço no corpo do mordomo e foi direto para o segundo bolso do colete, sacou o que me pareceu ser um pequeno prego, que poderia também ser uma pedacinho de alcaçuz, e o enfiou na garganta daquele homenzarrão, que pareceu ir melhorando aos poucos. Depois, Piggott também pegou um lampião em um armário e o entregou ao mordomo, que se agarrou ao objeto como se sua vida dependesse daquilo; era seu objeto de nascença. Enquanto ele se recuperava, a governanta se voltou novamente para mim.

— Veja o que você fez ao pobre mordomo, sua ladra noturna, veja como o perturbou.

— Essa Iremonger é como um cupim — murmurou ele —, rói minha madeira!

— Acolhemos e demos a você um lar, você foi amada e cuidada por esta família, tratada com todo carinho. Tinha uma cama e também afeto, dignidade e posição. E o que fez em troca? Cuspiu no nosso amor, insultou nossa bondade, pisoteou até quebrá-la. Sua presença agora é uma desonra, uma doença.

— Esta casa, toda esta casa — acrescentou o mordomo —, cada andar, cada cômodo, cada armário, odeia você. Cada porta, cada tábua do assoalho, cada janela odeia, odeia você!

— Você é uma mancha de sangue em um tecido de linho branco: por mais que se esfregue, nunca vai sair!

— Já chega! — gritei, eles continuariam para sempre e eu não aguentava mais. Estava tremendo, tiritando de medo, mas também de fúria, e não os deixaria continuar por nem mais um instante. — Vocês tiveram sua vez e agora já chega. Agora é a minha vez. Lamento ter visto seu precioso Salão dos Mármores, acho que lamento, mas não há nada que possa fazer a respeito, não tenho como voltar atrás. Então, chega, não adianta vocês ficarem aí falando. Para dizer a verdade, não aguento mais, podem me mandar de volta para Filching, agora mesmo, esta manhã ainda, não me importa, até prefiro, para ser sincera. Para mim, já chega! Sinto muito ter vindo para cá um dia!

— Ela se demite! — berrou Piggott.

— Lamenta ter vindo para cá um dia! — ressoou Sturridge.

— Lamento mesmo, se querem saber. Agora, podem devolver minhas coisas e me pôr no trem para acabar logo com isto. Mas, antes de ir embora, preciso de uma coisa.

— Ela impõe *condições*! — disse a governanta, sua voz especialmente esganiçada.

— Quero a Iremonger que se perdeu, a do meu dormitório, ela irá comigo. Sim, isso mesmo, vou levá-la comigo.

O rosto afogueado de Piggott sorriu, revelando os dentes gastos.

— De que Iremonger você está falando? A quem está se referindo?

— A senhora sabe muito bem. A Iremonger cuja cama foi retirada, cujos lençóis e pertences foram queimados.

— Não faço ideia de quem você está falando, minha cara. Que provas existem dessa pessoa que você está mencionando?

— Ela se sentava ao meu lado na hora das refeições, era minha amiga.

— Provas. Fatos concretos. Evidências.

— Ela tinha um nome.

— Ah! Ela tinha um nome, é mesmo? Será que esse nome, por acaso, era... — disse ela tudo isso com uma voz melosa e irritante, mas disparou com agressividade a última palavra: — *Iremonger*?

— Não, não era esse — falei. — Ela se chamava Florence Balcombe.

Foi a última gota. Era só o que estava faltando. Aquelas palavras tiraram o fôlego de Piggott. Ela ficou imóvel, como um manequim, boquiaberta, olhos esbugalhados e medonhos, balançou um pouco, mas, de resto, parecia totalmente travada. Fiquei me perguntando se adoecera como meus pais. Foi a vez de o mordomo ajudar e socorrer a governanta. Ela tinha uma bolsinha pendurada no cinto, o sr. Sturridge a abriu apressadamente e tirou lá de dentro uma garrafinha de metal — LUSTRADOR DE LATÃO, estava escrito na lateral —, retirou a tampa, agitou-a embaixo do focinho da mulher e ela voltou a si. Depois, o mordomo foi para trás dela e desamarrou algo nas costas de Piggott, achei que a estivesse despindo, desapertando-a um pouco para que ela pudesse respirar, mas, na verdade, estava soltando um corselete que ela levava amarrado nas costas, embaixo do avental, seu objeto de nascença. Ele o entregou a Piggott e ela respirou fundo e recobrou as forças, depois, inclinou a cabeça para a frente, o rosto mais venenoso do que nunca.

— Vou jogá-la fora — disse a governanta —, você não passa de lixo para mim agora.

— Sim, Claar, isso mesmo — disse o mordomo —, jogue-a no lixo.

— Sim, claro! — exclamei. — Pode me jogar fora, me enfiar no trem, mas não vou embora sem Florence.

— Florence? Estou dizendo que não existe Florence alguma!

— Não conhecemos essa pessoa.

— O que vocês fizeram com Florence? Ela irá comigo no trem, podem ficar sabendo.

— O trem? Pegar o trem? — disse Piggott. — Não há como sair daqui. Não há escapatória. As pessoas não chegam e vão embora a seu bel-prazer. Isto não é um bar que está aqui para satisfazer suas vontades.

— Não se pode ir embora daqui — reforçou o mordomo. Uma declaração, um fato.

— Nenhum criado Iremonger vai embora deste lugar — disse Piggott. — Uma vez aqui, ninguém sai. Só existem funções diferentes, posições diferentes, cada vez mais baixas. Existem lugares escuros em Heap House, escuros e profundos. Lá embaixo, existem câmaras macabras, nas quais as pessoas podem se perder e serem esquecidas.

— Existem certos lugares nesta mansão que apenas o mordomo conhece — disse Sturridge —, certas profundezas pelas quais só eu caminho. Verifico até que ponto do subsolo a casa chega. Esta mansão costumava ser mais funda, mas foi inundada. Os cúmulos sangram em cima de nós. Esta grande casa é muito vulnerável, existem rachaduras por toda parte; conheço-as todas, são minhas velhas amigas, observo atentamente seu progresso. Uma pessoa pode cair em alguma dessas rachaduras, Iremonger. Tome muito cuidado.

— Heap House tem um outro nome; você pode chamá-la de "O Fim". É aí que você está e onde vai ficar. No fundo negro como breu do Fim.

— Vocês não podem me prender aqui! — gritei.

— Podemos, sim.

— E é o que vamos fazer.

— Quero ir embora. Exijo ir embora.

— Então, deixe-a ir embora, Claar. Deixe-a afundar.

— Sim, Olbert, vou deixá-la ir embora, tropeçar, cair até chegar ao fundo.

— Exatamente, isso mesmo, Claar. Como eu disse, descarte-a.

— Iremonger — disse ela, olhando-me com dureza —, considere-se descartada.

— O que isso quer dizer, do que você está falando?

— Descartada!

— Descartada!

— Descartada!

— Descartada!

— O que estão dizendo? Falem como gente!

— Você vai para os cúmulos lá fora, não vai mais trabalhar na casa — disse Claar, articulando bem as palavras.

— Vou para casa — falei.

— Se ao falar de "casa" você está se referindo aos cúmulos, então é isso mesmo, é para lá que você vai, aquele é seu lugar.

— Vocês não podem me obrigar — objetei.

— Engano seu! — sorriu o mordomo. — Podemos! E é o que vamos fazer!

— Vou contar, contar para eles lá de cima. Conheço gente lá de cima, o que dizem disso? Vão me ajudar. Não vão permitir que isso aconteça. Exijo vê-lo, sim, isso mesmo, levem-me até ele agora mesmo, ele vai explicar, não vai deixar que isso aconteça. Vai ordenar que me ponham no trem.

— Quem? — perguntou o mordomo, tremendo. — Quem é ele?

— Um Suprairemonger!

— Você falou com um Suprairemonger?

— Muitas vezes, todas as noites! Até demos as mãos. Até nos beijamos, sra. Piggott!

— Não acredito — disse Piggott.

— E eu gostei! — gritei. — Gostei dele! Gosto muito dele.

— Nomeie o superior em questão — disse o mordomo. — Nomeie, por favor.

— Clod!

— O sr. Clodius? — engasgou-se Piggott.

— Clodius, o filho de Ayris, o neto do patriarca! Não acredito — disse o mordomo.

— O objeto dele — declarei — é um tampão de banheira.

— Vou apresentar minha demissão! — resmungou o mordomo.

— Você não vai fazer nada disso, Olbert.

— Isso nunca aconteceu antes, Claar.

— E nunca mais voltará a acontecer, Olbert.

— Estou com muito medo — gaguejou o mordomo —, acho que essa terrível criança está dizendo a verdade.

— Também acho, Olbert. O sr. Clodius, como o sr. Rippit antes dele, sempre foi ligeiramente suspeito, apesar do seu sangue. Mas não importa se é verdade ou mentira. Ninguém vai ficar sabendo.

— Se isso fosse possível...

— Ela será mandada lá para fora, Olbert. Trezentos metros?

— Com esse tempo?

— Por que não?

— Sim, Claar, trezentos metros. Não, quinhentos metros! Comece com quinhentos metros e, se ela voltar, que seja um quilômetro, dois até; dê-lhe uma corda longa como o Tâmisa e deixe a ponta solta. Mande-a para o Atlântico! Seja quem for seu âncora, que seja pequeno e fraco, sem peso nem personalidade, alguém leve como uma pluma.

— Belas palavras, Olbert, você está recobrando os sentidos. Grande caráter!

— Não tenho medo de vocês — gritei —, de nenhum dos dois!

— Então, tema os cúmulos. Quinhentos.

— Quero voltar para Filching.

— Então, corte sua corda — disse Piggott — e volte andando para lá por conta própria.

— Você vai lá para fora, Iremonger Quinhentos — disse o mordomo, tocando uma sineta. — Está sendo descartada!

— Não! — gritei. — Vocês não podem fazer isso. Não podem!

— Já fizemos — disse o mordomo.

— Você vai se perder, queridinha. Aqui dentro, você é grande e escandalosa, mas, lá fora, não vai passar de um grão de areia. Perdido sob uma onda repentina.

Uma batida à porta.

— Ah, aí estão vocês! — disse o mordomo.

— Sr. Sturridge — responderam dois camareiros Iremonger.

— Essa Iremonger deve ser levada lá para fora. Quinhentos metros.

— Quinhentos, senhor?

— Foi o que eu disse. E agora mesmo. Antes do sino de meio-dia.

— Sim, senhor.

— Soltem-me! — berrei.

Não me soltaram.

Os camareiros Iremonger me passaram rapidamente para dois outros Iremonger parrudos e fedorentos que eu nunca havia visto, vestidos com macacões de couro sujos. Subiram uma escadaria comigo até chegarmos a duas portas pretas. As portas estavam abertas e uma forte lufada de mau cheiro logo nos envolveu, tudo parecia enevoado e muito, muito próximo. Fui empurrada para fora. Para o pátio. O ar era frio, mas denso, minha pele logo ficou muito pegajosa. Limpeza, adeus, pensei, nunca mais vou ficar limpa. Olhei para cima: entre as nuvens carregadas e escuras, havia apenas uma nesga mínima de céu.

— Estou fora! — falei. — Fora. Isso é alguma coisa. É alguma coisa, não?

— Existem lugares piores do que os porões mais escuros da casa — disse um Iremonger. — Você não sabia?

— Cale-se — disse o outro. — Nada de conversa. Estritamente proibido.

Aquele pátio era muito barulhento. Sons estranhos vinham de trás do muro, provocados pelos cúmulos que, até então fora de vista, continuavam a se chocar uns contra os outros. O muro era muito alto e espesso, com vidro e arame e coisas afiadas no topo.

— O sino do meio-dia vai tocar daqui a pouco. Todos prontos? — disse o homem que mandara o outro se calar.

Vi então que já havia muitos Iremonger lá fora, todos vestindo macacões de couro e usando capacetes, segurando baldes e tridentes, carregando grandes redes e pás, e todos usavam luvas pesadas. Aqueles Iremonger eram grandes, homens e mulheres grandes, cobertos de músculos, com rostos vincados, narizes quebrados, cicatrizes, alguns com feridas cheias de crostas.

— Agora, ouçam — gritou um homem vestido de couro —, fiquem perto do muro. Não saiam de vista hoje. Verifiquem seus cintos. Verifiquem bem seus cintos. Os âncoras devem puxá-los de volta ao menor sinal de hesitação. Não se afastem muito, fiquem por perto. Suas cordas não devem ter mais do que trinta metros, mas não as estiquem.

— Outra para você, ordens de Sturridge.

— Isso aí? Isso aí não é grande coisa. Ela vai acabar sendo varejada longe. Você é nova, não é? Nunca vi você aqui fora.

— Sou — respondi. — Sou nova, sim, senhor e...

— Este não é um bom dia para começar aqui fora, vá devagar, está bem? E fique perto do muro.

— Com licença, capitão, temos instruções especiais. Ela terá uma corda de quinhentos metros, capitão. Ordem expressa, e o âncora também deverá ser especial.

— Quinhentos? Para isso aí?

— Sim, capitão, receio que sim.

— Bem, Iremonger, se você precisa ser Quinhentos, assim será. A coisa não me cheira bem, mas ninguém dá a mínima para o que eu penso. Vamos vesti-la. E arrumar um âncora forte.

— Perdão, capitão, o âncora dela já foi escolhido.

— É mesmo? Alguém forte, acredito, forte e pesado. Quem é o âncora dela?

— Aquele ali.

— Aquele ali? Tem certeza?

— Absoluta.

— Isso é assassinato — disse ele. — Certifique-se de que as cordas estejam bem presas. Amarre-as você mesmo, tenente.

— Sim, capitão.

— Mãos à obra, rapaz! — disse o capitão, marchando ao longo da corda.

— Venha, âncora. Vamos prender você.

O âncora era uma criança que não tinha mais do que 10 anos segundo meus cálculos. Uma coisinha sebenta e magricela, muito tristonha, que tremia um pouco.

— Só levantei uma panela, foi tudo o que eu fiz. Só queria dar uma olhada, não podem me culpar por isso; todo mundo queria ver, não é mesmo? Só para ter certeza de que estava se mexendo, e estava. Uma xícara. Vim parar aqui fora, no meio dos cúmulos, só porque libertei xícara... Isso é justo? É certo?

— É mesmo? — perguntei. — Você era o ajudante de cozinha?

— Era, fui eu, e daí? Libertei a xícara.

— Quer calar essa boca imunda? — disse o tenente. — Não me importa se você libertou toda a prisão de Newgate. A questão é que você é o âncora. Foi o que me disseram e assim será. Tome um capacete, amarre-o bem. Você é pequeno, não é? E leve. Eu pegaria um peso. Se eu fosse você, carregaria esse peso de dez quilos. Ajudo você a carregá-lo até certo ponto. Estou sendo gentil, não?

— Vou chorar de gratidão — disse o menino, amargurado.

— Estou tentando ajudar! — rebateu o tenente.

— Quem estou ancorando? — perguntou ele.

— Eu — respondi. — Vai dar tudo certo. Não é tão ruim assim, não é? Lá fora?

O menino e o tenente riram sem alegria alguma.

— Então, qual é o seu comprimento? — perguntou o menino.

— Quinhentos metros — disse o homem couraçado.

— Não!

— Sim, quinhentos.

— Você deve ter feito bons amigos lá dentro, não é? — ironizou o ajudante de cozinha. — Que diabos você aprontou?

— Beijei um Suprairemonger.

— Claro que beijou... Agora, conte outra. — disse ele. — Espere aí, você não está brincando, está?

— Não, não estou.

— Isso não está certo — ele protestou. — Por que devo pagar por isso? Por que me meteram nesta enrascada? Não beijei ninguém. E, agora, provavelmente, nunca vou beijar. Onde está seu maldito namoradinho, princesa?

— Cale a boca, âncora. Amarre suas cordas.

— Se você começar a me puxar — disse o menino —, vou ser obrigado a cortar a corda. É o que vou ter que fazer. Igual a todo mundo. Sem ressentimento. Vou pegar o peso e vou segurar. Mas, se você me puxar, me desligo de você.

— Querem calar a boca, vocês dois? — rugiu o capitão, aproximando-se. — Você — disse ele e apontou para mim —, trate de se vestir. O sino já vai tocar.

Enormes capacetes de latão estavam suspensos por ganchos no pátio e, ao lado deles, umas coisas que, à primeira vista, pareciam estranhas silhuetas homens murchos, mas logo entendi que eram macacões de um couro borrachudo, muito mais grossos e duros do que os que eu vira em Filching. Eu devia vestir um deles. Na superfície dos macacões, dava para ver umas costuras grossas. Estavam com arranhões por toda parte, como se uma fera os tivesse atacado, rasgando-os com suas garras afiadas. Também havia muitos remendos, o que me fez deduzir que, naqueles pontos, o agressor, seja lá o que fosse, havia conseguido perfurar o macacão, atravessando sua espessa couraça. Fiquei imaginando o que havia acontecido com a pessoa que usou aquele macacão antes de mim.

— Não — falei. — Não vou fazer isso.

— Não pense. É melhor não pensar, simplesmente vá em frente e se vista.

O tenente me levantou e me jogou dentro do macacão, como um gatinho em um saco. Esperneei, gritei, mas não consegui sair, então, ele pegou o capacete e o aparafusou na parte superior. Eu estava lá dentro, não havia saída. Ele bateu no vidro do capacete, sorriu e acenou para mim. Depois, me desenganchou e me carregou naquele macacão de couro que estava molhado no fundo, nos pés, e fedia como um animal morto. Eu não conseguia enxergar muito bem, tudo parecia enevoado através da janela redonda do capacete. O tenente amarrou algo bem apertado na minha cintura, não consegui ver o que era. Depois, deu umas batidinhas no capacete e abriu a janela redonda de vidro.

— Quinhentos metros! — gritou. — Você deve trazer algo de volta. Deve! E o mais depressa possível. Assim você não vai precisar sair novamente. Mas, se voltar sem nada, terá de sair de novo logo em seguida. Entendeu?

Acenei com a cabeça.

Todos os outros Iremonger dos cúmulos estavam enfileirados e fui empurrada para o meio deles; atrás de mim, estava meu âncora, muito menor do que os outros, carregando toda a corda, e, atrás dele, estava o tenente com um peso nas mãos.

— Todos prontos? — gritou o capitão.

— Cúmulos! Cúmulos! — gritaram os Iremonger.

— Força, rapazes. Fiquem perto do muro!

O tenente pegou um longo apito de metal; consegui entrever a escrita na lateral: PATENTEADO PARA A POLÍCIA METROPOLITANA. J. HUDSON & CO. 244 BARR STREET, BRIMINGHAM. Então, aquilo não era dele, não originariamente; foi tirado de alguém ou encontrado nas pilhas de lixo.

— Preparar! Preparar! — ele gritou.

Todos estavam prontos com bastões e baldes em riste.

— Preparar!

Um sino tocou dentro da casa.

O capitão soprou o apito.

— Avante! — berrou. — Abram o portão!

O portão foi aberto. Os Iremonger dos cúmulos avançaram, e tropecei e avancei com eles o mais depressa possível. Um pouco atrás de mim, vinha meu âncora.

Lá fora, no meio dos cúmulos.

O Patriarca, Umbitt Iremonger

16
UMA CUSPIDEIRA DE PRATA (PARA USO PESSOAL)

Continua a narrativa de Clod Iremonger

O Visitante no Canto

Meu tampão estava sobre o meu peito quando acordei. Sussurrava bem baixinho, como se estivesse assustado. Abri os olhos. Vi que estava em uma cama. Na Enfermaria. No início, pensei em Lucy, depois, lembrei-me de Robert Burrington entre as chaminés, os gritos de um coador de chá chamado Percy Detmold e, em seguida, o pior de tudo, um balde em uma cama e...

— Alice Higgs! — gritei.

— Não há ninguém aqui com esse nome.

Alguém estava sentado no canto do quarto escuro. Um homem grande vestindo um terno preto e uma cartola como a chaminé de Robert Burrington. Mas não era ele, não era tão magro nem tão alto.

— Quem está aí? — perguntei.

Então, ouvi o objeto de nascença.

— Jack Pike.

Jack Pike era o chamado específico de uma cuspideira de prata. Umbitt. Meu avô, a origem de todas as leis, a origem de todo o terror. Para nós, Iremonger, Vovô representava os planetas e seus movimentos: nenhum sol jamais poderia surgir, nenhuma manhã, nenhuma cor, nenhum movimento, nenhum respiro poderia se manifestar sem que ele assim ordenasse. Vovô era a permissão para existir envolta em roupas escuras, em um terno negro, negríssimo.

— Será... — sussurrei baixinho — Será que é ele?

— Não conhece seu avô? — disse a voz profunda.

— Vovô! Ah, meu avô!

— É tão estranho assim — disse ele, ainda lá no canto, com voz grave — um avô visitar o pobre neto aflito?

— Sim, senhor, quer dizer, não, senhor. Quer dizer, como vai, senhor?

— Clod, não aja como um estranho.

— É muita gentileza sua vir me visitar, Vovô.

— Sim.

— Estou doente? Estou doente há muito tempo?

— Na história do mundo, não. Na história de Clod Iremonger, algumas horas.

— Já escureceu? Já anoiteceu novamente?

— Está escuro neste quarto. É noite aqui. Cortinas e venezianas alteram o tempo.

— Então, ainda é dia? Que horas são?

— Está na hora de uma conversa, Clod. Essa é a medida exata do tempo.

— Vi uma garota, Vovô, uma garota faminta e um balde.

— Clod Iremonger, concentre-se! Está vendo o que está na mesa ao seu lado.

Apalpei um pacote embrulhado em papel pardo.

— Abra, por favor — disse o vovô.

Levantei o pacote, puxei o barbante e abri o papel para ver o que havia dentro. Era algo dobrado, algo novo e limpo e escuro. Puxei um pedaço para fora e, só pelo toque, soube o que era.

— Calças compridas! — exclamei.

— Suas calças compridas chegaram — ele disse.

— Tão cedo?

— Você parece desapontado.

— Não, senhor — falei. — Achei que só fosse vestir calças compridas daqui a seis meses.

— Houve um adiantamento — disse ele.

— E devo me casar com Pinalippy?

— Logo, em breve — respondeu ele. — Agora, está sendo convocado. Deve se preparar. Será requisitado na cidade.

— Na cidade! Mas me disseram que eu ficaria aqui, que nunca sairia da Heap House. Que minha doença...

— Muitas coisas foram ditas a você — disse ele — para o seu próprio bem e o de outras pessoas.

— Vovô, posso fazer uma pergunta? — falei, minha cabeça girando e doendo e latejando, edifícios de pensamentos desmoronando e se erguendo novamente lá dentro.

— Pergunte.

— Quem foi a garota que eu vi, com roupas esfarrapadas, no quarto de Rosamud?

— Isso não, ainda não. Faça outra pergunta.

— Vovô, se tenho que ir para a cidade, isso quer dizer que estou bem?

— Não — respondeu ele —, você é frágil, Clod. Não é como as outras crianças, quebra fácil, pode se desintegrar. Mas, ao contrário das outras crianças, tem certa sensibilidade, uma compreensão especial, uma visão de mundo, digamos, diferente.

— Por que sou doente?

— Porque ouve coisas.

— Sim, realmente ouço coisas, senhor, é verdade.

— O que você ouve?

— Disseram que não era para eu ouvir.

— Mas você não tem como evitar, não é?

— Não, senhor, não consigo evitar de forma alguma.

— E o que você ouve?

— Sussurros.

— Vindo de onde?

— De toda parte, de muitos lugares, aqui e ali, quando há silêncio, vários sussurros, nem sempre é fácil ouvir. As coisas, senhor. Elas falam, mas não está certo, eu não deveria ouvir, e, às vezes, dói.

— Conte-me, o que coisas são essas que falam?

— Pode ser qualquer coisa, absolutamente qualquer coisa.

— Por exemplo?

— Pode ser um sapato.

— Um sapato?

— Um sapato, sim, senhor, ou um tampão. Pode ser um tampão que diz "James Henry Hayward" ou alguma outra coisa que diz "Jack Pike" ou "Alice Higgs".

— E isto? — perguntou ele. — O que isto diz?

Vovô tirou uma moeda do bolso e a jogou sobre a cama. Eu a peguei. Fixei o olhar nela. Apurei os ouvidos.

— É uma moeda, vovô — falei —, não diz absolutamente nada.

— E isto? — perguntou ele, jogando uma pedrinha sobre a cama.

Levei-a até o ouvido.

— Ela diz "Peter Wallingford. De segunda a sexta-feira, de 10h às 16h, só com hora marcada, bata três vezes". É o que diz, não estou inventando.

— Sei que não.

— Meu tampão fala, sua cuspideira fala.

— Claro que fala, Clod. Sempre soubemos. Sabemos que você é um Ouvinte desde a mais tenra infância. Alguns bebês nunca conseguem dormir por causa da gritaria dos objetos. Sempre soubemos desse seu dom, não era necessário que Aliver tivesse feito tanto alarde, não precisávamos da interferência dele. Já sabíamos.

— E o tio Idwid também consegue ouvir. Senhor, o tio Idwid... — Não consegui me conter naquele momento —, Percy Detmold... Senhor, Alice Higgs é uma garota, e não uma maçaneta! Eu vi aquelas coisas? O que aconteceu com a tia Rosamud e com o mundo?

— Calma! Calma, Clod. Deixe-me explicar tudo para você. Está na hora.

As Coisas Não São o Que Parecem

Houve um sibilo e um lampião a gás foi aceso. Não vi como o vovô conseguiu fazer aquilo; ele mal se mexia em seu canto, mas um lampião foi aceso. O quarto estava frio e úmido e azul; não passava de um lugarzinho no fundo do oceano, cheirando a gás e a ar denso e a perigo. E aquela grande figura escura, aquela montanha de detritos, o maior de todos os montes de lixo, Vovô em pessoa, ainda de cartola, com seu rosto velho, murcho e gasto como destroços amassados, o imperador do lixo, falou novamente.

— Agora, vamos começar.

De repente, tudo era movimento. As coisas começaram a cair dos seus bolsos, começaram a se lançar para fora dele, correndo para lá e para cá no chão, desabalados, apressados, objetos de todo tipo. Não eram besouros nem pequenas criaturas, eram *coisas*, objetos, pedacinhos disso e daquilo, correndo em volta dos pés do Vovô, descendo apressadamente as pernas das suas calças, passando por cima dos seus sapatos. Enquanto Vovô permanecia sentado, totalmente imóvel, totalmente ereto, muitas outras coisas se mexiam e corriam à sua volta. Pequenas xícaras, facas, garfos, guardanapos, agulhas, alfinetes, parafusos, pregos e botões ganhavam vida e, por fim, se enfileiravam no chão de ambos os lados das grandes botas do meu avô e lá esperavam, mais uma vez sossegados.

De um bolso interno do casaco, uma grande placa negra começou a aparecer, uma telha de alguma outra casa. Os dedos grossos do vovô não a tocaram: a placa se mexia por conta própria, dando voltas e mais voltas enquanto avançava pelo chão e escalava a estrutura da cama, parando quase sobre os meus.

— Mas como... — falei — Como o senhor...? O que o senhor...?

— As coisas — disse o vovô — não são o que parecem.

— Elas se mexem por conta própria!

— Esse retângulo, essa telha da mais negra ardósia será nosso teatro, nosso palco, nossa arena. Mostrarei a você a história da nossa família e dos seus objetos. Está prestando atenção, garoto?

— Sim, senhor.

— Era uma vez — iniciou Vovô no seu canto — um canivete de bolso.

Um objeto que correspondia àquela descrição avançou, movimentava-se como um velho que puxava de uma perna, jogando primeiro a lâmina e arrastando o cabo em seguida. Dessa maneira, logo alcançou a telha e lá ficou por um instante antes de marchar para a frente e para trás, arranhando a ardósia como se fosse um homem perdido em pensamentos, caminhando de um lado para outro.

— Este objeto, o primeiro dos objetos de nascença, foi um presente de batismo que, há muito tempo, pertenceu ao seu tetravô Septimus Iremonger — Vovô explicou, e o canivete pareceu se curvar na minha direção. — Ele foi o primeiro cobrador de dívidas da nossa família, que, até então, não passava um bando de trapeiros sem eira nem beira. Septimus assumiu esse impopular cargo e passou a apertar as pessoas, tirando delas dinheiro e propriedades. Ele era um gênio nesse campo — e, naquele momento, vários objetos pequenos, botões de barro e de tecido, com uma aparência muito triste, pularam do chão e começaram a circundar o canivete, que os atormentou, cutucou, arranhou até finalmente arrumá-los em pequenas pilhas. — Quando as pessoas fracassavam e empobreciam, nós, sob a orientação de Septimus, prosperávamos e enriquecíamos. Nós crescíamos, elas minguavam; nós comprávamos mais espaço, elas se apertavam; nossos filhos vingavam, os delas morriam. Não éramos amados por isso. Mas não ligávamos. Comprávamos todas as dívidas, qualquer uma, de qualquer pessoa, sem restrições, e aquelas dívidas se tornavam nossas. Pessoas choraram aos nossos pés, mas estávamos acostumados com isso; imploraram, que implorassem: de nada adiantava; cuspiram em nós e foram multadas; lançaram maldições e foram multadas por isso também; nos agrediram e acabaram presas. Ou coisa pior. Tudo começou com ele há muito, muito tempo, e também foi o grande Septimus que encontrou dinheiro em um monte de lixo, no fundo de uma pilha de sujeira em Londres, vasculhando a imundície que os outros, orgulhosos demais, recusavam-se a tocar, encontrando pequenas coisas de valor que haviam sido jogadas fora. Ele se cortou com seu canivete e o sangue dos Iremonger se misturou com o lixo. E assim tem sido desde então.

Em resposta à ultima frase do Vovô, uma série de outros canivetes apareceram sobre o palco de ardósia, alguns grandes, outros pequenos, alguns enferrujados, outros brilhosos, todos se curvando à minha frente e, em seguida, saindo o palco, deixando a telha mais uma vez completamente vazia.

Não Confie em Uma Coisa

— De acordo com o desejo expresso no testamento de Septimus, compramos todas as pequenas pilhas de lixo da cidade e as transferimos para cá — disse o vovô e, à medida que ele falava, uma pequena pilha de lixo se formou no centro da telha. — Pegávamos todas as coisas quebradas. Nós, os Iremonger, uma família indesejada, abandonada e desprezada, recebíamos o equivalente em termos de objetos. — Àquela altura, a pilha de lixo estava ocupando toda a superfície da telha, começava a ultrapassar suas bordas, cobrindo boa parte dos cobertores, e não parava de crescer. — Recolhemos e amamos, com grande paixão, tudo o que era asqueroso e malcheiroso, quebrado e rachado, enferrujado e esgarçado, fedorento, feio, venenoso, inútil, descartado. Não há amor maior do que o dos Iremonger pelas coisas rejeitadas. Tudo o que temos é marrom, cinza ou amarelado, manchado, empoeirado e malcheiroso. Somos os reis do mofo. Acho que, na verdade, o mofo nos pertence. Somos os magnatas do mofo.

Naquele instante, a pilha de lixo cobria boa parte da minha cama, minhas pernas inclusive, e continuava a se espalhar pelas laterais do leito e tomar conta de todo o quarto; eu não conseguia mais ver o Vovô, mas conseguia ouvi-lo.

— Instalamos nossa casa aqui no meio dos cúmulos — disse ele —, construímos esta mansão a partir de fortunas desfeitas: as pessoas empobreciam e nós prosperávamos; as pessoas jogavam coisas fora e nós prosperávamos; as pessoas imploravam e nós prosperávamos. Sempre que alguém descartava algo em Londres, nós lucrávamos. Ossos de galinha, papéis sujos, refeições inacabadas, coisas quebradas, tudo isso é nosso. E as pessoas lá do outro lado nos olham e nos odeiam, acham-nos desprezíveis, típicos Iremonger, quase ogros, reles rastejantes, doentes da cabeça e mesquinhos de coração. Elas nos banem do resto de Londres, aprovam uma lei que proíbe os Iremonger de sair do distrito de Filching. Que assim seja, em Filching ficamos, entre os muros do distrito, em meio à nossa sujeira. Sabe, Clod, o que os londrinos dizem? Dizem que Londres inteira ruirá caso os Iremonger saiam de Filching. Resumindo, eles nos odeiam; resumindo, segundo eles, fedemos a decadência e morte.

Àquela altura, a pilha de lixo estava tão grande que se espalhava por todo o quarto e continuava a crescer, todo o espaço dos dois lados da cama estava coberto de lixo, que borbulhava e continuava a subir, ultrapassando a altura da cama e caindo ao meu lado.

— E você também tem esse cheiro, Clod Iremonger, você também fede.

— Vovô, socorro! Faça isso parar!

— Aqui, crescemos em meio a coisas podres; aqui, os objetos se movem nas sombras, rastejam como animais.

O lixo já estava alcançando meu peito, toda aquela imundície, todos aqueles dejetos, destroços amassados, estilhaços, coisas velhas e fedorentas, me pressionavam, me sufocavam.

— Vovô!

— É aqui em Filching, o mais pobre, o mais sujo, o mais misterioso de todos os distritos, no meio dos cúmulos, em Heap House, Londres, que nós estamos, que você está.

O lixo já estava alcançando meu pescoço e continuava a subir, cada vez mais.

— Vovô, vou me afogar!

No meu queixo e subindo, cada vez mais.

— Vovô!

— Aqui, onde as coisas causam medo à noite!

De repente, toda a sujeira se foi e eu e vovô estávamos novamente sozinhos em um quarto de enfermaria.

O Caminho de Todas as Coisas

— Clodius Iremonger, preste bem atenção agora, muita concentração — disse o vovô, com uma voz mais gentil. — Não foi só o lixo que veio para Filching. Muitos dos pobres foram arrebanhados e trazidos para nós aqui, os malnutridos, os desventurados, os criminosos, os endividados, os estrangeiros, pessoas dessa laia, as piores de todas, cansadas e desgraçadas, bêbadas e gemedoras, gentinha que vasculha os cúmulos para nós, andando, triando e entregando. Os pobres, os desafortunados. Sempre existiram pobres e desafortunados.

Em resposta àquele discurso, pequenos trapos miseráveis, lembrando vagamente formas humanas arqueadas, se aglomeraram sobre a lousa.

— Alguns sábios Iremonger, nascidos antes de você e de mim, ajudaram essas pessoas. Elas conseguiam ganhar dinheiro nos cúmulos, mas muito pouco, fazendo com que dependessem daquela vida. E aquelas pobres criaturas encurvadas tinham uma relação tão forte com os objetos que os circundavam, respirando-os, cortando-se com eles, misturando-os ao próprio sangue, que algo começou a dar errado.

Uma das pequenas trouxas foi se desfazendo e, em um instante, nada mais havia a não ser um botão de latão amassado.

— Às vezes, eles acordavam e descobriam no próprio rosto rugas profundas que, quando examinadas com mais atenção, pareciam ser rachaduras e, depois de certo tempo, alguns deles simplesmente paravam de trabalhar. As pessoas congelavam, como peças enferrujadas de maquinário, e ninguém entendia o que estava acontecendo e o motivo de tudo aquilo. A única certeza era que os doentes nunca mais voltavam a ficar bons. No início, dissemos que aquelas pessoas emperradas simplesmente haviam desaparecido. Espalhamos boatos sobre assassinatos e reduzimos o preço do gim. Mas aí as pessoas emperradas começaram a não apenas parar, mas também a se transfigurar, converter e transformar em coisas. Muitas vezes, um homem ia para a cama perfeitamente bem, ao lado da sua encardida esposa, mas, ao acordar, a mulher via que o marido havia sumido e que não havia nada ao seu lado na cama, só um batedor de roupa suja. Mais pessoas desapareceram. Há um assassino entre nós, dissemos. Mas, então, perguntaram os habitantes mais curiosos de Filching, por que, nesses casos, se um inventário dos pertences da pessoa desaparecida fosse feito, sempre era encontrado um objeto a mais, como um pote, um prato, uma xícara ou uma tigela esmaltada, um castiçal ou uma luva? Como podíamos responder? Havia surtos dessa doença; às vezes, em um mês, duas pessoas se transformavam em um objeto. Em seguida, meses se passavam sem que um único desaparecimento ou transformação acontecesse. Mas nós, Iremonger, sabíamos: pessoas, meu caro Clod, estavam se transformando em coisas.

Dois outros trapos se mexeram, abriram-se como pétalas de flores e se transformaram em um modesto trasfogueiro em uma banqueta; depois, esses objetos maiores saíram de cima da telha e da minha cama, caminhando como animais domésticos antes de desaparecerem embaixo do leito.

— Para melhorar a vida dos trabalhadores dos cúmulos, para ajudá-los em sua aflição, pois muitos deles estavam muito preocupados, nos tornamos uma espécie de obra de caridade. Algumas famílias desesperadas, que nunca foram poucas, eram desmedidamente grandes, tinham filhos demais e, mais raramente, velhos demais, pois era excepcional que um trabalhador dos cúmulos chegasse aos 40 anos. Aquelas pessoas não sabiam o que fazer. Havia tanta gente, tantas favelas, tanta densidade de seres humanos que foi anunciado que as famílias mais numerosas poderiam abrir mão de alguns dos seus membros e receber uma recompensa em troca. Assim, muitas crianças, bem como alguns velhos e alguns enfermos, eram entregues em Bay Leaf House e a família recebia em troca dinheiro e um bilhete que deveria ser guardado com muito cuidado, pois, em caso de perda, a pessoa correspondente não poderia ser resgatada, mesmo que seus familiares tivessem dinheiro suficiente para isso.

— Isso é terrível, vovô.

— É o mundo dos negócios, meu neto.

Os trapos restantes, todos embolados, deixaram de ser massas desformes em se transformaram em impecáveis bilhetes de papelão. Em cada um, estava escrito à caneta um nome, com uma assinatura e um número embaixo. Inclinei-me para a frente para ler um de perto:

RECEBIDO: *Thomas Knapp (4 anos)*
PELA SOMA DE: *11 libras, 2 xelins e 5 pence.*
CUSTO DO RESGATE: *31 libras*
ASSINATURA: *Frederick Knapp (pai)*

— Thomas Knapp! — exclamei. — Conheço esse nome.

— Conhece? É bem possível.

— Thomas Knapp é o nome que a calçadeira do vice-mordomo Briggs diz! Eu ouvi.

— É mesmo?

— Tenho certeza, mas por que, vovô, a calçadeira diria isso?

— Paciência, garoto, vamos chegar lá.

— Thomas Knapp, é o que ela diz.

— As pessoas penhoradas eram tiradas das favelas para que pudessem ter grande utilidade. As primeiras eram levadas para Bay Leaf House e, depois de um tempo lá, alguns Iremonger capacitados que trabalhavam com as pessoas penhoradas (que muitas vezes eram conhecidas apenas como "bilhetes"), alimentando-as com restos de comida, descobriram que havia uma maneira simples de manter as pessoas entorpecidas, úteis e dedicadas ao trabalho, mas sem pensar. Uma certa quantidade de lixo londrino moído até virar pó ou pasta pode fazer com que uma pessoa pare de pensar demais, pode desvencilhá-la da memória. Uma mistura de óleo de rícino, óleo para motores, lixo londrino moído, água do Tâmisa, estopa e salitre. Esse pó pode ser facilmente misturado com alimentos pobres ou pão, senão, basta adoçá-lo um pouquinho e servi-lo em uma colher. Isso tem sido muito vantajoso para nós. Todavia...

— Todavia o que, Vovô?

— Todavia, surgiram complicações. Há um grande problema.

Os bilhetes saíram voando. A telha se levantou e voltou para o casaco do vovô. O velho parecia muito perturbado.

— Um vazamento, um vazamento que recentemente teve início na nossa região, mas que está se espalhando. Pessoas que respiram um ar diferente, bebem água do Tâmisa e inalam outros lixos, pessoas de Chelsea, de Kensington, de Knightsbridge e da City, começaram a sofrer da doença dos cúmulos.

Isso causou muito pânico e muitos dedos foram apontados para a família Iremonger. Portanto, tivemos que dizer a essas pessoas como se proteger. A doença, como qualquer outra, não afeta a todos. Há uma maneira para se proteger dela. Foi descoberto que a doença não afeta uma pessoa que mantém por perto uma pessoa transformada em objeto. Para não se transformar em objeto, basta que uma pessoa carregue consigo aquele objeto ou pelo menos o segure de vez em quando; a proximidade geralmente é o bastante. Existe uma maneira de criar uma relação entre uma pessoa de carne e uma pessoa-objeto. Uma parte da pessoa-objeto, uma mera migalha é suficiente, deve ser dissolvida em forma líquida e, em seguida, injetada na pessoa de carne, e uma gota de sangue da pessoa de carne precisa ser absorvida pela pessoa-objeto. Em seguida, os dois devem ser mantidos relativamente perto um do outro, assim a pessoa de carne ficará imune à terrível doença, mas só se carregar seu objeto pessoal consigo o tempo todo.

— Nossos objetos de nascença!

— De fato, jovem Clod, nossos objetos de nascença.

— Então, céus, é por isso que Thomas Knapp... mas, então... James Henry! Ele *era* uma pessoa! *Quem* foi James Henry?

— Alguém, ninguém, não importa. Você importa, Clod; James Henry, não. O tio Idwid está envelhecendo. Portanto, precisamos de você, um novo Ouvinte, para escutar quais objetos têm... tiveram uma história, digamos. Para separar um mero objeto de um objeto falante. Para nos manter a salvo.

— Eu gostaria muito de devolver James Henry Hayward para a família dele.

— Clod, Clod, você não pode fazer isso.

— Não, Vovô, insisto em devolvê-lo.

— Clod, ao longo do tempo, ao longo de gerações, nesta grande família dos Iremonger, os objetos de nascença e seus donos desenvolveram um estranho vínculo. Por terem crescido juntos, foi descoberto que um deles deve permanecer sendo um objeto. Caso você devolva seu tampão à família dele...

— A família *dele*.

— ...é bem provável que você se torne um objeto. Caso permita que seu tampão leve a melhor, talvez James Henry Hayward é que acabe carregando Clodius Iremonger no bolso do colete.

— O que devo fazer?

— Cuide dele. Trate-o bem.

— Estou me sentindo enjoado.

— Sim, sim — disse o vovô —, eu entendo. E tenho certeza de que confia no seu tampão, não é? Mas a verdade é que não temos como saber quem é esse tal James Henry Hayward nem como ele reagiria se tivesse uma oportunidade. Quem de vocês dois prevaleceria, quem sairia vitorioso? Seu caro primo Rippit foi sequestrado por seu objeto de nascença, um abridor de cartas chamado Alexander Erkmann. Ele tirou Rippit de nós.

— Mas Rippit morreu nos cúmulos.

— Foi o que dissemos a você, mas, na verdade, ele foi sequestrado por seu abridor de cartas, que, sob forma humana, se escondeu em nosso trem e tirou Rippit de nós, não sabemos sob qual forma, levando-o para Londres. Foi o camareiro dele, uma criatura mestiça, que, de desgosto, perdeu-se nos cúmulos. Meu pobre Rippit nunca foi encontrado, tudo isso porque deixou que seu objeto de nascença o passasse para trás.

— Coitado do Rippit.

— Portanto, Clod, nunca confie em uma coisa.

— E, vovô, se nos separamos dos nossos objetos, o que acontece?

— Ora, a morte, Clod, apenas a morte. Tanto para a pessoa quanto para o seu objeto. Quando um morre, os dois morrem. Estamos presos um ao outro. É assim que funciona.

— Então, tia Rosamud é um balde.

— Não, Clod, não, Alice Higgs é novamente uma maçaneta e sua tia está se recuperando; você devolveu a maçaneta bem na hora e fui capaz de convencer Alice Higgs a voltar a ser de latão.

— Alice Higgs é uma garotinha.

— Alice Higgs é uma maçaneta de latão. Tivemos tempo de consertar tudo. Mas você não deve entrar em pânico por isso. Você não tinha como saber, mas um dos seus tios é um tinteiro lá em cima, e meu próprio irmão Gubriel é um descascador de batatas. Minha mãe, minha própria mãe, é uma caneca para guardar escovas de dente. E meu antigo professor, tão pródigo em suas punições, agora não passa de uma bengala. É assim que as coisas são, Clod, não há nada a se fazer.

— Isso é horrível! É monstruoso!

— É o que parece, de início. Por isso, até um determinado momento, não contamos às nossas crianças, mas, depois, se for considerado promissor, o jovem Iremonger é transferido para a cidade, para Filching, só até Filching, e não mais além, onde é informado de tudo e se torna uma parte importante da grande engrenagem Iremonger.

— Não quero ter nada a ver com isso!

— Você já tem tudo a ver com isso. Sua ajuda há de proteger nossa família.

— Não vou fazer isso.

— Ah, vai sim. Vai sim. E vai aprender a amar sua função ou será destruído. Como acha que meu tio, meu irmão, meu professor e minha própria mãe se tornaram o que são hoje? Foi com a minha ajuda. Entendo os objetos e posso aniquilá-los, como você viu. Ainda não conheci um objeto que não pudesse aniquilar. E sequer uma pessoa, Clod; sequer uma pessoa. As pessoas acham que têm arbítrio, mas não têm.

— Estou assustado, vovô.

— E isso, Clod — disse meu avô, levantando-se —, é um ótimo início. Vou deixá-lo agora, estou muito atrasado para pegar o trem e os negócios não esperam por ninguém. Você deve se vestir, Clod, e visitar sua avó.

— Devo ir ver minha avó? O senhor tem certeza?

— Vista suas roupas novas. Sua avó quer ver você. E, amanhã de manhã, sem falta, você irá comigo para a cidade. Vestindo calças.

— Amanhã!

— Fico muito feliz por termos tido esta conversa, Clod, muito feliz. Vista-se.

— Jack Pike.

— James Henry Hayward.

E lá se foi ele.

E, meia hora mais tarde, o trem saiu gritando em direção a Londres.

A Silenciosa Menina, Ormily Iremonger

17
UM REGADOR DE LATA

Uma carta escrita por Tummis Gurge
Oillim Mirck Iremonger, morador prestes a
partir de Forlichingham Park, Londres

Aos meus queridos parentes e amigos, uma carta-lista.

Para minha mãe e meu pai, meus desenhos e pinturas, minha articulação de ave.

Para meu irmão Gorrild, minhas abotoaduras de opala.

Para minha irmã Monnie, algumas penas e as fitas de que você tanto gostava.

Para meu irmão Ugh, meus livros Robinson Crusoé, *de D. Defoe;* O Peregrino, *de J. Bunyan,* O Conto do Velho Marinheiro, *de S.T. Colerdidge.*

Para meu irmão Flip, meus soldadinhos de chumbo, todos menos os Coldstream Guards.

Para minha irmã Neg, os Coldstream Guards e meu taco de críquete.

Para meu primo Bornobby, a extinção de uma dívida de dez xelins e quatro pence *a meu favor, além da devolução do catálogo de corseletes de Jos. Horle & Sons, Burlington Arcade.*

*Para meu primo Clod, meu álbum de selos, meus livros sobre pássaros (*História Familiar dos Pássaros, *de E. Stanley;* Pássaros de Terra e Mar, *de T. Bewick;* Harmonia Ruralis, *de J. Bolton, a*

*menos que Ormily queria um — talvez vocês devessem dividi-los);
e meu besouro (e sua caixa de fósforos). Por favor, cuide dele.*

*Para minha prima Ormily, meu amor e a única pena da minha
gaivota, Wateringcan (acho que era dela mesmo). Querida Ormily,
caríssima Ormily e seu lindo regador de lata, beijos para vocês dois.*

Não tenho mais nada.

Sinto muito.

T.

O Estudante Indiferente, Tummis Iremonger

18
UMA TORNEIRA
(COM A LETRA "Q" DE "QUENTE")

Continua a narrativa de Lucy Pennant

O capitão tocou o apito.

— Abram o portão!

Os Iremonger dos cúmulos avançaram com vontade, e eu saí cambaleando com eles o mais depressa possível.

Rumo aos cúmulos.

Eu ficava caindo. Levantava, mas, em seguida, logo tropeçava novamente. Disse a mim mesma que havia uma corda forte atrás de mim e que, na ponta dela, bem preso ao muro, estava meu âncora e todos os outros âncoras, segurando-nos, mantendo-nos presos.

Por um instante, avançamos tropeçando sob a sombra da casa. Ali, ainda havia uma certa proteção, mas, fora da sombra, lá fora, era como estar nu, sozinho. Mas eu não me sentia tão sozinha, não no início, porque havia todos aqueles outros Iremonger dos cúmulos seguindo ao meu lado. Então, não estava sozinha. Olhe para baixo. Não olhe para baixo. Olhe para baixo.

Lá estava eu.

Eu estava no meio dos cúmulos, que se entendiam à minha frente, a perder de vista. Os cúmulos eram rasos perto do muro; dava para sentir que estávamos sobre terra firme ali, e, naqueles primeiros metros, não eram muito profundos. Avançávamos com um pouco de dificuldade e eu pensei, vai ficar tudo bem, vai dar tudo certo; mas aí aquela parte rasa ficou para trás e tínhamos que seguir adiante, tínhamos que continuar caminhando senão afundávamos, íamos afundar, a cada parada, afundávamos um pouco, tínhamos de continuar a escalar e seguir em frente. Mesmo naquele momento ainda não estávamos em uma parte muito profunda, e, se eu parasse por um instante, afundava até a canela e tinha que me esforçar para subir, tentar encontrar algo que servisse de degrau, um pedaço de madeira ou metal, um tijolo, para tirar minhas botas lá de dentro novamente. Continuar avançando. Continuar avançando. Não olhe para baixo. Olhe para baixo.

Era como andar sobre uma criatura, pensei. Só que a criatura, seja lá o que fosse, não estava viva; morrera havia algum tempo e estávamos mexendo em seu grande corpo putrefato, duro em uma parte, mole em outra; escorregávamos e, às vezes, simplesmente afundávamos um pouco. Mas o muro ainda estava atrás de nós, e eu não estava sozinha.

Os Iremonger dos cúmulos se moviam, catando coisas com suas grandes luvas ou as cutucando com suas hastes, pulando de um lugar para outro como se conhecessem o caminho das pedras, como se não houvesse nada de aleatório naquele solo, como se aquele terreno fosse sólido e confiável e bem mapeado. A cada passinho tímido, eu escorregava e deslizava. Vi dois Iremonger dos cúmulos carregando uma espécie de trave, levando-a de volta até o muro; outro arrastava uma espécie de motor velho. Um Iremonger solitário carregava uma velha saboneteira, nada mais. E parecia bastante contente. Continue avançando. Continue avançando. Não olhe para baixo. Olhe para baixo.

O problema era que o lixo não parava quieto. Eu o via despontar e afundar à minha frente. Avistei à distância um grande armário, um guarda-roupa, uma das suas portas se abrindo e fechando. Às vezes, eu conseguia vê-lo, mas, em outros momentos, ele afundava e sumia, mergulhava nas profundezas, ora no topo de uma montanha, ora no fundo de um vale. Quanto mais nos afastávamos, mais os objetos se mexiam. Logo havia menos Iremonger comigo, cada vez menos, e, depois de um tempo, éramos provavelmente apenas cinco, e eu via que as cordas daqueles à minha volta estavam ficando totalmente esticadas. Eles já estavam no limite, mas eu, não. Eu ainda tinha muito caminho pela frente.

Muitos pássaros voavam em círculos à minha volta. Alguns, achavam difícil lutar contra o vento, desciam embicados ou eram varridos para longe. Vi um deles mergulhar e subir com uma ratazana no bico. Devo seguir em frente, manter a corda livre, não deixar que fique presa. Vez ou outra, eu precisava me virar e levantar a corda para me certificar de que estava tudo bem. Depois, eu a puxava duas vezes para que o âncora soubesse que eu ainda estava lá, e, em seguida, para que *eu* soubesse que ele ainda estava lá, o âncora puxava a corda duas vezes e aí tudo ficava bem. Era um alívio. Ele ainda estava lá.

Eu não conseguia ouvir muita coisa, o capacete era grosso demais. As gaivotas que voavam à minha volta para ver o que eu podia tirar do lixo provavelmente estavam gritando, mas eu não conseguia ouvi-las. Só ouvia minha própria respiração, meu fôlego ofegante. Quanto mais eu me esforçava para seguir em frente, mais eu me ouvia. Cada vez que eu expirava, o vidro do capacete ficava embaçado por um instante, então eu precisava inspirava para o vapor diminuir um pouco e eu conseguir ver a massa ondulante e balançante à minha frente.

Levei várias pancadas. No início, não percebi que se tratava do lixo. Achei que fossem os Iremonger ao meu lado, trombando comigo, mas, então, percebi que o que havia me atingido era na verdade a estrutura de uma velha cadeira de madeira, podre e carcomida, úmida e inútil. Em certo ponto, tropecei em uma espécie de corrente e caí; quando rolei, o chão embaixo de mim se abriu por um instante e, de repente, vi de relance uma grande caverna lá embaixo, uma falha nos cúmulos, uma rachadura, e, por entre a rachadura, consegui enxergar um grande espaço vazio no qual objetos despencavam. Continue avançando, continue avançando. Não olhe para baixo. Não. Olhe para baixo. Lá embaixo. Olhe.

Por um instante, lá embaixo, nas profundezas, vi velhos escombros de casas e até uma carruagem inteira toda amassada, uma porta. Eu estava bem na beirada, olhando lá para dentro daquele buraco que ia se alargando. Olhando lá para baixo. Debruçando-me sobre o buraco. Cada vez mais. Foi então que achei ter visto alguém. Uma pessoa lá no fundo, entrando e saindo do lixo submerso. Alguém vivo lá embaixo. Um animal, uma espécie de peixe escuro, ou uma pessoa?

Claque! Alguma coisa estava me agarrando, me puxando para longe.

Um Iremonger dos cúmulos estava me segurando e me puxou de volta. Eu sabia que, se não fosse por ele, eu teria atendido àquela espécie de chamado e me atirado para as profundezas do subsolo. Mas fui puxada de volta, o que Iremonger me resgatou me deu um soco forte no braço para me acordar, e consegui ver, mas não ouvir, que, dentro do capacete, ele estava gritando: a névoa lá dentro estava densa e branca. E lá fui eu, desviando da rachadura, seguindo em frente. Vi duas vezes a mesma bota velha ao meu lado, como se estivesse me seguindo. Acho que era a mesma bota, preta e com o dedão ligeiramente aberto, parecendo uma boca. Em frente, preciso seguir em frente, penetrar na imundície, ou vão cortar minha corda. Fui dando um passo após o outro, cada pé afundando no lixo. Para cima, para baixo. Então, vi algo pequeno e brilhante boiando na superfície, algo parecido um pequeno relógio, com uma corrente. Tentei pegá-lo, mas ele continuava a dançar à minha frente. Corri atrás dele, bem perto, bem perto, rodopiando ao vento. Mergulhei para pegá-lo e quase consegui. Toquei a corrente, mas o relógio sumiu novamente, desapareceu, sumiu de repente abaixo da superfície. Em seguida, dando meia-volta, vi que finalmente estava sozinha, que os outros Iremonger estavam bem mais atrás. Aquele foi um momento ruim. Gritei dentro do capacete. O vidro estava tão embaçado que fiquei alguns instantes sem enxergar nada, e, quando ele finalmente desembaçou, percebi que havia escurecido bastante. O céu muito negro. A tempestade se aproximando.

Escuro. Mais escuro do que qualquer mina de carvão que eu já tivesse visto, muito pouca luz vindo das nuvens lá em cima. E frio, mais frio do que qualquer dia de inverno, quando a respiração vira vapor espesso e as poças estão congeladas e dói tocar em metal e você se contrai e treme embora tenho vestido várias camadas de roupas e acha que nunca mais vai se aquecer novamente. Mais frio ainda. E sem esperança, sem esperança alguma. E a sensação de estar morta. De estar perdida de todos para sempre. Enterrada viva em um lugar bem fundo sem que ninguém saiba. E a sensação de inutilidade, de estar arrasada e sozinha. Na escuridão fria. Essa era a sensação.

Fui apagada, pensei.

Fui desligada.

Não estou mais acesa.

Era como ter sido perdida, expulsa, descartada, cuspida, enterrada, jogada dentro de um grande buraco. Pequena. Muito pequena. Consciente, naquela friagem negra, de como eu era pequena, de como nunca seria nada grande. Migalha. Estilhaço. Uma coisa perdida. Uma coisinha perdida. Era assim. Algo assim. Só que não era só isso. Ainda não. Estar lá fora nos cúmulos era como estar morta, absolutamente morta, extinta, acabada, jamais lembrada por ninguém, como se eu nunca tivesse existido, nunca tivesse conhecido ninguém em lugar algum. Era isso. Só que eu estava viva, respirando, naquele lugar morto, viva com toda aquela morte densa à minha volta, em cima de mim, por toda parte, se aproximando. Era lá que eu estava. No fundo daquilo tudo. Era lá que eu estava caminhando, ofegante e infeliz naquele macacão de couro grosso com um capacete de metal incômodo cobrindo minha cachola, tudo tão grande para mim que eu tinha que ficar na ponta dos pés dentro do macacão para conseguir ver através da janela do capacete. Eu e todas aquelas coisas mortas. Centenas e centenas de coisas de tamanhos diferentes, todas emboladas ali. Um monte de lixo, não é?

Sinto muito, pensei, sinto muitíssimo. Por todas as coisas quebradas. Objetos feios, como vocês ficaram assim, quem fez isso com vocês? Sinto muito por ninguém dar a mínima para vocês. Sinto muito. Mas não posso cuidar de todos, não dou conta. Não posso. Não mesmo. Vocês me esmagariam em um piscar de olhos. Acabariam comigo em um instante.

Bem na minha frente, estava uma velha escadaria de madeira, quebrada e rachada, com alguns degraus faltando. Devia ter sido uma escadaria comprida. Onde será que ia dar? Agora, subia para lugar algum, mas ficava parada, oscilando um pouco no vento crescente, mas sem afundar. Era uma espécie de lugar, pensei. O que mais se parecia com um lugar ali. Talvez não muito firme, mas melhor do que todo o resto. Aproximei-me e me arrastei lá para cima, escalando seus degraus e ofegando, o corrimão tremendo, até eu estar mais alta do que os amontoados de lixo e perceber que escada ainda estava ligada a um edifício e que, naquele momento, aquela era a parte mais alta dos cúmulos, como o mastro de um navio. Foi para lá que subi e, depois, me sentei em um degrau. Gaivotas à minha volta. Elas estão vivas, pensei, um oi para vocês. Estou aqui. Ainda estou aqui. Ainda viva.

Então respirei, não é mesmo? Enquanto ainda podia. Na velha escadaria de alguém. De lá, eu conseguia ver Iremonger Park à distância, aquela ilha negra, um borrão escuro, e, quando eu apertava os olhos, até enxergava algumas figuras ao longo do muro, como formigas, como moscas, e também o portão, ainda aberto. Não fechem o maldito portão, pensei, não ousem. Não comigo aqui fora, seus filhos da mãe. Seria o meu fim, de uma vez por todas. Muito bem, fiquei lá sentada. Foi então que o vi.

Havia outra pessoa nos cúmulos, não aquela sombra escura e profunda lá longe, mas alguém totalmente diferente. Vestido com muita elegância. Como se estivesse indo a algum lugar especial. Demorei um tempo até pensar como era estranho ver alguém tão bem-vestido lá no meio das montanhas de lixo. Cartola, fraque, gravata-borboleta, camisa branca, um cavalheiro. Porém, havia algo estranho com suas calças: eram muito apertadas na metade inferior, e eu não conseguia distingui-las no início. Quem será, perguntei a mim mesma, que diabos ele está fazendo aqui fora? Ele vai afundar se não tomar cuidado, pensei. Mesmo lá em meio aos cúmulos, dava para perceber que o sujeito era alto, tão alto que, no início, achei que devia ser um adulto. Algum Iremonger puro-sangue maluco que saíra para passear nos cúmulos com a tempestade se aproximando. Foi só quando ele chegou mais perto que vi que se tratava de um menino, uma criança alta. Só percebi isso por causa das calças estranhas, que não eram calças, mas calções, calções escuros como os que Clod usava e pele nua abaixo dos joelhos. Ah, Clod, pensei então, Clod, quem é esse sujeito dançando aqui fora nos amontoados, você deve saber, não é? Você saberia. Ah, diga para ele voltar para dentro, pensei, diga, por favor, ele não deveria estar aqui fora. Vai acabar morrendo. *Eu* fiz algo errado, algo muito errado segundo as regras deles, mas, mesmo assim, eles fizeram questão de me proteger, me deram este capacete e este macacão, e um âncora, por mais fraco que seja, além desta corda e tudo o mais. Então, finalmente percebi: ele não tinha uma corda. Se não tinha corda, não tinha âncora. Não havia nada que o ligasse à terra firme. Não estava conectado. Vai morrer. Acho que cheguei a dizer isso, essas palavras, agitando-me dentro do macacão, embaçando a janela do capacete: "Ele vai morrer."

Enquanto isso, a figura continuava a se deslocar. Parecia não ter o menor medo dos cúmulos: ia de um lugar a outro com passos largos, correndo para a frente, ora à esquerda, ora à direita, como se não se importasse com nada. Se ele me ultrapassar, pensei, se seguir em frente, será o fim, não há nada entre este lugar aqui e Filching, são quilômetros de distância e ele nunca chegará tão longe. Ele agitava os braços enquanto continuava a pular, como se fosse um grande pássaro comprido tentando alçar voo, mas sem conseguir. Algumas gaivotas pairavam à sua volta e desciam embicadas do céu como se estivessem brincando com ele. Às vezes, em meio àquele turbilhão de penas brancas, ele parecia estar cumprimentando, brincando com os pássaros. Porém, àquela altura, ele já estava perto, e pude ver que as gaivotas o estavam sujando, que suas roupas estavam ficando emporcalhadas, cobertas de imundície e rasgos. As gaivotas o estavam atacando, bicando. De propósito.

— Ei! Parem com isso! — gritei. — Deixem o garoto em paz!

Elas não podiam me ouvir. Ele não podia me ouvir. Só eu conseguia me ouvir. Preciso chegar até ele, falei para mim mesma, preciso chegar até ele. A tempestade está se aproximando, os montes de lixo estão subindo e vão ferver em um instante. Preciso chegar até ele, preciso fazer com que me ouça.

Tentei desatarraxar meu capacete, mas não consegui, tentei abrir a janela da frente dele, mas minhas luvas eram grandes e grossas demais, sebentas e escorregadias demais para destravar o ferrolho, e não havia como tirá-las. Faziam parte do macacão, estavam costuradas. Preciso quebrar o vidro, falei, antes que seja tarde demais. Olhe, olhe só para ele. O garoto estava abrindo os braços para as gaivotas. Elas subiam alto no céu entre cada ataque e ele se levantava novamente e abria os braços, acenava para que elas voltassem. E elas voltavam. Eram uma centena, se amontoavam, se espremiam e brigavam no ar, e, a cada vez que desciam em direção ao garoto, era um festival de bicadas e arranhões, suspendendo-o do chão por um momento, no ar, só para soltá-lo mais uma vez em cima de um cúmulo. Um espantalho pálido, roto e sangrando aqui e ali àquela altura, mas mesmo assim, por mais ridículo que pudesse parecer, ele mantinha a cartola aprumada na cabeça, como se fosse justo estar bem vestido para sofrer tais horrores.

Agitei os braços para ele, até ousei dar pulos na escadaria. . Mas ele, tão entretido com as gaivotas, sequer olhou para mim. Atirei objetos nos pássaros, mas tudo longe, não chegava nem perto. Preciso quebrar o vidro do capacete, pensei, preciso quebrar o vidro. No topo da escada, à direita, havia um degrau partido, sustentado por uma braçadeira de metal. Foi contra essa braçadeira que comecei a bater a cabeça e o capacete. Tum!

Tum! Tum! Nada. Nem um arranhão. E não posso bater com força demais, senão a ponta afiada vai atravessar meu rosto e ficarei empalada para sempre no topo da escadaria que leva a lugar nenhum. Tum! Tum! Tum! Uma rachadura agora, uma boa rachadura! Tum! Tum! Quebrou, a ponta atravessa o vidro e arranha minha bochecha. Mas está feito! Está feito, a janela está quebrada. Retirei os estilhaços com as luvas grossas. Depois, gritei, gritei a plenos pulmões.

— Olááá! Olááá! Você aí! Aqui! Aqui!

Ele não me ouviu. Mas eu conseguia ouvi-lo: enquanto saltava entre os ataques das gaivotas, ele cantava, cantava com aquele tempo horrível, naquele lugar horrível.

— Homilia, homilia, homilia, homilia!

Foi o que pensei estar ouvindo.

— Olááá! Você aí! Consegue me ouvir?

— Homilia, homilia...

Mas não era bem isso que ele estava dizendo.

— Ormily, Ormily. — Sim, era isso. — Ormily, Ormily, Ormily!

— Olááá! Olááá! Estou aqui!

Ele parou por um instante. Olhou para mim. Acenei como uma louca para ele. Ele acenou de volta, até tirou a cartola para me cumprimentar e, naquele exato momento, uma gaivota grande a surrupiou e a levou embora para sempre. Então, vi os cabelos dele.

Eram claros e fofos e finíssimos. Foi então que o reconheci. Era o amigo de Clod. Chamava-se Tummis. Aquele era Tummis Iremonger, lá longe, no lixão.

— Você é Tummis? — gritei.

— Quem é você?

— Uma amiga de Clod, de Clod Iremonger! Espere um instante, fique aí! — gritei. — Vou até aí, tenho uma corda.

— Não! — berrou ele. — Não quero! Não vou voltar.

— Você não pode ficar aqui fora. A tempestade!

— Eles não vão deixar que eu me case com Ormily! Não vão deixar!

— Vou até aí!

— E Clod está sendo mandado para longe!

— Estou indo até você!

— Ah, minha Ormily!

— Lá vou eu!

— Não vou voltar!

A tempestade estava se formando atrás dele, uma grande onda se levantando a distância, uma grande onda negra de tijolos e vidro, ossos e escombros, tudo vindo na nossa direção.

— Espere, Tummis! Já estou quase aí!

Quase cheguei até ele, eu estava muito próxima, só mais alguns passos, mas, quando tentei continuar, senti algo me puxando para trás, me travando pela cintura, impedindo meu progresso, me arrastando de volta em direção à casa. Eu estava sendo puxada de volta, meu âncora e certamente outras pessoas mais fortes do que ele estavam me arrastando de volta para a segurança do muro. Estiquei minha mão para Tummis.

— Segure, Tummis, a onda, onda!

Ele olhou para trás e, naquele momento, sua expressão foi de medo e, finalmente, ele esticou o braço, correu na minha direção enquanto eu era arrastada para longe.

— Vamos! Vamos! — gritei.

Ele se esticou e estendeu algo na minha direção, não a mão, mas algo brilhante, algo que prolongava seu próprio braço.

— Vamos! Tummis! Depressa! — berrei porque, naquele momento, quem estava me arrastando deu um puxão forte, tão forte que mal consegui manter os pés no chão.

Estiquei a mão, agarrei aquela coisa brilhante, senti o metal.

— Peguei! — gritei. — Segure, eles vão nos puxar, é só segurar!

Ele avançou um pouco aos tropeções em minha direção, mas, em seguida caiu. Estava no chão. Estava preso por alguma coisa, seu pé estava preso, ele tentou soltá-lo.

— Eu... — gritou ele. — Uma caixa de correio me pegou — disse —, pelo tornozelo. Não consigo me soltar.

— Tummis! Tummis! A onda!

Então, senti um baita puxão na corda e fui arrastada, puxada, carregada para longe dele, só com o objeto de metal na minha mão. Saí rolando para um lado e para outro, esbarrando em coisas, mas continuei sendo puxada e arrastada. E lá estava ele, cada vez mais distante, depois, uma grande sombra o encobriu e ouvi um estrondo assustador. Isso foi tudo. Um puxão fez com que eu me virasse: e não consegui ver mais nada. Quando finalmente consegui olhar de novo, ele não estava mais lá. Havia afundado. Eu ainda estava gritando quando me puxaram para dentro, quando me levaram sã e salva até o muro. Ainda estava segurando aquele objeto de metal. Era uma torneira, uma maldita e inútil torneira. Com um Q, de quente, supus. Era tudo o que havia sobrado dele. Só aquilo. Uma maldita torneira. De que servia aquilo?

Foram vários dos grandes âncoras que me puxaram para dentro; estavam em pânico por causa da tempestade e todos tentavam passar pelo portão para voltar porque os cúmulos estavam subindo para valer e as ondas começaram a arrebentar contra o muro da casa. A profundidade ali estava muito maior do que quando eu saí.

— Para dentro! Para dentro! — gritavam eles. — Precisamos entrar!

O capitão corria e soprava o apito, com pânico no rosto.

— É das grandes, das muito grandes. Não vejo uma tão grande assim há muito tempo!

— Tem alguém lá fora! — gritei. — Ainda tem alguém lá fora.

Eles estavam me carregando lá para dentro, passando pelo portão, não iam me pôr no chão.

— Por favor! — gritei. — Precisamos voltar! Precisamos encontrá-lo!

— Não, não — disse o capitão —, não é seguro, muito pelo contrário. Precisamos entrar agora. Hoje não é dia para se ficar do lado de fora, de jeito nenhum.

— Mas ele ainda está lá fora — berrei e, então, pensei em algo que chamasse a atenção deles. — Um puro-sangue — falei — um Iremonger de verdade! Tummis Iremonger é o nome dele. E está lá fora. Veja, este é ele! Acho que é o objeto de nascença dele.

— Dê-me isso! — disse o capitão. — Minha nossa! Céus! — exclamou. Mas, em seguida, disse: — Fechem o portão!

— O senhor não pode fazer isso!

— Preciso! Preciso fazer isso! Ou os muros serão destruídos. É necessário. Pela casa.

— Um Iremonger! — gritei. — Tummis Iremonger!

— Cale a boca, mocinha — berrou o capitão. — É tarde demais. Nada pode ser feito.

— Tummis Iremonger está lá fora! Ouça, por favor!

— Não, sua pirralha, ele não está, não mais. Qualquer coisa que estiver lá fora está morta, extinta, acabada. Sinto muito, sinto muito mesmo, mas é isso. Nada pode resistir à tempestade. Não com força total, como agora.

— Tummis! — gemi. — Tummis Iremonger!

— Eu não iria lá para fora agora nem pela minha mãe, nem mesmo por Umbitt Iremonger em pessoa, nem pela maldita rainha, se você quer saber. Agora, seja boa boazinha e trate de entrar, por favor. Sabe-se lá quantos ainda vão se dar mal em uma tempestade como essa. Mais do que apenas um, aposto.

Haverá mais mortos antes do fim do dia. Tomara que a casa fique de pé; talvez não fique, uma parte pode desmoronar. Eu garanto. Só nos resta torcer para não estar naquela parte, não é mesmo? Cuidado!

Naquele momento, escombros vieram voando por cima do muro, aterrissando no pátio. Vidro se estilhaçou na nossa frente e, exatamente onde estávamos um momento antes, caiu uma cama de ferro retorcida e enferrujada.

— Para dentro! Para dentro! E fechem a porta atrás de nós! Fechem e tranquem!

Todos entramos: os Iremonger dos cúmulos, todos os âncoras e eu, todos ainda vestindo macacões de couro e capacetes, todos lá embaixo, no subsolo, nos corredores de serviço de Heap House, cercados pela sujeira que pingava dos nossos corpos.

— Tragam alguém com um esfregão aqui embaixo — ordenou o capitão —, um esfregão, imediatamente.

Mas, em vez de um esfregão e um Iremonger, apareceram correndo Piggott e Sturridge, e também Idwid Iremonger, as mãos curvadas atrás da orelha; e, ao lado dele, outro homenzinho com a mesma aparência, só que com olhos que funcionavam, roupas menos elegantes e um apito pendurado no pescoço; e havia outros Iremonger de terno, oficiais que eu não conhecia, todos ansiosos, todos tremendo. Depois, na verdade, reconheci um dos oficiais Iremonger que tinha uma folha de louro vermelha bordada na lapela. Eu o havia visto em algum lugar antes. Tinha certeza. Sim, eu havia visto! Ele se chamava Cusper Iremonger, o que me tirara do orfanato. Ora, o que ele estava fazendo ali?

— Há uma brecha — disse o mordomo.

— Não — disse o capitão —, talvez mais tarde. Ainda não. Permita-me fazer um relatório: portão trancado e muro resistindo bem. No momento. Mas lamento informar que houve uma baixa lá fora. Não sei como ele saiu, um membro da família sem equipamento de segurança, mas saiu, foi o que me disseram, mas, como confirmação tenho isto. Mas, ao que parece, não o seu dono.

Ele mostrou a torneira. Piggott a tirou da sua mão.

— É do sr. Tummis! Como isso foi acontecer?

— Não sei como, não é responsabilidade minha cuidar dessas outras pessoas. Ele deve ter saído de fininho. Sinto muito, sinto muito, não é da minha alçada. Mas nenhuma brecha, porta trancada e resistindo! Não, como podem ver, nenhuma brecha.

— Brecha na segurança, seu paspalho, não por causa da tempestade! — retrucou o homem com o apito.

— Lamento dizer isto, preferira que não fosse verdade — explicou Cusper —, mas deixei que um entrasse.

— Continue, seu palerma! — ordenou o homem com o apito. — Conte para eles!

— Não é assim que se faz, Timfy — disse o cego Idwid. — Isso não ajuda em nada. Conte para eles, Cusper, se é que é possível ouvir algo com essa tempestade, essa gritaria constante em meus ouvidos.

— Eu digo o que quiser, irmão! — gritou o homem com o apito.

— Por favor, Cusper — exortou Idwid.

— Acho que pode estar entre vocês, é o que eu acho, um de vocês, capitão — prosseguiu Cusper —, sob um capacete, em um macacão de couro... A culpa é minha. Terrível.

— O que exatamente? — perguntou Idwid. — O que você deixou entrar? Diga ao capitão dos cúmulos. Ah, meus ouvidos!

— Um... um... um elemento externo, uma não pessoa, bem, um que não faz parte de nós, um... estranho.

— Desembuche, homem! — gritou o homem com o apito — Vamos acabar logo com isso antes que Umbitt volte. Não quero estar no seu lugar, nem por todo dinheiro do mundo, ele é capaz de jogar você do topo da casa. Vai expulsá-lo. Isso é o que *eu* faria. Sim, eu faria.

— Calma, Timfy — disse Idwid —, acalme-se, irmão caçula. Ah, meus ouvidos!

— Caçula, ele disse? Ele disse "caçula"?

— Eu... veja bem — titubeou Cusper —, eu... peguei a errada. Estava com pressa. Não deveria estar. Errada. Errada. Ah, idiota. Eu... nomes... aqueles nomes feios... não sou bom com... procurando uma garota, eu disse, no orfanato... de cabelos ruivos...

Enquanto balbuciava a explicação, cabisbaixo, suor brotando na testa, gesticulou para alguém atrás dele e, de repente, uma garota deu um passo à frente. Ela não estava usando uma roupa da criadagem Iremonger, mas um uniforme do velho orfanato e uma touca de couro na cabeça. Era ela, é claro. Eu a reconheceria instantaneamente em qualquer lugar. A valentona do orfanato, que brigava comigo, que dizia que não era justo que houvesse duas ruivas, a que eu mordi e arranhei; ela, ela, que sempre me obrigou a viver tomando cuidado. Ela mesmo. Nunca soube seu nome.

Então, nunca deveria ter sido eu. Não sou uma Iremonger. Não sou uma Iremonger de jeito nenhum, nunca fui, nunca serei. Nem um pingo. Mamãe não era, de jeito nenhum. Eu não deveria ter vindo. Cometeram um erro. A outra ruiva era uma Iremonger. Devia ser mesmo, não é? Era uma típica Iremonger.

— Vou encontrá-la! Vou dedurá-la — disse ela. — Deixem comigo! Deixem comigo! Eu é que tenho de fazer isso.

— Silêncio! — gritou Piggott. — A intrusa será encontrada, depressa. Com a máxima discrição. Nunca um não Iremonger esteve em Heap House; nenhum deles jamais conseguiu chegar até aqui, para disseminar a doença. Aqui, só família. Parentes apenas. Íntimos. Venha, queridinha, venha, minha lindinha, dê um passo à frente. Venha para Claar. Qual deles é você?

Eu não podia voltar, não lá para fora. A porta estava trancada atrás de mim. Também não podia avançar. Todos aqueles Iremonger estavam esperando por mim, e alguns deles tinham uma mão atrás das costas — o que eles estavam segurando? Seja lá o que fosse, não era bom, disso eu tinha certeza.

— Tirem os capacetes! — ordenou Piggott.

— Desculpe — disse o capitão.

— Agora mesmo! — interveio o Iremonger com o apito.

— Vamos, menina, vamos lá, um passinho à frente, vamos ver quem você é.

— Meus ouvidos! — gritou Idwid.

— Por favor, me desculpem — disse o capitão —, eles não conseguem ouvir vocês. Não conseguem ouvir com os capacetes. Não sabem o que está sendo pedido.

— Então, tire os capacetes deles, homem! Agora!

— Os âncoras vão tirar! Os âncoras são os mais rápidos. Conhecem muito bem cada macacão de couro. Todos são diferentes, especialmente os capacetes...

— Não quero uma aula, quero apenas que os capacetes sejam tirados! — berrou o mordomo.

— Venha cá, criança, venha aqui com a sua Claar, eu fico com você. Você é minha.

A mulher do cozinheiro, a sra. Groom, lambendo os beiços, mostrou por um instante um objeto longo e brilhante que devia ser uma faca.

— Vou tirar sua pele — disse ela. — Vou assar, cozinhar, escaldar, depenar, estripar você!

— Odith! — bronqueou Piggott. — Ainda não!

— Meus ouvidos!

Eu estava no chão, agachada entre os outros Iremonger dos cúmulos, que rodopiavam e se contorciam com os respectivos âncoras, lutando para serem os primeiros a tirar o capacete Não vou tirar o meu, pensei, não se eu puder evitar, mesmo com o vidro quebrado. Proteção de algum tipo, isso sim. Vi meu âncora ao meu lado, o ajudante de cozinha, olhando para mim, franzindo a testa. Balancei a cabeça, por favor, por favor, não fale. Ele não falou. Não gritou.

— A sra. Groom! — sussurrou ele. — Ela vai cozinhar você. Se ela cismar, vai mesmo!

— Me ajude.

— Ela é uma megera. Estriparia o próprio filho.

— Me ajude.

Ele não me ajudou, mas também não abriu o bico. Talvez tivesse me delatado, não sei, mas não teve muita chance porque, naquele exato momento, um dos pesados capacetes apoiados no chão resolveu não ficar mais parado: começou, por conta própria, a deslizar pelo pavimento, cada vez mais rápido, fugindo pelo corredor e entrando em uma das cozinhas, subindo por uma parede. Todos os olhos o acompanharam, todos os olhos o viram se chocar com alguma coisa que estava se mexendo na parede do outro lado da cozinha. Não, não era apenas uma coisa — toda a parede estava se mexendo. Será que era a tempestade? Será que a tempestade estava arrombando a parede? Não, não era isso, pois vi o homenzinho com o apito gritar porque o apito estava tentando se afastar dele e, se não estivesse preso a uma cordinha em volta do pescoço dele, já teria escapado. Depois, outro capacete saiu rolando e, depois, um grande Iremonger dos cúmulos caiu e começou a deslizar em direção à parede dos fundos da cozinha. Era o que faltava. Foi a gota d'água para todos eles, e Idwid gritou:

— Uma Aglomeração, uma Aglomeração, mais sorrateira do que a tempestade!

Então, todos começaram a gritar.

— Uma Aglomeração! Uma Aglomeração!

E eu saí correndo.

A Matriarca, Ommaball Oliff Iremonger

19
UMA LAREIRA DE MÁRMORE

Continua a narrativa de Clod Iremonger

Flanela Cinza

Fiquei sentado na Enfermaria com James Henry no colo, pedindo desculpas, perguntando quem ele era, prometendo encontrar sua família, acariciando-o um pouco e pedindo desculpas.

— Peço o seu perdão, de verdade. Vou levar você para casa de alguma maneira. Vou levar você de volta. Onde está o seu pessoal? Como eles são, esses tais Hayward? Se eu levar você até lá, vou virar um objeto? E, James Henry, meu caro, se você me permite, o que eu seria se fosse um objeto? Seria algo impressionante como um fósforo, ou algo útil como um desentupidor de pia? Acho que faz jus a você ser um tampão de banheira. É muito digno, muito agradável, bom de segurar. Ah, desculpe, James Henry, estou falando bobagem novamente. É claro que você preferiria não ser um tampão de banheira, não é mesmo? Você preferiria ser James Henry Hayward em carne e osso, todo arrumado, em casa com a família. Fico me perguntando como você é? Tem um rosto redondo, ou só penso isso porque um tampão de banheira é redondo? Sinto muito, sinto muito mesmo, James Henry, eu não sabia, mas agora eu sei. E juro que gostaria que não fosse assim.

— James Henry Hayward.

— Eu sei, eu sei.

Lá estava eu sentado, absorvendo aquilo tudo, a cabeça dando voltas, angustiado, todas aquelas palavras e coisas do Vovô, e o cheiro dele também, ainda no quarto de alguma maneira. Preciso sair, pensei. Preciso sair e ir para longe, para algum lugar. Mas para onde? E o que fazer com o meu tampão? E todas aquelas outras coisas espalhadas pela casa, por todo lado? Aquela prisão abarrotada, todas aquelas pessoas presas em objetos, um balde de incêndio que é uma pessoa, um sofá que é uma pessoa, uma torneira que é uma pessoa, um pilar de corrimão, um barômetro, uma régua, um apito, uma cuspideira, uma caixa de fósforos, tudo pessoas, tudo pessoas! Uma caixa de fósforos! Lucy Pennant!

Lucy Pennant, eles estão me mandando embora. Querem que eu vá para a cidade. Eu deveria ter ficado orgulhoso. Se vovô tivesse me visitado alguns dias antes, eu teria ido saltitando de alegria. Mas agora não. Não mais. Eles vão me mandar no dia seguinte. Devo embarcar no trem. Aquele trem que ouvi gritar com muita frequência ao partir e ao chegar, sempre me atormentando, sempre deixando os Iremonger da casa perplexos, embora todos soubessem que ele chegaria. Ah, Lucy, Lucy Pennant!

Eu já deveria estar de pé. Uma enfermeira veio e disse para eu me arrumar. Eu deveria ir ver minha avó. Deveria vestir calças compridas. Calças compridas de flanela cinza. Adeus, joelhos! Adeus, canelas e panturrilhas! Eu teria ficado contente antes, quis muito tocar na minha própria flanela cinza, olhar bem para ela e dizer com orgulho viril: "Tecido espinha de peixe." Teria ficado muito feliz em dizer: "Adeus, fustão." Mas, agora, não. Ah, meus objetos! Mas e se vovô tivesse razão, pensei, e se James Henry fosse um patifezinho, um valentão em forma de tampão, que, se tivesse a oportunidade, me enfiaria no próprio bolso, me daria beliscões e morderia?

Eu precisava me arrumar, me vestir, me pentear, repartir os cabelos, escovar os dentes e ir para o corredor. Mas eu continuava lá sentado, com o tampão no colo, as calças dobradas ao meu lado. Eu devia ir visitar vovó, a senhora da lareira. E, depois, mais tarde, iria à Sala dos Colóquios e me sentaria sobre Victoria Hollest, que, sem dúvida, estaria se perguntando onde estava Margaret, ou seja, ambas eram pessoas de verdade. Sinto muito. E, só por um instante, eu me sentaria com Lucy; ela estaria a salvo, eu diria para ela não se preocupar mais, pois Alice Higgs voltara a ser uma maçaneta. (Ah, Alice Higgs, sinto muito, o que eu fiz? No fim das contas, que tipo de pessoa eu sou?) Mas perder Lucy!

Peguei as calças compridas. O que aconteceria, pensei, quando eu as vestisse?

Achei que costeletas cresceriam no meu rosto logo após eu vesti-las, talvez no momento em que a flanela cinza tocasse a pele. Achei que poderia usar suíças ou patilhas, que eu poderia ficar barbado e cabeludo e vestir um terno, como muitos dos Iremonger da cidade que deixam o rosto ficar tão peludo que mais parece uma casa coberta de hera. Devo me encher de pelos? Devo deixar a barba crescer tanto a ponto de se tornar uma barreira entre mim e o mundo? Devo deixar meus pelos ficarem longos e grossos a ponto de Lucy Pennant, para me beijar novamente, como o príncipe de *A Bela Adormecida*, ter que abrir caminho até minha boca com uma foice porque, ao me encontrar em um quarto, ela só veria uma floresta de barba? Só havia uma maneira de descobrir.

Vesti as calças.

Puxei-as para cima como se estivesse cortando minhas próprias pernas.

O mundo inteiro, pensei, estará coberto de flanela cinza para você agora. Eu estava apagando a minha infância. Como eu me sentia? Superior? Velho? Sábio? Mais pesado? Mais forte? Ereto e direto, membro de um clã seleto, confiante e impressionante?

Não, não posso dizer isso.

A verdade é que me sentia exatamente como antes. A única diferença é que eu estava um pouco mais agasalhado.

Mas, pensei então, espere um tempinho. Uma ou duas horas, ou uma semana; aquela flanela cinza está sobre minha pele agora e pretende me invadir, afogar de alguma maneira meu velho eu de fustão até tornar minha própria pele acinzentada e aflanelada. Sua trama penetra no meu sangue, seus fios estão tecendo um caminho dentro de mim.

Logo lá estava eu: escovado, abotoado, penteado (ainda não barbado), calçado, encamisado, enfatiotado e engravatado, estrangulado de todas as maneiras usuais, embalado e amarrado como um pacote Iremonger. Com o pobre James Henry no bolso.

Muito bem, eu disse a mim mesmo, sem mais delongas, você deve ir até a Vovó agora.

Sangue e Mármore

Deixei a Enfermaria e as Iremonger que ali trabalhavam fizeram reverências para mim, algo que nunca haviam feito antes. Uma, um pouco atrevida, até me aplaudiu por causa dos meus novos trajes, mas logo foi calada por uma enfermeira-chefe. Agora, usando calças compridas, eu era algo grande e aterrorizante, digno de respeito; antes, quando usava calções fustão, bem, eu era apenas um moleque, e os outros até podiam apertar meu queixo e afagar meus cabelos. Não mais. Agora, eu era um homem crescido e estava avançando rumo ao mundo como um adulto e me sentindo repugnante.

Nos corredores da casa, alguns primos pararam e me olharam, perplexos, em sua maioria, como se nunca tivessem visto calças compridas antes. Foi uma sensação boa, admito. Desci a escadaria principal até a ala da Vovó. Ela estava me esperando, senão, o porteiro Iremonger nunca teria me deixado entrar em seu território particular.

Estava prestes a ver Vovó novamente.

Quando ela nasceu, em uma época tão distante que as pessoas certamente eram muito diferentes das criaturas modernas que somos agora, o bisavô Adwald era o chefe da família. Adwald era durão. Já era sabido desde o início que Vovó, Ommaball Oliff Iremonger, deveria se casar com Vovô, e Adwald queria que tudo fosse digno e apropriado para a sua herdeira; não queria complicações conjugais nem perturbações femininas. Então, pôs Vovó onde o Vovô sempre a acharia. Proclamou que o objeto de nascença da filha seria uma grande lareira de mármore, que eu sempre ouvi se apresentar como Augusta Ingrid Ernesta Hoffman. A lareira era, pelo que eu sabia, o maior objeto de nascença jamais atribuído a alguém. A tal lareira era tão grande que fora necessário um pequeno exército de musculosos Iremonger para transportá-la (e havia boatos de que um deles até morreu no processo, esmagado). A prateleira superior da lareira era sustentada por duas cariátides com seios grandes. Belas donzelas, um pouco sonolentas, com túnicas finas que escorregavam do corpo, mas nunca chegavam a cair totalmente. Aquelas senhoritas belas e imponentes tinham uma vez e meia as dimensões naturais. Sempre pensei que não era justo que mulheres tão belas ficassem aprisionadas em mármore. Eu costumava desejá-las, sonhava que elas acordavam e se libertavam, procurando-me onde quer que eu estivesse na casa, visitando-me no meu quarto.

Estranho que formas com uma aparência tão viva e de tamanha beleza fossem tão pesadas, eu pensava. Sei que elas nunca viveram, mas sempre me pareceram muito naturais. Quando criança, no quarto da Vovó, condenado a ficar em silêncio, sentado ereto sem emitir som algum, achei ter visto as duas respirar uma ou duas vezes. Eu teria adorado passar algum tempo a sós com elas, mas Vovó sempre estava lá. E essa era exatamente a questão: Vovó nunca saía daquele quarto.

Era um quarto grande com seis janelas. Vovó nascera naquele cômodo e, logo depois, aquele trambolho de mármore foi colocado lá dentro junto dela. Durante sua longuíssima vida, Vovó nunca saiu daquele quarto, sequer uma vez. Ali, naquele espaço único, estava tudo o que Vovó poderia precisar: sua cama, seu toalete discretamente escondido atrás de um biombo e todas as coisas da sua vida, da sua infância, da sua vida escolar, do seu casamento, as provas de que ela tivera filhos e envelhecera, toda a sua vida, em todas as suas nuances. Como ela não podia sair para o mundo, o mundo devia ir até ela. Todas as melhores peças saqueadas pelos Iremonger eram levadas para a Vovó: eram dela as porcelanas mais finas, um vaso Qing da China, prataria da Rússia e gobelins de Paris, e muitos objetos de personagens vitorianos famosos decoravam seu quarto. O papel de parede era de William Morris; havia uma grande quadro de uma jovem usando um amplo vestido pintado por Lord Leighton. Mas Vovó não tinha só coisas modernas em seu quarto, também contava com objetos antigos: uma pintura de Joshua Reynolds, o retrato de um cavaleiro malfadado pintado por Van Dyck, um desenho de uma cortesã feito por Hans Holbein. Eu costumava pensar que todas as épocas estavam guardadas no quarto da Vovó. Ela se entediava rapidamente dos objetos: deixava algumas coisas à mostra por apenas um ou dois dias, enquanto outras ficavam ali anos a fio. Vovó sempre estava redecorando os aposentos: pedia uma pintura de Veneza, sedas chinesas, exigia coisas, e Vovô devia fazer de tudo para agradá-la, pois ela ficava de mau humor até que suas pretensões fossem satisfeitas. E, embora nunca pudesse sair do quarto por causa da sua maciça lareira, sua fúria era sentida em toda a casa; seu temperamento era expansivo quanto uma mansão. Ela exigia coisas, puxava a campainha sem parar, mantinha o mordomo e a governanta ao seu lado o dia inteiro, reivindicava a presença de dezesseis criados no quarto, convocava todos os tios e tias de Londres. E Vovô sempre fazia tudo o que podia por ela.

No início, para agradá-la, ele atribuiu à esposa a tarefa de escolher os objetos de nascença para cada um dos integrantes da família. E como Vovó gostava dessa ocupação! Ela reclamava com muita frequência, dizia que ficava exausta e que aquilo a esgotava, que seria o seu fim, mas, no fundo, adorava aquela incumbência, pois escolhia a vida — logo ela, cuja vida havia sido tão confinada — de todos os membros de Iremonger Park, dos mais importantes aos mais modestos. Assim, minha avó distribuiu escovas de cabelo e tampões de banheira, apitos (e caixas de fósforo, Lucy, minha cara), taças para ovos quentes e calços de portas. Uma característica era que Vovó, desde que assumira o cargo, havia distribuído objetos bastante ordinários a torto e a direito, traquitanas cotidianas que representavam a natureza bastante medíocre da família. Indiferente, menosprezadora, ela condenou o pobre tio Pottrick, por exemplo, a ter um nó de forca como objeto de nascença, arruinando sua vida. Ela não sentia remorsos; por que deveria? Estava presa para sempre em um único aposento; como alguma dor poderia ser maior do que a dela? Às vezes, ao menos foi o que me disseram, Vovó ficava tão furiosa quando era mais jovem que quebrava cristais e relógios de pé e bustos de alabastro. A única coisa naquele seu confinamento era a grande lareira de mármore. Todo o resto estava em um estado de fluxo. Uma vez, de humor agitado como uma tempestade, após arranhar o assoalho em seu desespero até quebrar e tirar sangue das unhas, Vovó abriu uma janela dupla e atirou lá embaixo sua amada e fiel camareira de longa data. Tudo estava sempre mudando, só Vovó e a lareira permaneciam iguais.

Eu tinha a impressão que minha avó estava em uma longa guerra com sua sempre jovem e bela lareira. Quando criança, Vovó olhava para o alto e via aquela coisa enorme, brincava à sua volta, vestia-se como ela e, com a ajuda de uma escada, arrumava objetos sobre a prateleira. Depois, Vovó cresceu e se casou com Vovô, que ia visitá-la no quarto, e acho que, naquela época, houve momentos em que ela sentiu muito ciúme de suas cariátides, pois toda aquelas curvas delas eram como uma zombaria, já que Vovó sempre foi muito magra, sem seios, de cintura fina, pele e osso. Com o tempo, minha avó ficou velha, frágil e encarquilhada, mas aquelas garotas de mármore ainda continuavam grandes e formosas e roliças enquanto ela ia se encurvando e se enrugando e perdendo os dentes e sentindo dores aqui e acolá por causa da idade. Vovó às vezes deixava a lareira coberta por meses a fio. Uma vez, durante mais ou menos um ano, até a taparam com tijolos. Depois, Vovó começou a arranhá-la com outras coisas, marcando e amassando seu próprio objeto de nascença. Com martelo e cinzel, acrescentou rugas aqui e ali às suas damas seminuas, mas, apesar disso tudo, acho que ela as amava. Pois aquele grande objeto de mármore, ao contrário das nossas bombas a pedal e bolsas de água quente, dos nossos sapatos e réguas dobráveis de bolso, dos nossos regadores e escabelos, era de uma beleza estonteante.

Fazia muito tempo que eu não visitava Vovó; da última vez que estive lá, ela foi curta e grossa comigo e disse que eu era uma tremenda decepção. Naquela ocasião, ela culpou meu pai, dizendo que ele nunca tinha sido grande coisa como homem, um terrível erro para a minha mãe; chegara até a dizer que ele havia matado mamãe, que, se não fosse por causa dele, ela ainda estaria viva. Disse que havia acertado em cheio ao ter dado a ele um apagador de quadro-negro para que ele obliterasse a si mesmo. Acrescentou, aos prantos, que conseguia ver traços do rosto da minha mãe no meu, que, todavia, não passava de uma versão lúgubre, uma imitação ruim, uma mímica imperfeita daquelas feições tão amadas. Em seguida, ela me despachou dizendo que nunca mais queria me ver, que eu era uma história horrível, que era melhor para ela fazer de conta que minha mãe jamais tivesse nascido porque a agonia da sua perda era demais para suportar.

Portanto, eu não devia visitar Vovó, nem mesmo me aproximar da sua ala. Para Vovó, devia ser como se eu não existisse. Em contrapartida, ela gostava de ter Moorcus e Horryit ao seu lado. Eles eram visitantes frequentes. Ela os cobria de presentes valiosos, dizia que eles eram bonitos e os tinha em tão alta consideração a ponto de afirmar que eram o futuro da família Iremonger. Chegou até a dizer para Horryit — segundo relatos envaidecidos de Moorcus — que, um dia, não em breve, mas um dia, inevitavelmente, seria Horryit a escolher os objetos de nascença e que ela se sairia maravilhosamente bem nessa função.

E lá estava eu novamente — daquela vez, vestindo calças compridas — diante da porta de Vovó. Bati, mas o ruído que provoquei foi tão fraco que temi não ter sido ouvido. Fiquei lá fora um tempinho. Acabe logo com isto, pensei, e, mais tarde, você poderá ir à Sala dos Colóquios se encontrar Lucy

Pennant. Ainda nenhuma resposta. Bati novamente, mais forte daquela vez.

— Quem é? — disse a voz impaciente da Vovó.

— É Clod, Vovó, seu neto Clodius, filho de Ayris.

— Limpe os pés.

— Sim, Vovó.

— E entre.

— Sim, Vovó.

Os Passos da Vovó

O quarto mudara bastante desde a minha última visita. Havia cortinas novas e alguns quadros novos. A cama era diferente e, ao que me pareceu, a banheira também — com degraus de acesso. Vovó estava sentada em uma poltrona de espaldar alto e parecia muito pequena afundada nela. Estava vestida toda de preto e calçava espessas botas pretas muito usadas. Não havia nada de estranho nisso; Vovó costumava fazer com que criada Iremonger usasse seus sapatos para que eles andassem pelo mundo, já que ela não podia. Estava usando uma touca branca complicada que tornava sua cabeça duas vezes mais comprida e pelo menos dez colares de pérolas, alguns apertados em volta do pescoço fino e enrugado, outros chegando até o colo; o peso fazia com que sua cabeça se curvasse para a frente, como a de uma tartaruga, pensei. Eu ouvia a tempestade lá fora e via o resto de luz que ainda brilhava no céu. Pequenos objetos batiam no vidro das janelas: pedrinhas, tiras soltas de couro, pequenos estilhaços de porcelana, páginas de jornal. Mas minha avó continuava sentada, impassível, sem dar atenção aos ruídos que provinham das janelas.

— Olá, Vovó, como a senhora está? — perguntei. — É muito bom vê-la novamente.

— Aproxime-se, menino, beije-me.

Dei um passo à frente, meus sapatos rangendo no chão, cruzando o espaço até os pés dela. Em seguida, aquele cheiro de velharia e umidade, ligeiramente doce, algo um pouco mofado, algo apodrecido, minha avó.

— Beije-me — repetiu ela.

Inclinei-me para a frente e beijei suavemente seu rosto e, embora meus lábios tenham tocado a superfície de alguma coisa, aquela coisa, a pele enrugada da minha velha avó, mal parecia estar lá; era como se eu tivesse beijado uma teia de aranha. Couve-de-bruxelas. Esse era o cheiro, prevalentemente.

— Sente-se, Clodius, sente-se.

Sentei-me na beirada de um sofá ali ao lado, um sofá tipo império, todo empinado e duro, nada aconchegante. Empoleirei-me ali e tentei não encarar aqueles velhos olhos amarelos.

— Endireite-se, Clodius.

— Sim, Vovó.

Dei uma olhada no quarto, mais especificamente, na lareira, nas damas de mármore, ainda lindas. E, entre os gemidos da tempestade e os tiques e os taques dos vários relógios da Vovó, ouvi o mármore me dizer "Augusta Ingrid Ernesta Hoffman".

Então quer dizer, pensei naquele início de tarde, que você também é uma pessoa, srta. Hoffmann — eu certamente não podia chamá-la de Augusta; tanta familiaridade com o objeto de nascença da minha avó era impossível. Que tipo de pessoa a senhorita era antes de se tornar uma lareira de mármore? Uma pessoa e tanto, pensei, certamente extraordinária para ter se tornado um objeto tão admirável. Do lado de fora, um velho vestido vazio, manchado e rasgado, chocou-se contra a janela, e eu estremeci. Vovó nem prestou atenção.

— Bem, Clodius, é muita bondade sua ter vindo visitar sua velha avó. Diga-me, por favor, quanto tempo faz desde a sua última visita?

— Um bom tempo, Vovó.

— É verdade. Você cresceu. Não muito bem, talvez; não exatamente ereto, mas inclinado, digamos, como uma planta truculenta em busca do sol através de uma abertura em uma janela acortinada. Faz muito tempo.

— Eu deveria ter vindo antes, Vovó, mas...

— Você *não* deveria ter vindo antes. *Não* teria sido recebido. Mas você está aqui agora porque foi convocado. Era o meu desejo. Queria vê-lo antes da sua partida. Entrever um vestígio do rosto de Ayris. Minha filha. Minha falecida filha.

Ela ficou em silêncio por um tempo, e eu continuei sentado, ereto, ouvindo todos aqueles relógios marcando o passar do tempo, a tempestade lá fora assobiando e estalando e a lareira dizendo seu nome com uma voz clara e jovem. Tique. Tique. Tique. Bum. Ploft. Cleque. Será que um daqueles tiques era o som do velho coração da Vovó, impulsionando e bombeando o velho, mas puríssimo, sangue Iremonger por suas veias até os cantos mais recônditos do seu corpo Iremonger? Tique. Tique. Tique. Cleque. Plim. Ploft. Ouvi um farfalhar quando alguns velhos cobertores foram levantados pela tempestade lá fora e ficaram flutuando diante da janela como se quisessem dar uma espiada lá dentro antes de cair novamente, despencando de fato, ao contrário do tecido que envolvia as mulheres de mármore.

— Está usando calças compridas, Clodius?

— Sim, Vovó, novas. A partir de hoje.

Tique. Tique. Tique.

Plique. Pleque. Cleque.

— O que está achando?

— Para ser sincero, pinicam um pouco, Vovó.

— Você recebe suas calças, até antes do tempo, e tudo o que tem a dizer neste dia tão importante é "Pinicam um pouco"? Não é suficiente, Clodius. Esforce-se mais.

— Sim, Vovó. Sinto muito, Vovó.

Tique. Tique. Tique. Cleque! Bum! Um pequeno livro bate na janela como se fosse um pássaro desesperado para entrar.

— Pinalippy, Clodius. Você viu Pinalippy, acredito.

— Sim, Vovó. Tivemos nosso Colóquio.

— Eu sei, Clodius, sei tudo a seu respeito. O fato de eu não ver você não significa que não me contam as coisas. Como ela estava? Pinalippy?

— Ah... muito graciosa, Vovó. Obrigado.

— Muito graciosa! Muito graciosa, ele diz! Pinalippy é feia, Clodius; feia como um esfregão. Pele desagradável. Penugem sobre o lábio, pelos escuros nos braços. Movimentos bastante masculinos. Alta, também, e parruda. Sem graça. Sem a menor harmonia!

— Não, Vovó.

— Bem, você vai se casar com ela.

— Ah, sim, Vovó, eu sei.

— Antes você do que eu. Mas acho que ela é leal. E durável. Não vai morrer e deixar você sozinho, Clodius. Coisas assim vivem muito. Ela vai viver mais do que você.

— Tenho certeza absoluta, Vovó.

Tique. Tique. Tique. Pleft. Plim. Cleque. Coisas estavam se chocando contra a janela com muita frequência àquela altura, deixando-me nervoso.

— Como está seu tampão de banheira?

— Meu tampão de banheira? A senhora gostaria de vê-lo?

— Não seja nojento. É claro que não quero ver uma coisa dessas. Fui eu, Clod, que o escolhi para você. Especialmente.

Muitos objetos foram trazidos à minha presença para que eu escolhesse. Mas selecionei o tampão de banheira para você.

— Sim, Vovó, obrigado.

— Foi uma escolha difícil. Pensei a respeito durante muito tempo.

— É mesmo, Vovó? Obrigado, Vovó.

— Muito cansativo.

Tique. Tique. Tique. Cleque. Cleque. Cleque. Então, ouvi uma baita pancada quando o que pareciam ser os restos de um gato bateu na janela.

— Tempo medonho, não é, Vovó?

— Obviamente, eu não estava em condições de escolher objetos de nascença. Não tão cedo após a morte de Ayris.

Eu não disse nada. Tique. Tique. Pleft. Vuuu.

— Em certos dias, lembro-me dela com tanta clareza que quase consigo vê-la. Ela brincava aqui neste quarto. Era uma menininha e ficava em pé naquele canto. Eu quase a estou vendo agora, apoiada na minha lareira.

Tique. Tique. Cleque. Tique. Pleft. Tique. A janela uivou. É melhor eu falar, pensei, é melhor eu dizer algo.

— Lamento nunca tê-la conhecido. Minha mãe.

Vovó fez um barulho como se estivesse soprando uma vela muito teimosa. Depois, ficou calada novamente por um tempo e os ruídos tomaram conta do quarto. Logo irei para a Sala dos Colóquios, pensei; verei Lucy antes que o Sol nasça novamente. Lá fora, já está muito escuro, deve ser uma tempestade muito forte para ter levado embora toda a luz. Tique. Tique. Cleque. Rosnado. Grito. A porta se abriu e dei um pulo, mas eram apenas cinco criadas entrando, fazendo uma reverência para a minha avó, uma delas perguntando:

— Milady, se for do seu agrado, podemos fechar as venezianas agora?

— Tão cedo? — perguntou ela. — Por quê?

— Já passou das sete, milady.

— Já? — Ela olhou para um relógio. — Eu não fazia ideia.

— E a tempestade, milady...

— Então, prossigam, sem muita conversa.

Elas foram executando a tarefa, nervosas e preocupadas; cada vez que uma janela era aberta — pois as janelas precisam ser abertas para que as venezianas sejam desdobradas, e os ferrolhos, abaixados —, cada vez que isso acontecia, a tempestade adentrava o aposento e bailava lá dentro. Saltava e ria e deixava o quarto em desordem, levantava objetos, varejando-os até a extremidade oposta do cômodo, fazendo todos os quadros tremerem. Agitava até mesmo a grande touca da Vovó, tamanha era a ousadia daquela tempestade. Minhas calças novas tremularam por causa do mau tempo e o repartido dos meus cabelos foi despartido. A tempestade cuspiu em mim, havia chuva nas minhas bochechas. Encheu minha cabeça com seu barulho e me fez recuar diante do seu mau hálito. Mas, acima de tudo, é claro, havia o barulho.

Finalmente, todas as venezianas foram fechadas, e as janelas, trancadas atrás delas, isolando o aposento. Como se estivessem comemorando uma alegre vitória, os relógios começaram a soar muito mais alto e com mais confiança. Tique! Tique! Tique! Enxuguei-me com meu lenço, e Vovó me olhou com ar de reprovação. As criadas acenderam os lampiões, saíram arrumando tudo e, por fim, com suas reverências, abaixando-se e dizendo seus "milady"s, se foram. Estávamos novamente juntos, e foi só então, pela primeira vez, que Vovó deu uma ligeira mostra de inquietação.

— Seu avô está atrasado — ela disse. — Ainda não ouvi o trem. Acho que não é possível deixar de ouvi-lo.

— Não, Vovó — falei. — Acho que ele ainda não voltou.

— Então, ele está atrasado. Não gosto que se atrase.

— Talvez seja a tempestade, Vovó.

— Não é do feitio de Umbitt se deixar afetar por uma tempestade. Embora eu deva reconhecer que essa é das feias. Sem dúvida, ele logo estará de volta. E, amanhã, Clodius, você irá para a cidade?

— Sim, Vovó, devo tomar o trem da manhã.

— Nunca estive na cidade.

— Não, Vovó.

— Agora, eu não gostaria. O que pode haver para mim na cidade? O que posso ganhar com isso, naquela lonjura? Não consigo ver nenhum motivo válido. Estou muito melhor aqui. Tenho tudo o que preciso. Houve momentos, muito tempo atrás, em que pensei que talvez gostaria de conhecer a cidade, mas não agora, de jeito nenhum. Amaldiçoo minha antiga tolice. Até eu, Clodius, já fui jovem. Isso soa estranho para você?

— Não, Vovó, de jeito nenhum.

— Soa estranho para mim.

Tique! Tique! Tique!

Uma batida à porta, Vovó olhou como se alguém tivesse lhe mostrado algo muito feio, algo obsceno talvez.

— O que foi agora? Quem está aí?

— É a sra. Piggott, milady — veio do corredor a voz da governanta.

— Piggott? Por que, Piggott? O que, Piggott?

— Posso entrar?

— Estou sendo visitada pelo meu neto, Piggott. Estamos nos divertindo muito.

— Por favor, milady — disse Piggott, ainda no corredor —, gostaria muito de informá-la sobre as notícias da casa.

— Isto não são horas para o meu boletim diário.

— Circunstâncias, milady; circunstâncias imprevistas.

— Ah, pare de se esconder atrás da porta, Piggott! Entre, apareça!

A Piggott que entrou no quarto não parecia de forma alguma a que eu conhecia. Não era uma Piggott passada e engomada, mas muito amassada e manchada, e, sobretudo, com um pequeno corte na testa.

— Piggott! — exclamou Vovó. — Como ousa?

— Sinto muito, milady — desculpou-se ela —, mas achei que eu precisava... achei que era meu dever... — Naquele momento ela me viu e, em vez de fazer a reverência de costume, deu um gritinho. — Sr. Clodius! O senhor está aqui! Em pessoa! Milady, ah, milady!

— Piggott — disse Vovó —, não seja confusa, isso não é do seu feitio.

— Não, milady.

— Comporte-se.

— Sim, milady.

— Por que tanta afobação?

A sra. Piggott, agitando as mãos, como se estivesse tocando um piano, embora não houvesse nenhum piano à sua frente, estava ajoelhada ao lado da minha avó, sussurrando informações em seu ouvido direito. Por um tempo, só captei o atenuado farfalhar dos seus sussurros. Eu não conseguia ouvir nada por causa da barulheira dos relógios, mas, ocasionalmente, Vovó emitia um comentário.

— Sei que o trem está atrasado, mulher!

Mais sussurros.

— Também sei o que é uma Aglomeração!

Mais sussurros.

— Enorme quanto?

Mais sussurros.

— Deve ser desagregada. Diga aos cavalheiros da cidade que mandarei fragmentar seus corpos se eles não desagregarem a Aglomeração imediatamente. Não quero mais ouvir falar nisso. Sem desculpas!

E mais sussurros.

— Tummis?

Mais ainda.

— Tem certeza?

Mais.

— Sozinho?

Mais um pouco.

— Nisto?

Mais.

— Ah, desmiolado! Que pouco Iremonger!

Mais outros.

— E Icktor e Olish?

Mais.

— Está com eles?

Mais ainda.

— Bem, lamento. Lamento por isso.

Uma pequena pausa e mais sussurros.

— O quê?

Mais.

— Não!

Mais um pouco.

— Não pode ser.

Um toque.

— Como?

Mais.

— Entre nós?

Um pouco mais.

— *O quê?*

Mais.

— Um dos nossos!

Mais.

— Qual?

Mais.

— *Ele!*

Um sim com a cabeça.

— *Sozinho!*

Mais um pouco.

— Eles o quê?

E mais.

— Não, não, *não!*

Silêncio.

— Onde agora?

Um sussurro rápido.

— *Desaparecida!*

Outro sussurro rápido.

— Então, encontre-a!

— Sim, milady — a sra. Piggott falou mais alto novamente.

— Depois, encurrale-a!

— Sim, milady.

— Em seguida, mate-a!

— Sim, milady.

— Não me interessa a Aglomeração. Não me interessa a tempestade. Quero que ela seja encurralada e quero que a matem. Imediatamente, Piggott. Não apareça na minha frente até que isso tenha sido feito. Ou acabo com você, mulher.

— Sim, milady.

— Vou fazer você beber soda cáustica.

— Sim, milady.

— E, Piggott...

— Milady?

— O outro envolvido.

— Sim, milady.

— Vou cuidar disso. Pessoalmente.

— Sim, milady.

— E, Piggott...

— Sim, milady?

— Deve haver ordem. Não vou tolerar o caos sob este teto. Os sinos devem soar como sempre. Mas, talvez, dadas as circunstâncias, toque mais cedo o sino da hora de dormir.

— Sim, milady.

— Pode ir.

A sra. Piggott, tremendo muito, toda agitada, se retirou da presença da minha avó.

— Ineficácia! — disparou com tanta força Vovó contra a governanta de saída que pareceu que sua voz é que tinha fechado a porta. Em seguida, ela ficou em silêncio por um tempo.

— A senhora mencionou Tummis, Vovó? — perguntei. — Está tudo bem?

— Não se preocupe com Tummis, Clodius.

— Espero que ele receba suas calças compridas em breve.

— Não se preocupe.

Ela me olhou por um longo intervalo, apenas me olhou. E que olhar foi aquele! Aquele olhar, pensei, estava entrando pelas minhas narinas, pelos meus ouvidos, espiando lá dentro, coletando informações. Depois, Vovó inspirou com grande força e, como se estivesse chamando aquele olhar inquisidor de volta para dentro do próprio corpo, inalou-o e analisou-o antes de dizer algo com um tom que não era nem tranquilo nem pacífico, mas bastante amargo e, pensei, cheio de repulsa.

— O que você vai fazer lá na cidade, Clodius?

— Ainda não sei exatamente. O que Vovô quiser que eu faça.

— Uma boa resposta, finalmente. Você é um Iremonger, Clodius.

— Sim, Vovó.

— Creio que saberá se comportar como tal.

— Sim, Vovó.

— Você deve deixar nossa família muito orgulhosa. É alguma coisa que, acredito, está dentro de você, Clodius, em algum lugar aí dentro, embora você faça de tudo para escondê-la. Nem que seja pela sua mãe, você deve ser um grande Iremonger. Não nos decepcione.

— Não, Vovó, farei tudo o que estiver ao meu alcance.

— Você fará muito mais do que isso, pois o que está ao seu alcance não vai dar nem para a metade. E vai começar a partir de hoje mesmo, a partir deste instante. Um novo capítulo! Você deve dedicar todos os seus pensamentos à família. Cada centímetro da sua pessoa, Clodius, pertence aos Iremonger. Disseram-me que você possui um talento. E é justo que seja assim, é perfeitamente normal que o filho de Ayris tenha um talento. Você tem uma boa estirpe. Mas ainda tem muito a fazer para ser digno do seu sangue, Clodius Iremonger. Deve amar, amar muito esse sangue. Você ama, Clodius? Ama?

— Sim, Vovó — murmurei. É sangue bom, não?

— O melhor! Nenhum o supera! Nem mesmo os Saxe-Coburg-Gothas podem se gabar de tal líquido. O sangue deles é ralo. O nosso é mais grosso. Não há como fugir do próprio sangue, Clodius. Se tentar fugir, as coisas darão errado; volte-se contra a sua família e seu próprio sangue vai apodrecer e se deteriorar. Conheço um Iremonger, um Iremonger menos importante, que se aventurou por outro caminho. E sabe o que aconteceu com ele?

— Não, Vovó, não sei.

— Suas pernas infeccionaram. Ele ficou inchado de pus.

— Coitado.

— Há grandes segredos escondidos em nosso sangue. Mistérios profundos. Não há como fugir do próprio sangue.

— Não, Vovó.

Tique! Tique! Tique!

— Sabe por que escolhi um tampão para você, Clodius?

— Não, Vovó.

— Porque, Clodius, tudo depende de você. A fortuna da nossa família repousa sobre seus pequenos ombros, você sabia? Não, não, acho que você não deve saber. Isso foi ocultado por um bom tempo até agora. Tempo demais, na minha opinião. Você, como qualquer um dos grandes Iremonger, tem um jeito especial com as coisas. Um em cada geração, aproximadamente, manifestou essa capacidade, um dom especial, e eles sempre nos fizeram continuar a prosperar. Pois há muita gente fora daqui que quer nos aniquilar. Seu perpétuo berreiro quando bebê logo revelou a sua particularidade. Pessoalmente, eu queria que você tivesse sido afogado ao nascer pelo que fez comigo. Mas Umbitt não aceitou, e, assim, você sobreviveu. Sobreviveu e cresceu, mal, e agora está aqui, de calças compridas e prestes a ser mandado para longe. Dei a você um tampão como objeto pessoal, Clodius Iremonger, porque você, sangue do meu sangue, fará uma coisa ou outra. Como um tampão, você nos manterá protegidos, seguros, será uma barreira entre nós e o ameaçador ralo da pia. Ou, ao contrário, você, como um tampão que é retirado, nos deixará escorrer e ser levados para longe, arrastados para o nada, nos deixará empoçar, jorrar, pingar e sumir!

Ela fez uma pausa de efeito. Tique! Tique! Tique! Será que os relógios, pensei, estão ficando mais barulhentos?

— Pôr fim a uma família assim — prosseguiu ela, tentando sorrir — é uma coisa terrível, Clodius. Para fazer isso, deve deixar que sua própria mãe, seu próprio pai, suas tias e tios escorram ralo abaixo, seus primos companheiros de brincadeiras, sua própria esposa Pinalippy, abandoná-los em meio ao nada, e toda esta fortuna e todo este patrimônio tão cuidadosamente acumulados se perderá, desvanecerá, será destruído, e nossa família será perseguida por toda parte, amaldiçoada, atacada, injuriada, destroçada se você trair seu próprio sangue.

Ela se inclinou para a frente ainda mais, o rosto avermelhado, as mãos tremendo, as pérolas tilintando.

— Não puxe o tampão, Clodius, não faça isso!

— Não, Vovó, não farei.

— Você quer puxar o tampão!

— Não quero!

— Você vai fazer isso!

— Não vou!

— Com a sua própria família!

— Não, Vovó, não, não!

— Então, me beije, garoto, me beije.

Mais uma vez, fiz o terrível percurso ao longo do tapete e, mais uma vez, me inclinei para a frente e meus lábios tocaram muito pouca coisa. Mas, quando eu estava bem perto, ela agarrou minha mão e, então, com nossos rostos bem próximos, ela disse:

— Não nos abandone, Clodius!

— Não, Vovó.

— Você me ama, garoto?

— Sim, Vovó, amo.

— Não machuque quem você ama.

— Eu prometo...

— Você promete! — disse ela com algo que parecia felicidade. — Aí está. Era disso que eu precisava, que você, aqui neste quarto, na presença da minha lareira de mármore, perante a qual sua própria mãe brincou, prometesse solenemente para mim que Clodius Iremonger apoiará sua família e a servirá da melhor maneira possível, com toda a dedicação. Você jura?

— Juro.

— Então diga, jure.

— Eu juro — falei, tremendo e suando.

Ela soltou minha mão. Voltei para a beirada do sofá, achando que fazia muitíssimo tempo desde a última vez que eu estivera ali. A tempestade estava ficando barulhenta novamente, ou será que era meu próprio coração disparando, batendo para sair da sua jaula? Eu havia jurado e, ao jurar para a minha avó, estava sendo totalmente sincero. Eu era um Iremonger, um verdadeiro Iremonger; era tudo o que eu jamais soubera ser. Eu deveria lutar a cada dia pela família. Mas por que Vovó insistira tanto, por que me intimidara e repetiu e gastara tantas palavras comigo? Era como se ela soubesse que eu tinha dúvidas. Eu *tive* dúvidas por um instante. Era como se ela conhecesse tudo o que estava dentro de mim: meus temores por James Henry, minha tristeza pelos objetos, mas, acima de tudo, meu sentimento por Lucy Pennant, uma mera criada, uma limpadora de lareiras. Vovó, que tudo via, estava me dizendo que eu devia pôr tudo aquilo de lado, crescer finalmente. Eu estava usando calças compridas e ia para a cidade. Não irei para a Sala do Colóquio, disse a mim mesmo; é errado ir para lá. Decidi naquele momento que eu não deveria ir.

— Vou me sair bem, Vovó — falei finalmente.

— Você é um bom menino — retrucou ela.

— É muito bom estar usando calças compridas.

— De fato, Clodius, é verdade. Muito bem. Tenho algo a lhe dar antes que você vá embora, Clodius. Para um Iremonger como você. Uma lembrancinha de despedida. Um presente de adeus.

Ela apontou para uma mesa redonda sobre a qual estava um pacotinho embrulhado em papel de seda e amarrado com uma fita.

— Pegue, garoto — disse ela —, abra e me diga o que tem aí dentro.

Desembrulhei o pequeno objeto. Era uma espelhinho de mão em prata.

— Obrigado, Vovó — agradeci.

— Tem uma frase gravada — disse ela. — Leia para mim.

— "PARA QUE EU SEMPRE SAIBA QUEM SOU."

— Isso mesmo, muito bom. Eu ia te entregar isso hoje de qualquer maneira, embora não soubesse que seria tão apropriado. Você sempre haverá de saber, Clodius, que é um Iremonger da melhor estirpe.

— Obrigado, Vovó.

— O prazer é todo meu, caro rapaz. Pode ir agora.

— Obrigado, Vovó. Até logo, Vovó.

— Tão ansioso assim para deixar sua velha avó? A juventude é assim mesmo. Sempre em movimento.

— Até logo, Vovó.

— Até logo, Clodius. Realize grandes feitos.

Estava diante da porta, louco para estar do outro lado e longe da minha avó, de todas as suas coisas e palavras.

— Ah, Clodius! — chamou ela.

— Sim, Vovó — respondi, muito desesperado àquela altura.

— Amo você.

Ela precisava dizer aquilo? Precisava me prender para sempre à propriedade dos Iremonger? Sim, precisava.

— Amo a senhora, Vovó — falei.

— Então, pode ir — disse ela, abrindo um sorriso tão gentil e amoroso que, por um instante, só consegui pensar que ela era uma idosa muito meiga, querida e frágil, e, por uma fração de segundo, me esqueci da outra avó, a implacável, a imperdoável, a feroz cerceadora da vida alheia. Ela até tinha lágrimas nos olhos. Minha própria avó.

O barulho era ainda maior longe do quarto da Vovó. De volta à casa, o rugido da tempestade estava por toda parte. Todas as venezianas tinham sido fechadas, mas ainda era possível ouvir os objetos se chocando contra elas. Havia vidro estilhaçado no corredor da Vovó. A casa inteira estava ribombando.

— O trem já chegou? — perguntei ao porteiro na escadaria principal.

— Ainda não, senhor — respondeu ele.

— Mas já é muito tarde.

— De fato, senhor, muito tarde.

— Já houve muitos danos?

— Eu não gostaria de estar no sótão agora; houve um desmoronamento lá em cima. Nuvens de poeira, senhor, desceram, chegaram até aqui na escadaria principal. Dá ver monte de sujeira ali, senhor, na metade do caminho.

Vi uma pequena massa de terra e estilhaços; havia uma rachadura no teto, não muito grande, nada com o que se preocupar, provavelmente.

— Ouvi dizer que houve uma Aglomeração. Já foi capturada?

— Creio que ainda não. Há muitos ruídos pela casa esta noite, alguns podem ser de uma Aglomeração e outros da tempestade, eu não saberia dizer exatamente. De qualquer maneira, há pessoas da cidade atrás da Aglomeração, então ela não vai durar muito.

— Diga-me, porteiro, as ratazanas já desceram? — perguntei.

— Sim, senhor, há duas horas. Logo após o senhor ter entrado para visitar milady. Houve uma grande parada de ratazanas, nunca vi tantas. Todas unidas, todas descendo a escadaria. Fiquei aqui, fora do caminho delas, até mesmo em cima da escrivaninha. Elas demoraram doze minutos para passar. Eu não sabia que tínhamos tantas assim.

— Aonde elas estão indo?

— Ah, para fora, eu diria. O senhor não acha? Não querem ficar aqui.

— Para fora onde?

— Para os cúmulos, é claro.

— Para os cúmulos durante uma tempestade como esta?

— Certamente, senhor, elas preferem se arriscar lá fora do que ficar presas aqui dentro. Não há nada que as faça ficar dentro de casa esta noite. Acham que não é seguro. Que confusão elas fizeram. Muito agitadas, eu diria. Não paravam de guinchar. Não queriam ficar aqui. Por nada. Não é seguro. Não é seguro. Elas acham.

— Você acha seguro, Iremonger? — perguntei.

— Eu? O senhor está perguntando para mim? Não sou um especialista, senhor, longe disso, mas o que digo a mim mesmo é que não devo subir ao sótão nem aos andares mais altos, não. Não vá até lá, nem à ala leste que balança muito até com um vento brando, e não desça, eu diria, não se encaminhe lá para baixo, vai ficar inundado depois de um tempo, sem dúvida. Quanto a mim, fico por aqui. No meio da casa. O lugar mais seguro, eu diria. E o senhor, se me permite perguntar, onde escolheria ficar em uma noite como esta?

— Não sei, Iremonger, se subiria ou desceria, para dizer a verdade.

— É melhor não ficar aqui; isso seria considerado insolência. É melhor não ser insolente, senhor, na minha opinião. Não condiz com alguém como o senhor.

— Acho que vou até os aposentos do meu primo Tummis, porteiro, preciso me despedir.

— Muito bem, senhor.

— Boa noite, porteiro.

— Boa noite, sr. Clodius. Espero que seja uma noite segura.

Meu Amigo Tummis

Havia mais gente andando pela casa do que de costume: alguns Iremonger uniformizados corriam, e, ao longo do corredor de Tummis, tias e tios iam e vinham com expressão assustada. Sob meus pés, eu sentia a passadeira devido aos vazamentos da tempestade; havia uma poça em volta da porta de entrada para os aposentos de Tummis e da sua família. Os pais de Tummis, os primos de segundo grau Icktor (válvula de boia) e Olish (prendedor de carpete), e os irmãos dele (sifão, escova de privada, calço de porta, alfinete de chapéu e meia-lua) estavam todos reunidos do lado de fora. Por que tanta confusão? Talvez ele também tenha recebido suas calças compridas, pensei. Devia ser isso: calças compridas sempre causavam um certo alarde. Ah, que maravilha Tummis também ter recebido suas calças compridas, pensei; vamos trocar um aperto de mãos, elogiar os novos trajes um do outro, a sensação do tecido espinha de peixe, a maravilha da bainha dupla. Ele vai estar bem diferente sem o fustão. Para onde será que vão mandar Tummis? O que será que encontraram para ele?

— Boa noite a todos — cumprimentei, mostrando minha melhor expressão de seriedade naquele momento de grande importância para a família.

— Ah, Clod, isto não é lugar para você — disse uma tia.

— Posso ver meu primo Tummis? Gostaria de apertar sua mão.

— Não, Clod, você não pode. Vá embora.

— Eu também recebi minhas calças compridas — falei —, como a senhora pode ver. Portanto, não serei enxotado.

— É mesmo? Muito bem. Mas, por favor, Clod, agora não.

— Eu gostaria de desejar tudo de melhor para ele.

— Não, Clod, já basta.

— Mas por que não posso? Isso não é normal.

— Clod, quantas vezes tenho de repetir?

— Então, apenas um aceno de cabeça em uma ocasião tão auspiciosa.

— Que ocasião, Clod, do que você está falando?

— Estou falando das calças compridas, tia Pomular.

— Calças compridas? Calças compridas? O que as calças compridas têm a ver com tudo isto?

— Tummis vai receber suas calças compridas hoje, não? Como ele está se preparando? Bem?

— Clod, Tummis não vai receber nenhuma calça comprida.

— Não? Então o que está acontecendo?

— Ah, Clod!

— O que houve?

— Tummis está desaparecido, Clod.

— Tummis está desaparecido, tia Pomular?

— Está, meu caro Clod, receio que sim.

— Então, temos que encontrá-lo, não é?

— Desaparecido nos cúmulos, Clod, totalmente perdido, na tempestade. Ele saiu sozinho. Disseram que ele não se casaria com Ormily. Moorcus disse a ele, mas não era verdade. Ele soube que você estava usando calças compridas. E saiu. Todo bem vestido. Cantando até, segundo o que me disseram. E os cúmulos, os cúmulos, em meio à tempestade, o tragaram.

— Não — falei. — Não e não.

— Sim, Clod, receio que sim.

— Não.

— Temo que sim.

— Não, não, não é verdade!

— Por favor, Clod, é melhor deixá-lo agora com os familiares mais próximos. Eles vão identificar a torneira; pelo menos isso foi encontrado. Uma criada Iremonger tentou ajudá-lo. É o que eles têm, melhor do que nada. Um consolo.

— Ah, Tummis — sussurrei —, o que você foi fazer!

— É um momento para os parentes mais próximos.

Vi, então, em meio à multidão de Iremonger adultos, a prima de segundo grau Olish, a mãe de Tummis, com os olhos vermelhos e infelizes, segurando no colo uma torneira, uma torneira que eu sabia, mesmo sem examinar, que tinha um Q de quente gravado.

— Vamos para o Salão dos Mármores agora — disse a tia Pomular. — Vamos com Icktor e Olish pôr Tummis na sua prateleira.

— Ah — falei —, meu pobre Tummis!

— É melhor que se mantenha afastado. Iktor e Olish só ficariam mais aborrecidos se você estivesse presente, e de calças compridas ainda por cima.

— Acho que vou matar Moorcus.

— Você não vai fazer nada disso, Clod. Não fale assim.

— Que punição vão dar a ele?

— Clod — disse Pomular —, alguma vez o puniram? Além do mais, não foi culpa só de Moorcus se Tummis saiu em meio à tempestade. Ele optou por sair. Foi embora por vontade própria. Não estamos indo para a Grande Cristaleira, mas para o Pequeno Armário.

— Ah, Tummis, como você pôde?

— Por favor, Clod, vá para casa.

— Espere! — falei. — Um momento! Tia Olish, tio Iktor, por favor, posso segurar a torneira dele por um instante?

Tia Olish segurou de maneira muito peculiar a torneira junto ao peito; parecia muito ofendida pela minha pergunta. E tinha razão; era um pedido horrível. Sempre devemos deixar um Iremonger de luto sozinho com o objeto de nascença do falecido; faz parte da etiqueta. Todavia, eu precisava ouvi-la, tinha que ouvi-la.

— Clod! — exclamou Pomular. — O que quer dizer com isso?

— Por favor, tia, só por um instante. Receio que ela poderá se transformar em uma pessoa a qualquer momento. Ou... senão... não, é melhor que se transforme... muito melhor.

— Como ousa! — gritou o tio Iktor.

Mas eu havia arrancado a torneira das mãos de Olish e estava tentando ouvi-la, aguçando os ouvidos. Vamos, vamos. Fale. Deixe-me ouvi-la. Mas ela não disse nada.

— Você pode falar — falei —, sei que pode. Hilary Evelyn Ward-Jackson, é o que você diz, vamos. Ouvi você muitas vezes.

— Clod Iremonger, devolva-a imediatamente! — uivou tia Olish.

A torneira nada disse.

— Tenha cuidado! — gritou tia Olish. — Devolva-a!

A torneira não disse absolutamente nada.

— Ah, tia Olish — sussurrei enquanto ela a arrancava de mim —, agora ela não passa de uma torneira.

— É o objeto de nascença do nosso Tummis!

— Tia Olish, tio Iktor — falei —, Tummis *está* morto.

E saí correndo.

Uma Locomotiva dentro de Mim

A casa estava cheia de tempestade e de algo mais. Fiquem de luto, de luto, todos vocês Iremonger. A casa estava cheia de culpa. Todos estavam brancos e tremiam; era sempre assim quando um Iremonger sumia nos cúmulos. Mas aquele, de todos os sumiços, era o meu sumiço. Tummis. Tummis morto. E, com ele, a pessoa que um dia fora Hilary Evelyn Ward-Jackson.

Eu nunca quis ouvir os nomes dos objetos. Nunca pedi por isso. Naquele momento, odiava muito tudo aquilo, todas aquelas coisas murmurantes. Detestava o fato de poder ouvi--las, todos aqueles objetos aprisionados. Como eu queria ser apenas como todos os outros, ouvir apenas o que os outros ouviam, não os nomes de todas aquelas pessoas perdidas! Eu não queria saber que Tummis estava morto; queria a esperança de que ele ainda pudesse ser encontrado. Queria que ele voltasse. Mas eu sabia que ele não voltaria.

Sabia que não poderia.

Para piorar as coisas, a tempestade estava tão barulhenta que entrava na minha cabeça; agarrava-se aos meus pensamentos e os fazia girar freneticamente, brincava com eles, arrebatava--os, arranhava-me por dentro. Eu ainda conseguia ouvir o movimento dos objetos lá fora nos cúmulos, aqueles cúmulos assassinos. Alguns transpunham os muros e martelavam as venezianas, como se estivessem fazendo pouco caso da perda de Tummis.

Talvez eu matasse Moorcus. Talvez devesse. O que eu devia fazer?

Segui para o meu quarto.

Portas por toda a casa estavam se fechando. Refugiei-me nos meus pequenos aposentos. Tudo estava errado, tudo doía. Tudo feria. Eu arrancaria meu próprio coração. Preciso me conter, pensei. Preciso pensar nas minhas calças compridas. A verdade é que eu não me suportava; odiava minhas calças compridas. A tempestade continuava a fazer barulho, não me deixava esquecer, nem por um instante; tinha de zombar, zombar, zombar o tempo todo, martelando a minha cabeça, envolvendo-me. Pensei em quebrar uma janela e deixá-la entrar. Ah, Tummis, Tummis. Sinto muito, sinto muitíssimo. Ele era o meu Tummis, meu e da pobre Ormily. Como estava a pobre Ormily naquela noite? O que fazer? O que podia ser feito àquela altura? Quem seria sem Tummis para me orientar? Então, lembrei-me do espelho da Vovó. Peguei-o. PARA QUE EU SEMPRE SAIBA QUEM SOU.

Obrigado, Vovó.

Lembro, agora. Por um momento, eu esqueci. Em algum lugar, existe uma locomotiva que está sendo acionada. Vapor. Há vapor saindo de mim.

O Prefeito, Moorcus Iremonger, e, o
Indesejado, Rowland Collis

20
A COISA DE MOORCUS

Continua a narrativa de Lucy Pennant

Corri. Aquele grande monstro barulhento fez com que eles se virassem e eu corri. Não conseguia ver aonde estava indo por causa do macacão de couro e daquele capacete que continuava sobre a minha cabeça. Eu ia topando em coisas; quase fui empalada uma ou duas vezes. Rolei escadarias abaixo, muito abaixo, hematomas por toda parte. Mas ainda estava viva, respirando, e não ouvia ninguém por perto. Então, parei. Eu não sabia até onde havia caído nem onde estava, mas, onde quer que estivesse, certamente não chegaria a lugar algum com aquele macacão de couro e aquele capacete. Arrastei-me para debaixo de uma mesa, um pequeno abrigo, e arranquei aquela maldita geringonça. Havia pequenos cortes em algumas partes do macacão, alargando-os; consegui abrir rasgos, até finalmente formar um buraco e, com muito esforço, ampliá-lo cada vez mais. Então, consegui me esgueirar para fora. Murcho. Nada mais lá dentro.

Eu estava na cozinha, grandes panelas suspensas em ganchos, muitas facas penduradas. Pensei na sra. Groom e em sua faca; ela me esfolaria, segundo disse. Preciso dar no pé, pensei, preciso continuar o caminho para fora daqui, senão, tanto vale me deitar em uma assadeira e chamar todos eles: "Estou aqui!

Podem se servir!" Deixei o macacão de couro e o capacete para trás; parecia-me justo deixá-los ali. Engasguem-se com isso, pensei, temperem bem. Saí correndo e entrei em pânico. Ouvi pessoas se aproximando, conversando. E essas palavras:

— Por aqui, Odith, eu aposto. Está com o cutelo?

— Olhe, a pele! A pele!

Encontrei um breve refúgio na despensa, bastante isolada, muitos potes nas prateleiras, para cima e para baixo, e muitas cores diferentes. Eu conseguia imaginar um garrafão com o rótulo LUCY PENNANT e eu, turva, nadando lá dentro. Pessoas passaram correndo, mas ninguém entrou. Havia confusão a distância, lá no porão onde aquela coisa grande — *o que era aquilo?* — estava dando muito trabalho a todos eles. De repente, ouvi um estrondo enorme, tão forte e alto que a casa inteira pareceu estremecer. Achei que seria bombardeada pelos potes; eles pularam e tilintaram muito nas prateleiras. Um pote de mostarda piccalilli saltitou rumo à beirada e, antes que eu conseguisse alcançá-lo, espatifou-se fragorosamente no chão. Foi o suficiente. Saí dali e logo me vi no refeitório dos criados. Não havia ninguém lá, só bancos e banquetas. Pensei então que aquela coisa barulhenta, seja lá o que fosse, devia ter feito o teto desmoronar. E, é claro, ouvi várias pessoas gritando, gritando sem parar. Eu não sabia dizer se era porque haviam se ferido ou porque estavam em choque. Talvez simplesmente tivessem visto aquela coisa, tão estranha e absurda. Um monte de gente, muita gente correndo. Sem dúvida, em algum momento, alguém vai me descobrir, pensei. Eu não conseguia pensar no que fazer. Fiquei desesperada e entrei em pânico. Vou sair daqui. Vou ficar aqui. O que fazer? O que fazer? Quando dei por mim, estava dentro de um armário. Era um dos armários para guardar toalhas de mesa e coisa do gênero no refeitório, tudo muito empoeirado, sem amor e abandonado. Aquele lugar estava bom, por um instante, por um momento. Assim, eu conseguiria pensar.

O armário era profundo e bastante alto. Entrei e simplesmente respirei, só isso. Se me descobrirem, pensei naquele espaço apertado; se me encontrarem, vão certamente me arrancar daqui e me esfolar, pois querem você morta, Lucy Pennant, estão vindo atrás de você. Aquele barulho provavelmente era eles enfrentando aquela coisa monstruosa; então, agora, é você que vão caçar. Agora é a sua vez. Estranho ser tão importante de repente.

Pense nisso como se fosse um jogo, raciocinei; uma brincadeira lá em Filching, esconde-esconde. Eu sempre sabia onde me esconder no velho internato. Muito bem, há muitos esconderijos neste velho palácio, deve haver centenas deles. Vai dar tudo certo. Acima de tudo, calma, acalme-se.

Não sei quanto tempo fiquei lá dentro, encolhida. Talvez somente meia hora. Ficava olhando lá para fora pelo buraco da fechadura e foi então que a vi. Foi então que eu *as* vi. Coisas. Coisas estavam entrando. Apenas uns pregos e moedas velhas no início, entrando aos pouquinhos, quicando como se alguém os tivesse jogado, mas, em seguida, coisas maiores e, logo, uma grande quantidade de objetos, até mesmo uma velha banheira de metal, coisas, *coisas* se movendo por conta própria. Vi uma xícara de chá com uma beirada estranha que veio rodando na minha direção. A xícara! Lá estava a xícara com o para-bigode que havia causado tanta confusão. Outras coisas a seguiam e, depois que uma enorme massa de objetos havia entrado, todos se agruparam em um canto e uma velha chaleira saiu correndo e fechou a porta, muito silenciosamente, e as outras coisas a calçaram com roupas e tábuas e coisas assim. Mais barulho e correria. Àquela altura, os objetos começaram a rodar até formar uma espécie de turbilhão, todos girando e correndo uns em volta dos outros, em círculos, subindo cada vez mais — xícaras, pires, velhas panelas — e, logo em seguida, formaram uma única coisa enorme. Vi duas pernas do meu esconderijo, pernas feitas de objetos desconexos, mas que se mexiam como se fossem de verdade. Pés, um com uma concha como biqueira do sapato e o outro com um velho escorredor. Eu conseguia ver aquela coisa até a altura da cintura: as pernas eram feitas de objetos compridos e finos, hastes e canos e bastões, mas, no meio, também havia facas e garfos, velhos óculos quebrados, lápis, canetas, tudo agrupado, tudo reunido como se fosse uma pessoa. A barriga, pelo que eu podia ver, era a banheira. Mas aquela pessoa feita de objetos reunidos gania e choramingava e produzia sons tristes, como se estivesse muito assustada. Houve um barulho lá fora, e a coisa se afastou em direção a uma parede, encolhendo-se e tremendo entre rangidos e gemidos. A parede dos fundos era coberta de prateleiras de cima a baixo; era onde pratos e tigelas, canecas de lata e talheres eram guardados, bem como outras coisas usadas no refeitório. As prateleiras superiores, que ficavam a uns quatro metros de altura, pelo que eu me lembrava, estavam quase vazias; para alcançá-las, era necessário pegar uma escada. O ser-objeto, aquela coisa-pessoa, ficou ao lado das prateleiras, tremendo e gemendo, e, de repente, alguém começou a forçar a porta, tentando entrar, empurrando-a com força. Aquela coisa, aquele ser feito de tantas coisas, emitiu um lamento alto e, depois, pareceu se autodetonar, pois todas aquelas partes reunidas voltaram a se separar e se espalharam por todo lado, por todas as prateleiras. A criatura estava se escondendo, se decompondo e se escondendo. Lá estava novamente, em cima de uma prateleira, a xícara com para-bigode, a última a parar de se mexer.

A porta foi aberta à força. Consegui ver vários tamancos de Iremonger entrando correndo desordenadamente. Não notaram todas aquelas coisas novas nas prateleiras dos fundos, nem mesmo a banheira, que conseguiu se enfiar embaixo de uma mesa. Então, vi entre os tamancos novos pés, dois pares, usando botas arranhadas, e ouvi suas vozes, seja lá quem estivesse calçando aquelas botas.

— Escapou. A coisa escapou.

— Onde está? Aonde pode ter ido?

— Está se escondendo em algum lugar, mas vamos encontrá-la.

— Você acha, Odith, que ela usou o elevador para comida?

— Acho que é possível, Orris. Se ela fez isso, está na parte superior da casa agora.

— Queria que a primeira fatia fosse sua, Odith. Uma bela carne, não? Ainda vamos encontrá-la. Vamos pendurá-la na câmara refrigerada e deixá-la gotejar um pouco. Vamos pendurá--la, não é, Odith?

— Eles nos deixariam pendurar uma coisa dessas, não é mesmo?

— Com certeza.

— Vou mandar que tragam a sopa.

— Que noite!

— A Aglomeração se dispersou, pelo menos isso.

Ouvi sons de sopa sendo servida e mesas sendo postas e, depois, a procissão de muitos Iremonger entrando para o jantar, como de costume, como se nada tivesse acontecido. Mas a oração naquela noite foi feita pelo sr. Briggs e não pelo mordomo, e não ouvi nem um pio da sra. Piggott.

Todos os criados Iremonger sussurravam entre si, falando sobre a Aglomeração dispersa, que, mal sabiam eles, ainda estava ali, naquele exato cômodo, fazendo parte dele; ainda ali, decomposta naquele instante, mas à espreita. Também falaram do pobre Tummis, perdido lá fora. Isso, por sua vez, fez com que começassem a falar de outros Iremonger que se perderam nos cúmulos antes dele. Quando tentavam descrever os criados Iremonger perdidos, só conseguiam murmurar "Iremonger baixo" ou "Iremonger coxo", "Iremonger com uma verruga na bochecha", "Iremonger que trabalhava na lavanderia". E todas as palavras se misturavam com os ruídos da sopa sendo sorvida.

— Pela manhã, será necessário cavar um pouco.

— A porta já está bastante amassada. Vai aguentar, não vai?

— Deveria, deveria.

— Mesmo se não aguentar, vão bloquear a passagem e deixar que os detritos dos cúmulos alaguem os cômodos em volta das portas. Mas estaremos tranquilos, estaremos a salvo, não seremos atingidos.

— Nunca vão passar das segundas portas.

— Nunca passaram.

— E não vai acontecer esta noite, tenho certeza.

Depois de certo tempo, consegui ouvir que a ruiva do orfanato estava lá, a poucos metros de mim.

— Dizem que devo limpar lareiras, isso é bom?

— Ah, sim, muito bom, é uma ótima função.

— Estamos muito felizes por você estar aqui.

— Você voltou para casa, não foi?

— Sim, você está em casa agora.

— Acho que sim — disse a ruiva. — Sou uma Iremonger. Foi o que Cusper disse. Ah, e a culpa é dele. Não é meu problema. Foi ele que causou tudo isso, se vocês querem saber. Mas estou aqui finalmente. Sinto-me como uma Iremonger. De verdade. Fico me perguntando se eles já pegaram aquela rata ruiva. O que será que vão fazer com ela?

— Ela está enrascada.

— Vão dar um jeito nela, não vão?

— Eu não me espantaria.

— Quem pode culpá-los? Ela estava pedindo.

— Insinuar-se daquela maneira.

— Nojento, na minha opinião.

— E pensar que falei com ela.

— E pensar que ela falou comigo.

— Como se fosse uma de nós, como todas as outras.

— Fiquei com vontade de me lavar bem. Quando soube, me esfreguei bastante, não me importo de contar. Até comi um pedaço de sabão.

— Muito bem.

— Sinto coceira só de pensar nela.

— Mas agora temos você, e isso é um consolo.

— Quer nos contar a sua história?

— O que querem saber?

— Tudo.

— Ah, tudo, tudo.

— Tudo sobre você.

E assim continuaram, deixando-me enjoada, até que Briggs tocou o sino, mais cedo, a meu ver. Depois que as colheres foram esvaziadas e, suponho, lambidas, as mesas foram limpas, e, por fim, os últimos passos se afastaram e tudo voltou ao silêncio.

Fiquei imóvel por um tempo. A porta ficou aberta e, uma ou duas vezes, uma Iremonger entrou depressa e deixou alguns pratos antes de ir embora novamente. Mas eu não podia ficar ali para sempre. Era evidente. Precisava ir para a parte superior da casa. Aqueles cômodos lá embaixo eram perigosos demais para mim. Melhor lá em cima, onde teria uma chance de escapar. E Clod estava lá em cima. Eu o encontraria na Sala do Colóquio como havíamos combinado, conforme planejado, antes que tudo tivesse ido por água abaixo.

Abri a porta do meu armário e saí de fininho, devagar.

Aquela coisa estava na minha frente.

Havia se recomposto. Reagrupado as partes. Havia se juntado em silêncio. Estava muito mais baixa, como uma criança. Uma criança feita de pedacinhos. Grunhiu e arranhou um pouco. Ela me ouviu, não sei como, e se virou para mim; seu rosto, que parecia ser feito de uma bandeja de chá amassada e pregos e alfinetes e porcas e parafusos e arruelas e estilhaços de vidro e louça de todo tipo, rodopiava o tempo todo, sem nunca parar, e, por um instante, tive a impressão de ter visto um rosto completo, olhos, nariz e todo o resto, mas eram apenas coisas, apenas coisas.

— Não me machuque — pedi.

A criatura inclinou a cabeça.

— Eles estão atrás de mim. Também querem me destroçar.

Avançou um pouquinho. Fez ruídos, havia um velho garfo enferrujado que estava arranhando uma pequena tampa de panela enferrujada, criando sons ásperos que pareciam uma fala, ou algo do gênero; era como se a criatura estivesse tentando me dizer algo. Lá estava novamente a xícara com para-bigode no centro do peito, dando voltas e mais voltas, mais rápido do que os outros objetos.

— Deveríamos sair daqui — falei. — Não é seguro para nós aqui embaixo.

Algumas tampas — de panelas, potes e garrafas — se abriram e se fecharam por todo o corpo daquela coisa, como muitas bocas. Será que estava com fome?

— Não tenho nada — declarei —, nada aqui comigo. Tinha uma maçaneta, mas já se foi.

A criatura se aproximou e pude ver naquele momento que, no lugar dos cabelos, ou melhor, no lugar onde deveriam ficar os cabelos, se aquela coisa fosse humana, havia facas, faquinhas sujas, que se esfregavam umas nas outras criando um ruído cortante e rascante. Pensei: está com fome, está com fome e não entende. A coisa estendeu uma mão para mim, uma mão que se contorcia com velhos canos e maçanetas e pedaços de uma velha escova e vários pentes; um dedo era um frasco de unguento; outro, o bico de uma chaleira; outro ainda, o bocal de um cachimbo; seu vizinho era uma flautinha metálica; o polegar, a lente de uma lanterna mágica, e o dedinho era o cartucho de um projétil de espingarda.

— O que você quer?

Mais arranhões, mais sons agudos, mais tampas batendo, facas raspando. Preciso ir embora, pensei. Essa coisa vai me manter aqui tempo demais e seremos descobertos. Como me livrar daquilo, daquele amontoado tão triste e melancólico? Abri uma gaveta. Não havia muita coisa ali dentro, só alguns guardanapos. Um guardanapo saiu voando, a tampa de uma panela se abriu e o guardanapo correu lá para dentro. Abri mais gavetas, abri gavetas ao longo de toda a parede do refeitório, e logo o ar estava repleto de coisas correndo em direção àquela estonteante pessoa-coisa, que ia ficando cada vez maior. E que parecia estar batendo palmas em aprovação, como se estivesse rindo. Então é isso, pensei, esta é a minha chance. Se essa coisa me seguir, eles vão me pegar em um instante; saia agora enquanto a criatura está crescendo, corra, corra. Lá para cima. Clod.

Passos. Pessoas chegando. Corri. Escada abaixo então. Escada abaixo, para longe delas. Ainda conseguia ouvi-las, se aproximando, desci mais e mais. Onde eu estava? Não sabia dizer, nas profundezas, mais fundo do que eu estivera antes, certamente abaixo da estação. Lá no fundo, longe dos passos. E chamados, também havia chamados.

— Fechando! Fechando! Escotilhas abaixadas! Escotilhas abaixadas! Vai inundar, subam! Subam!

Corri para mais longe, mais fundo, mais fundo nos aposentos escuros.

— Fora! Fora! — ouvi. — Deste lado! Subam! Escotilhas abaixadas! Escotilhas abaixadas! Subam! Subam!

Prossegui, continuei em frente, para longe das palavras.

Por toda parte onde eu corria, estava sozinha, apenas eu. Não havia mais ninguém ali. Então. Então. Então, finalmente parei. Estava sozinha, totalmente sozinha. Bem distante, ouvi um último "Fechando!".

Em seguida, o barulho de portas sendo fechadas, de escotilhas sendo batidas com força e, depois, o som de martelos e nada mais, apenas um rimbombo distante. Então, entendi. As primeiras portas duplas, por onde eu saíra para o pátio, haviam cedido; partes do porão estavam sendo fechadas agora, eles estavam isolando toda a escadaria, e, se você estivesse do lado errado, bem, azar o seu, não é mesmo? Eu estava do lado errado.

Por isso não fui encontrada. Aqueles aposentos estavam vazios àquela altura, e todos os Iremonger achavam que estariam seguros barricando todas as portas. Eu não podia sair. Não havia como sair. Aqueles cômodos seriam inundados pelos cúmulos a qualquer momento. Eu ouvia batidas e golpes e choques e estrondos, e percebi então que aqueles ruídos não eram os Iremonger golpeando as portas. Aqueles eram os ruídos dos cúmulos, dos cúmulos entrando.

Pense, Pennant. Pense, Lucy. Deve haver uma saída.

Várias. Várias, na verdade. Por todos os cômodos escuros lá de baixo. Lareiras. Deve haver dezenas delas pelo menos ali em baixo. Eu escalaria a chaminé de uma lareira: era assim que eu subiria e sairia dali.

Havia uma lareira solitária e fria feita de ardósia, com uma aparência triste, que ficava no Salão Azul da Prússia, para onde eram levados os velhos sapatos e botas de Londres retirados dos cúmulos para serem fervidos a fim de criar o pigmento chamado Azul da Prússia. Era um cômodo pegajoso e escuro, todo viscoso e lustroso e malcheiroso, como se tivesse sido totalmente envernizado.

O Salão Azul da Prússia emanava um mau cheiro pungente; era como nadar em vinagre. Parei na frente da triste lareira. Sua grande boca estava escancarada. Então, deixei que ela me engolisse, me devorasse. Fui lá para dentro e subi, entre as paredes, pelas entranhas da casa.

Bem pouco para se ver. Bem pouco para se respirar. Nenhuma luz; absolutamente nenhuma. Progresso lento. Cortes por toda parte. Mas me arrastei, para cima, pequenas saliências nos tijolos para continuar me arrastando com dedos ensanguentados. Barulho de tempestade vindo lá de cima, tentando me assustar. Um grande uivo, aparentemente humano, como se uma mulher ferida estivesse gritando mais acima, entalada na chaminé.

— Cale a boca — falei.

— Uuuuuuiiiiiiii! — foi a resposta.

— Não me assuste.

— Uuuuuuiiiiiiii!

Ela me assustou.

Escorreguei um bom pedaço e retrocedi, esticando os joelhos para evitar cair até o fundo novamente. Joelhos ensanguentados, braços ensanguentados, cotovelos ensanguentados, dedos ensanguentados. Mas subi novamente, cada vez mais alto. Escalando a casa. Lá embaixo, onde eu havia iniciado, era possível ouvir pancadas e uivos, e eu sabia que os cúmulos deviam ter arrombado a casa e que, se eu escorregasse, provavelmente me afogaria e seria tragada por eles. E aqueles cúmulos, pensei, aqueles cúmulos também vão escalar a chaminé, vindo lá de baixo. Vindo de cima, senti chuva caindo, mas não apenas chuva; havia também o gotejar de pregos e parafusos, de pequenas peças dos cúmulos que despencavam do céu, descendo pelas chaminés e caindo sobre a minha cabeça. Cortando-me, pequenos machucados. Cúmulos embaixo de mim, subindo, cúmulos em cima de mim, pingando, e, em algum lugar ali no meio, eu, ensanguentada e coberta de fuligem.

Então, uma outra coisa. Alguma coisa negra em cima de mim, caindo em mim. Uma nova coisa negra em meio àquela negritude. Fumaça negra. Alguém havia acendido uma lareira para se esquentar naquela noite ululante, e aquele fogo estava começando a me cozinhar. Os Groom adorariam aquilo, me encontrar caída no fundo da chaminé, já cozida. Sem dúvida arrancariam minha pele crocante, torresmo de Lucy Pennant defumada.

A fumaça queria tomar todo aquele duto negro, queria ficar ali sozinha. Era algo denso e robusto que me espremia, envolvia, encobria, dominava. Àquela altura, eu só tinha fumaça para respirar, nada além daquele negrume dentro de mim, me enegrecendo. Continuei a subir, tossindo e fumegando. Senti uma súbita corrente de ar e fui na direção dela, arrastando-me para o ar mais fresco. Estava na horizontal agora, e não na vertical, estava em outro túnel de chaminé, longe do duto central, uma ramificação. Fui me arrastando, cortando-me novamente, mas sem me importar. De repente, a chaminé começou a descer, mas eu não estava preparada e comecei a rolar para baixo aos trambolhões, sem conseguir parar. Havia luz, uma luz que se aproximava em grande velocidade, ou era eu que estava despencando na direção dela. Aterrissei em uma lareira. Ironia do destino.

Estava no quarto de alguém.

Alguém, algum Iremonger puro-sangue, estava dormindo na cama a poucos metros de mim. Minha queda não havia acordado aquele monte adormecido. Um adulto, deduzi pelo tamanho. E estava usando uma touca. Eu não conseguia ver o rosto. Não podia dizer se era homem ou mulher. Dormindo, apesar de a tempestade estar sacudindo as janelas e a casa. Entrei no quarto com muito cuidado.

A valentona do orfanato havia me chamado de "rata ruiva", e certamente era aquilo que eu parecia naquele momento. Sangue e cabelos vermelhos, sujeira e fuligem por todo o corpo, muito arranhada, certamente, mas ainda de pé, ainda respirando, um pouco de vida.

Acho que era uma mulher. Alguma dama Iremonger adormecida. Havia uma luz acesa, muito tênue, que me permitia distinguir o que estava à minha volta. A única coisa estranha era uma pequena frigideira na mesinha de cabeceira. Uma pequena frigideira ao lado de uma escova de cabelo e um espelho de prata, além de uma fotografia de um sujeito de cartola segurando um braseiro de latão. A moldura era de prata. O que uma frigideira de ferro estava fazendo ali, estragando a composição? Então, entendi. Era o objeto de nascença dela, só podia ser. Aquela velha embaixo das cobertas mantinha a frigideira ao seu lado dia e noite; dormia com ela, para sentir que estava segura. Tipicamente Iremonger.

Bem, não gosto dos Iremonger, pensei; não posso dizer que eles se comportaram bem comigo, não é? Então, disse a mim mesma: vou pegar isso aí. Vou pegar a frigideira, obrigada. Posso bater com ela, é uma espécie de arma, e é seu maldito objeto de nascença, sua Iremonger roncadora, sua montanha idiota; sim, é claro, vou pegar a frigideira. Tirei-a da mesinha de cabeceira. Era bastante pesada para algo daquele tamanho. Gostei do peso. Era como se eu tivesse alguma coisa.

Eu finalmente possuía algo. Meu. Deixei a mulher ferrada no sono; ela soltaria um grito igual a uma galinha cacarejando de manhã. Se é que haveria outra manhã; eu já não tinha mais tanta certeza. Muito bem, então, Clod. Cadê você, Clod, cadê você esta noite? Atrás de que porta vou encontrá-lo? Na Sala dos Colóquios? Sala dos Colóquios.

Sala dos Colóquios. Exatamente no mesmo lugar. Subir a escada. Fácil de encontrar. Vitória, pensei. Porém, não havia ninguém lá. Só o sofá vermelho, nada mais. Bem, espere então. Simplesmente espere. Espere um pouco. Ele virá. Certamente virá.

Agachei-me atrás do sofá. No chão. Largar minha frigideira. No chão. Embaixo do sofá. E, agora, ficar de olho aberto, por debaixo do sofá.

A tempestade continuou com sua fúria. Levando ruídos a toda parte. Sacudindo a casa. E eu só esperando, esperando na Sala dos Colóquios, atrás do sofá vermelho, no chão. Vamos. Vamos.

Então, a porta se abriu. Aí está ele! Vou me levantar! Não, não, Lucy, sua tonta, certifique-se de que é ele. Deixe-o aparecer. É você, Clod? É você?

Passos mais perto. Aproximando-se. Clod? Será? Não, não é. Não é Clod. Alguém de calças compridas cinza. Em pé na sala, ao lado do sofá. Andando para lá e para cá. Esperando. Vamos. Vá embora. Mas as calças compridas não se foram. Pararam ali, até se sentaram no sofá. Levantaram-se novamente. Ajoelharam-se. O dono das calças compridas pôs as mãos embaixo do sofá; ele me pegou, me achou! Só que não. Puxou minha frigideira, pegou minha frigideira. As calças compridas se sentaram novamente, com a minha frigideira no colo. As calças compridas se levantaram novamente, caminharam pela sala novamente. Uma vez, o sujeito até chutou a porta. Arranhou o sapato por causa disso. Sentou-se novamente. Passou a mão no sofá. Aí, por fim, circulou mais um pouco e depois saiu. Foi-se. Porta fechada novamente. Levantei. Não vou ficar aqui. Clod, cadê você? A porta se abriu novamente. Eu me abaixei. Olhei debaixo do sofá. Clod? Os mesmos sapatos, as mesmas calças compridas. Como se as calças estivessem vigiando a sala. Não é seguro aqui, Não é.

Depois, as calças compridas saíram novamente. Esperei. Nada além da tempestade. Levantei-me, fui até a porta e a abri, saí daquela armadilha. Passos atrás de mim? Achei que fossem. Vamos! Vamos! Outra porta. Qual? Esta. Entre. Entrei. Passos do lado de fora, alguém correndo. Segura. Por pouco. Por um triz. Preciso encontrar Clod. Onde ele está? Encontrá-lo. Cômodo por cômodo, se necessário. Muito bem, então: primeiro este.

No início, não foi minha intenção fazer aquilo, não era meu objetivo, acho que a frigideira teria sido suficiente, mas ela não estava mais comigo, alguém a havia tirado de mim. Eu estava procurando Clod, mas, então, lá estava eu em um quarto com outro Iremonger adormecido, então simplesmente peguei, isso mesmo, simplesmente peguei e enfiei no bolso do meu uniforme. Depois, toda vez que eu abria aquelas portas, muito silenciosa, muito cautelosa, e via aquelas cabeças que não podiam de jeito nenhum pertencer a Clod, todas ferradas no sono, eu notava que, ao lado daquelas figuras adormecidas, em cima daquelas mesinhas de cabeceira, havia coisas. Objetos. Objetos de nascença. Não era exatamente minha intenção fazer aquilo, não de início. Incrível. Lucy Pennant, eu disse a mim mesma, você é muito malvada. Sim, e daí? Fui de cama em cama, embolsando tudo. Já tinha quatro quando comecei a adorar a ideia: um alfinete de gravata, um oveiro, um nó de forca e um ovo para cerzir. Peguei gosto por aquilo. Enfiei tudo no fundo dos bolsos. Que sensação, que peso! Os objetos suscitam algo dentro de você. Fui de quarto em quarto, muito silenciosa, muito cautelosa, e peguei os objetos, um a um. Todos aqueles Iremonger adormecidos, tão vulneráveis no meio da noite. Só consegui encontrar o objeto de um menino quando vi que ele o estava calçando: um sapato feminino. Só podia ser aquilo, pensei, e o tirei com sucesso. A tempestade continuava enfurecida lá fora. Vez por outra, eu tinha que parar minha coleta e ficar esperando na escuridão enquanto algo despencava chaminé abaixo e aterrissava em uma lareira, como havia acontecido comigo, ou então as venezianas tremiam tanto lá fora que o Iremonger na cama se sentava e gritava: "Quem está aí?"

E eu, tão próxima, com minha mão na mesinha de cabeceira prestes a tocar em algo especial, via a mão sonolenta do Iremonger se aproximando, tocando uma ou duas vezes o objeto, procurando alívio, encontrando alívio e voltando a dormir novamente.

Enquanto trabalhava, eu era picada. Havia insetos por toda parte. Às vezes, quando eu pegava um objeto, uma barata fugia. Sou muito corajosa, falei. E a tempestade continuava a rugir. Canos tremiam; parecia que, quanto mais eu prosseguia na minha brincadeira, mais a casa tremia e se agitava. Uma vez, ouvi um barulho alto de alguma coisa se espatifando e vi alguns criados correndo ao longo do corredor, um grande estrondo. Venezianas haviam se soltado e batiam contra as paredes. A janela durou muito pouco tempo; houve um grande estrondo quando ela se espatifou e, depois, enquanto os pobres criados prosseguiam na batalha, gaivotas, aos bandos, entraram a toda velocidade gritando e berrando e sujando, e objetos entraram voando atrás delas. De início, apenas alguns papéis, jornais e livros cujas capas pareciam estar batendo asas na tempestade, mas, em seguida, coisas maiores, grandes tigelas e tijolos e chapéus, sapatos, pedaços de outras casas e até a moldura de uma janela quebrada entrou pela janela, além de destroços, uma panela, um assento que parecia de um teatro de variedades, destruindo tudo o que havia pela frente. Os criados então recuaram, conseguissem deter aquela enxurrada, esconderam-se atrás de uma cortina e ficaram espiando. Eu os vi barricando a porta com uma mesa virada de cabeça para baixo.

— Tem uma brecha na casa! — Um dos criados gritou. — Peça ajuda! Não vou conseguir segurar isto aqui por muito tempo!

O outro saiu correndo, as gaivotas saltando e voando por toda parte. Uma das grandes, com a ponta do bico vermelha, postou-se na frente do pobre criado enquanto ele empurrava a mesa contra a porta, que começara a pulsar como se fossem uma pessoa que estava, e não mil objetos, passar para o outro lado. A gaivota foi bamboleando até o homem de uma maneira assustadoramente bem-humorada, meio preguiçosa, inclinou a cabeça para um lado, curvou-se ligeiramente para a frente e começou a bicar o sapato do criado. Depois, avançou um pouquinho mais e pegou o cadarço.

— Xô — gritou o criado.

Com a bicada seguinte, a gaivota desamarrou o cadarço e começou a puxá-lo, tentando arrastar o homem pelo pé com toda a força.

— Saia! Saia!

Mas a gaivota puxou com mais força ainda e, àquela altura, as outras gaivotas foram observar aquele espetáculo. Uma delas, grasnando e gritando, avançou até o outro pé e começou a bicar o cadarço vizinho.

— Não vou conseguir segurar isto! Socorro! Socorro!

O outro criado voltou, e estremeci ao ver Sturridge jogar todo o seu peso colossal contra a porta e chutar uma das gaivotas com tanta força que ela se espatifou contra a parede.

— Acordem todos deste andar — trovejou o mordomo. — Leve-os para um lugar seguro! Este corredor deve ser isolado! Vamos! Vamos!

Em meio à toda a comoção, eu me afastei de mansinho e desci para outro andar.

Fui me esgueirando pela escadaria principal. Havia um homem com um uniforme oficial de Iremonger, com folhas de louro douradas trançadas, ferrado no sono atrás de uma escrivaninha. Ele vai se afogar dormindo se depender dos cúmulos, pensei. Ouvi passos na escadaria de mármore. Agachei-me atrás da cadeira do Iremonger adormecido. Alguém passou correndo e parou por um instante diante da escrivaninha. Vi as calças compridas mais uma vez, com o mesmo sapato arranhado. As calças compridas pararam por um instante, depois, seguiram em frente apressadamente. Com o uniforme oficial ainda dormindo, entrei no corredor. Este deve ser um lugar importante, pensei, vamos ver o que tem aí dentro. As maçanetas eram de porcelana com belas flores desenhadas, girei uma delas e entrei. O salão dos tesouros! Quadros com molduras douradas, mesas lustrosas com todo tipo de coisa em cima. Uma enorme lareira de mármore com mulheres de mármore, quase nuas, segurando uma prateleira. Que lugar é este? Eu sequer havia dado dois passos quando uma voz idosa gritou:

— Quem é? Quem está aí?

Uma velha deitada em uma cama com dossel; estava acordada, mas as cortinas da cama estavam fechadas. Eu não conseguia vê-la e ela não conseguia me ver. Escondi-me atrás de um sofá grande e feio; depois de um tempo, espiei por cima dele.

— Tem alguém aqui, eu sei.

Uma cabeça apareceu em meio à cortina, um rosto terrível e murcho, velho e magro.

— Quem está aí? Apareça.

Não, nada disso. Você não pode me forçar.

— Quem é? — disse a velha. — É você, Iremonger? Veio ver como eu estava? Se for você, não vou ficar zangada. Apresente-se. O trem já chegou? *Quem* está aí? Não vou ficar zangada, simplesmente se apresente. Piggott! É você novamente, Piggott? Você a encontrou? Não basta apenas dispersar uma Aglomeração, isso não fará com que você ganhe medalhas. É você, Piggott? Veio me dizer que é inútil? Não, não, você não faria isso, não é? Você só ousaria subir novamente depois de tê-la encontrado. Então, não é você. Outra pessoa? Mas quem? Será que poderia ser... — A voz dela ficou mais baixa. — Será que... é...? Perdeu-se, não é? De alguma maneira, veio parar aqui. É isso. A criatura.

A velha ficou em silêncio por um tempo, depois, aquela figura emaciada saiu da cama. Na mesinha de cabeceira, eu vi, havia apenas um copo d'água, nenhum objeto de nascença.

— Quem é, por favor? — disse a velha com uma voz muito diferente, fraca e assustada. — Estou sozinha aqui, só eu e minhas lembranças. Por que você entrou aqui? Quem é você que está aqui no meu quarto? Posso ouvir sua respiração. Por que não me responde? Não enxergo bem, mas consigo sentir seu cheiro e ouvir sua respiração; chegue mais perto, venha até mim, venha me visitar. Por favor. Ninguém vem me visitar. Só a Iremonger que traz minha comida; é muito bom ter alguém novo, alguém jovem. Posso tocar em você? Posso sentir sua pele? A Iremonger que vem aqui não tem uma pele bonita. Você tem?

Enquanto dizia isso, ela avançava na minha direção muito lentamente e eu, na mesma velocidade, me afastava. Fui para a lateral do sofá e, em seguida, como não era mais seguro, engatinhei até ficar atrás de uma grande poltrona preta.

— Era você se mexendo? Foi o que acabei de ouvir? Você é muito tímida, não é? Não seja tímida. Estou sozinha aqui, uma velha. Viu minha lareira? É magnífica. Não há nada tão bonito em toda Heap House. Gostaria de vê-la direito? Por que não chega mais perto? Deram-me a lareira quando nasci. Ficamos aqui juntas, minha lareira de mármore e eu, aqui neste quarto. Quando criança, eu saía em disparada pelo corredor, até descia a escadaria antes de voltar às pressas para casa, mas isso foi há muito tempo. Não vejo a escadaria há muitos anos. Eu costumava abrir a porta de vez em quando e espiar o clima diferente no patamar, mas agora, geralmente, só fico aqui deitada na minha cama, olhando para a lareira.

Algo caiu pela chaminé e aterrissou na lareira. Vi o que era quando a poeira assentou: um vestido velho e imundo, a roupa velha de alguém. Ficou na lareira, e a velha disse:

— Uma tempestade e tanto, trazendo imundície para o meu quarto, sujando minha lareira. Talvez amanhã eu mande minha Iremonger abrir as venezianas para que eu veja como a tempestade revirou tudo, onde o lixo se amontoou. Ah, não era alguém que veio nos visitar afinal de contas, lareira, era apenas a tempestade, somente uma tempestade.

Achei que a tempestade havia enganado a velhota, mas, um segundo mais tarde, ouvi uma chave na fechadura. A velha tinha me trancado ali com ela.

— Muito bem, criatura, tranquei a porta e puxei a corda do sino, logo uma dúzia de criados Iremonger estará aqui. Sua imunda! Vou mandar queimar meus tapetes. Vou mandar jogar minhas poltronas pela janela. Sua cadela imunda! Vamos, venha cá, levante-se, apareça! Saia, eu disse!

Sem escapatória. A velha pegou um atiçador de fogo e o estava agitando para todos os lados. Chegando mais perto, batendo nos móveis. Sem saída. Então, pessoas à porta, batendo, chamando, gritando.

— Milady! Milady! Milady!

— Está aqui dentro! — respondeu ela. — Eu a aprisionei! A coisa estranha está no meu quarto. Eu a peguei! Eu a encontrei. O que vocês perderam e não conseguiam achar *eu* achei! Aqui! No meu quarto!

— A chave está na fechadura, milady. Não podemos entrar! Gire a chave e estaremos com a senhora instantaneamente, mas se apresse, milady, por favor, para não se ferir!

— Eu me ferir? Muito improvável! — cuspiu ela. — Essa coisa! Joguem-na fora! Estou perto da porta agora. Tomem cuidado para que ela não tente passar correndo por vocês! Eu a quero destroçada na minha frente, e dane-se o mobiliário! Prontos? Um, dois, três! Peguem-na!

Mas, enquanto a velha estava ao lado da porta, girando a chave e dando instruções, eu estava na lareira de mármore, escalando novamente as malditas passagens negras, deixando muitas marcas atrás de mim, impressões de mãos e pés cheios de fuligem sobre a lareira de mármore. Não importava que estivesse doendo; e daí se estava doendo? Era uma dor boa. Ensanguentei-me ao subir novamente rumo à escuridão e à sujeira. Por um instante, olhando para baixo, vi uma tocha brilhando e ouvi gritos de "Está ali! Está ali! Está ali!".

Depois: "Acendam a lareira!"

Segui em frente, arrastando-me pelo caminho. Mas bati em algo logo em seguida: a chaminé fazia uma curva. Segui em frente e, depois, devo ter me perdido; fiquei confusa com as passagens, pois, àquela altura, havia diferentes aberturas, diferentes buracos e, de alguma maneira, escorreguei e caí por outro túnel negro, aterrissando lá embaixo, na lareira de outro Iremonger. Você precisa eliminar esse hábito, Pennant, eu disse a mim mesma, senão, não vai durar muito. Daquela vez, caí com força e bati com as costas; quando tentei me levantar, não consegui, não tinha jeito. Eu havia ido parar, sabe-se lá como, entre a grelha, o trasfogueiro e a parede; era uma lareira pequena, e eu estava presa ali dentro.

Ninguém estava a caminho. Pelo menos isso. Mas eu não conseguia me mexer. Não conseguia me levantar. Eu continuava tentando. Na minha frente, no chão, estavam todos os objetos de nascença que eu havia surrupiado e que caíram dos meus bolsos quando aterrissei. Onde eu estava? Que cômodo era aquele? Algum tipo de depósito, pensei de início. Eu conseguia ver uma porta com cinco fechaduras diferentes. Algum lugar importante, então. Todo tipo de coisa ali dentro. Prateleiras cheias de objetos diferentes, mas sem lógica nenhuma: pedaços de fita, objetos de prata, uma catapulta, alguns selos em um pote, uma gaita, botões, soldadinhos de brinquedo, cachimbos, mas também cigarreiras, uma espada de madeira, uma ratoeira, papel pega-mosca e tinteiros. De quem eram todas aquelas coisas?

Ouvi movimento, alguém chegando. Tentei me soltar. Eu não conseguia. Não dava. Havia alguém lá dentro. Alguém estava olhando para mim.

Era um homem, mais ou menos jovem de talvez uns 18 anos. Roupas pretas, aparência soturna. Pele muito amarelada, cara azeda. Não gostei muito da cara dele. Um leve bigode, uma sombra de bigode, espinhas na testa. Então, vi em volta do seu tornozelo uma algema de metal, e, presa a ela, um pedaço de corrente. Um rapaz acorrentado. Quem o acorrentara?

— Patrão! Patrão! — chamou ele. — É melhor que o senhor saiba: tem uma coisa nova aqui. Uma coisa bem nova.

Uma voz em um aposento mais distante respondeu:

— Ah, santa paciência, Toastrack, o que foi agora? Vou bater em você.

— E eu vou chutar você, seu paspalho.

— O quê?

— Palavras, devem ser, muitas palavras saindo da minha boca.

— O que você disse, Toastrack?

— Se quiser posso repetir. Mas acho que o senhor não ia gostar.

— Você disse que teria modos.

— E o senhor disse que me soltaria, mas não me soltou, me acorrentou. Somos todos mentirosos. Mentirosos natos. Cretino. Entre, então, Sir Mucus, e dê uma olhada nisto. Veja o que a tempestade trouxe.

— Estou tentando ser gentil com você, Toastrack.

— Não vejo muito sentido nisso. Por que se dar ao trabalho?

— Precisamos tentar ser civilizados, aproveitar ao máximo a situação.

— Odeio o senhor. O senhor me odeia. Essa é a situação.

— Não, Toastrack, não odeio você. Gosto de você. Você significa muito para mim.

— Bem, eu desprezo o senhor.

— Vou te dar uma surra, sabia?

— Não, nada disso. Vou revidar, como fiz da última vez.

— Quebrei seu nariz.

— O senhor ficou com uma dor de cabeça que durou um mês. Da próxima vez, quebro o seu crânio.

— Por favor, poderíamos tentar ser agradáveis?

— O senhor começou.

— Então, peço desculpa.

— Quanta bondade!

— Vamos, Toastrack, um aperto de mãos. Vou encontrar algo novo e precioso para você. Algo para a sua coleção.

— Pelo visto, já tenho.

Outro rapaz apareceu, usando um roupão de seda com uma medalha espetada no peito. Esse, ao contrário do outro, era bonito.

— Ora, ora, o que temos aqui?

— Uma desajeitada — disse o que se chamava Toastrack. — Minha, suponho.

— Estou presa — falei. — Ajudem-me a sair.

— O que temos aqui e o que faremos com isso? — perguntou o bonitão.

— Eu disse para me ajudarem. Estou presa! — gritei.

— Eu não gostaria de jantar isso — resmungou o feioso.

— Estou presa! — gritei.

— É o que parece — disse o bonitão. — Minha próxima pergunta seria: queremos soltá-la? Seria vantajoso para nós?

— Está doendo. Ficar presa assim dói! Dói muito!

— Eu não saberia dizer — respondeu Toastrack. — Talvez seja divertido.

— O que é aquilo ali no chão? — perguntou o companheiro desacorrentado. — Um cinzeiro, mas não é o seu, já vi aquilo antes. E o que é isso? Um alfinete de gravata. De onde saiu isso? Também me é familiar. E o que é aquilo? Um sapato, um sapato de mulher! Não é um calçado qualquer, não é mesmo? Eu reconheceria esse sapato em qualquer lugar do planeta. É o sapato do Bornobby. Mas como ele veio parar aqui? Espere um minuto. Você é uma ladra, não é? Uma maldita ladrazinha. Roubou todos esses objetos de nascença. Agora, entendi. Por que você faria algo assim? Quem é você? Espere um minuto, espere um maldito minuto. Você entrou aqui para roubar o meu também.

— Não, não, nada disso.

— Você desceu até aqui para roubar meu objeto de nascença.

— Bem — disse Toastrack —, aqui estou eu.

— Fique calmo, Toastrack, ninguém vai levar você.

— Muito agradecido — murmurou ele —, meu herói.

— *Ele* é seu objeto de nascença? — perguntei. — Ele? Mas ele é uma pessoa.

— Ah, e ela é observadora! — Toastrack disse.

— Sim, ele é um homem, se é que podemos chamá-lo assim — disse o bonitão.

— Vou bater no senhor — ameaçou Toastrack.

— Mas ele não costumava ser. Não é, Toastrack? Ele costumava ser...

— Um porta-torradas! É isso que o nome dele quer dizer! — gritei.

— Um porta-torradas de prata — disse Toastrack. — Prata, eu era de prata.

— Mas como ele se tornou um... homem?

— Não se preocupe com isso.

— Não sabemos — disse Toastrack.

— Cale a boca, Toastrack.

— Não sou mais Toastrack! — gritou Toastrack. — Na verdade, não me chamo Toastrack. Sou Rowland Collis. Esse é o meu nome. Rowland Collis. Mas ele nunca diz. Ele nunca vai me chamar de Rowland. Nunca vai dizer Rowland Collis!

— Você é o Toastrack, Toastrack. Ponha-se no seu lugar.

— Vou quebrar tudo! Vou mesmo! Estou a fim. Preciso quebrar coisas!

— Fique tranquilo, acalme-se.

— Não consigo! Não consigo!

— Pronto, tome seu remedinho. Tome um gole disto.

O bonitão entregou ao outro uma garrafa. Rowland Collis pegou-a rapidamente e tomou uma talagada. Senti o cheiro, era bastante familiar. Gim.

— Vovó disse que ele deve ser mantido assim — disse o rapaz com a medalha — até conseguirmos entender. Ele deve ficar aqui. Meu objeto. Ninguém sabe. Apenas Vovó e, agora, ao que parece, você. Afinal de contas, quem é você e o que está fazendo no meu quarto. E como conseguiu todas essas coisas?

— Eu caí.

— Isso dá para ver.

— Você pode me ajudar? — perguntei. — Por favor, me ajude a sair daqui. Acho que quebrei alguma coisa.

Ele ficou em pé na minha frente, pitando seu cachimbo, balançando a cabeça, então, parou, olhou para mim mais de perto, até esticou a mão e tocou uma mecha do meu cabelo.

— Ah... meu... Deus!

— O quê? — falei. — O quê? O quê?

— Acabei de descobrir quem você é.

— Não, eu não sou... seja lá quem você estiver achando que eu sou... Não sou quem você está pensando. Sou uma criada, verdade, e também sou uma ladra. Uma criada e uma ladra.

— Este não é o seu lugar, não é mesmo?

— Não, não é, e estou tentando sair daqui. Você pode me ajudar? Por favor.

— Não, de jeito nenhum. Toastrack, pegue meus sapatos!

— Será uma honra, senhor.

Rowland Collins, parecendo bastante tranquilizado pelo gim, saiu lentamente, voltando logo em seguida com um par de sapatos finos bem engraxados.

— Calce-os em mim.

Rowland Collis obedeceu.

— Aonde você vai? — perguntei.

— Vou sair, criatura estranha. Sair!

— Por favor, me ajude! Por favor!

— Ah, já vou trazer ajuda. Toastrack, fique de guarda. Quando eu voltar, vá para o seu lugar e nem um pio. Você será devidamente recompensado.

— Duas garrafas! — disse Rowland Collis.

— Sim, pelo menos.

O rapaz inteligente foi até a porta, pegou as chaves e destrancou tudo. Abriu a porta e, naquele momento, outro pé, do outro lado, a calçou, mantendo-a aberta.

— Quem está aí? — gritou o bonitão. — Quem está na minha porta? Afaste-se! Vou mandar que o chicoteiem!

Reconheci o sapato que estava travando a porta: eu já o tinha visto antes, na Sala dos Colóquios, arranhado. Também reconheci as calças compridas e, levantando o olhar, vi finalmente a pessoa que estava dentro delas.

Clod.

— Clod! — disse o bonitão.

— Clod! — gritei.

— Rowland Collis — gemeu Rowland Collis. — É quem eu sou, se isso interessa a alguém.

Em seguida, Clod golpeou com uma frigideira, a minha frigideira, a cabeça do rapaz com a medalha.

O Autoritário, Tio Timfy Iremonger

21
UM APITO "FOCINHO DE PORCO"

Continua a narrativa de Clod Iremonger

Faço uma Entrada Triunfal

Bati em Moorcus. Bati com ódio, com ódio e com a frigideira da prima Gustrid (sr. Gurney), e ele se machucou e caiu, segurando sua bela cabeça. Foi uma sensação boa. Admito sem pudor. E fiquei feliz. Com aquele golpe, um pouquinho do ódio saiu de mim.

— Isso — falei — é por Tummis e por Hilary Evelyn Ward-Jackson. E não é o suficiente; nunca haverá pancadas suficientes para você, Moorcus, nem todas as bordoadas do mundo. Nem toda a perseguição de todos os países do mundo seria suficiente.

— Por favor — choramingou Moorcus —, minha cabeça! Estou sangrando. Você vai me matar.

— Acho que vou mesmo se você não calar a boca agora mesmo.

— Clod! Clod! — gritou Lucy da lareira.

Soltei Lucy. O que eles tinham feito? Ela estava toda lanhada e ensanguentada e emporcalhada de fuligem, uma visão triste, mas era ela. Bem ali, na minha frente. De verdade. Lucy.

— Lucy Pennant, finalmente! Quantas voltas você me fez dar por aí!

— O que, Clod, fiz mesmo?

— Na Sala dos Colóquios, para cima e para baixo da casa, eu nunca a teria encontrado se você não tivesse topado com Vovó; ela fez tanto escândalo que até eu escutei. Todos aqueles criados correndo até o quarto dela... mas você já tinha dado um jeito de desaparecer, subiu pela lareira, então, calculei quais outras chaminés deviam estar interligadas e pensei em Crosspin e Filippah, mas os ouvi dormindo atrás da porta, então pensei em Moorcus, e que vozes escutei atrás desta porta? Ouvi Moorcus dizendo que ia sair, então, esperei do outro lado até a porta se abrir, enfiei o pé para pará-la e bati com a frigideira, sr. Gurney, que encontrei, por algum motivo, na Sala dos Colóquios. Mas aqui estou eu, ali está Moorcus e aí está você, e lá, de alguma maneira, está a Cecily Grant de Bornobby e a Henrietta Nysmith de Onjla, e o Little Lil da tia Loussa, todos reunidos, uma estranha coleção. Mas, então, quem é ele? Nunca o vi.

— Toastrack — fungou Moorcus —, mas, por favor, não conte a ninguém.

— Ele é Rowland Collis, Clod — disse Lucy.

— Sou Rowland Collis, Clod — reiterou o sujeito estranho.

— É o objeto de nascença de Moorcus — continuou Lucy —, sabe-se lá por que, de carne e osso.

— Rowland Collis! Mas como ele pode... como eles podem estar... juntos! Não faz sentido.

— Não sabemos — gemeu Moorcus —, e eu gostaria muito que não fosse assim. Ele era muito mais simpático quando era um porta-torradas. Como eu gostaria que ele voltasse à sua forma antiga! Era um ótimo porta-torradas, mas é uma pessoa intragável. Vovó disse, na época, que ele provavelmente voltaria a ser de prata, mas isso não aconteceu: ele continua aqui dia após dia, me atormentando. Médicos vieram de Filching, especialistas, mas de nada adiantou, não conseguiram transformá-lo de volta em porta-torradas. Logo vou receber minhas calças compridas, não vai demorar muito, e, depois, vou me casar com Horryit, mas o que ela vai dizer quando vir um porta-torradas como esse?

— Mas isso é maravilhoso! — exclamei. — A melhor das notícias!

— É terrível — disse Moorcus —, a pior das notícias.

— Isso significa — gritei — que eu e James Henry Hayward, meu caríssimo tampão, poderemos estar soltos pelo mundo simultaneamente em breve. Significa que existe alguma maneira de romper essa cadeia dos objetos de nascença. Como você fez isso, Moorcus? Como?

— Eu não fiz nada. — Fui me deitar, como sempre faço, mas, de manhã, meu porta-torradas não estava mais onde costumava ficar e *aquilo* ali estava no seu lugar. Foi um grande choque, posso garantir.

— Mas você deve ter feito algo diferente, pense, Moorcus, pense!

— Estou dizendo que não fiz nada diferente.

— Você deve ter feito algo.

— Absolutamente nada.

— Pense, Moorcus — gritei. — Ajudaria se eu usasse a frigideira?

— Sim, use a frigideira — disse Rowland. — Por favor, use a frigideira. Sem dúvida, vai ajudar.

— Por favor, por favor, Clod — implorou Moorcus.

— Rowland Collis, fez alguma coisa especial?

— Não me lembro, estou dizendo a verdade.

— Você se lembra de como era ser um porta-torradas?

— Não consigo me lembrar, juro.

— Você se lembra de quem você era antes de se tornar um porta-torradas?

Ele parou um instante e disse, com ar triste:

— Não consigo me lembrar. Não consigo. Juro.

— Talvez todas as lembranças voltem com o tempo, Rowland.

— Posso usar a frigideira uma vez? — perguntou Rowland.

— Não dê para ele, Clod, por favor — suplicou Moorcus. — Como você ficou bem de calças compridas! Que beleza!

— Nem tente isso comigo, Moorcus — retruquei.

— Clod — disse Lucy —, não devemos ficar aqui. De jeito nenhum. Vamos embora, Clod. Se me encontrarem, e estão atrás de mim, vão me matar, foi o que disseram.

— Matar você?

— Sim, ela tem razão — disse Moorcus. — Vão matá-la. Foi o que ouvi Sturridge dizer.

— Me ajude, Clod, me tire daqui.

— Não há como sair — disse Moorcus —, não daqui. A única saída é de trem, pelo túnel, mas o trem ainda não voltou, então o túnel deve ter desmoronado. Isso significa que este é o fim. Você está presa aqui. Todos estão. Até a tempestade passar e o túnel ser consertado.

— É verdade, Clod? Ele está dizendo a verdade?

— Deve existir alguma outra maneira — falei.

— Não existe — rebateu Moorcus —, e você sabe.

— Bata nele! Bata nele! — gritou Rowland. — Sei que você está pensando nisso.

— Rowland Collis — falei —, eu gostaria que você ficasse com isto. — E entreguei a frigideira para ele.

— Muito agradecido.

— Lucy, venha. Você consegue andar? Deixe-me ajudar.

— Eles vão encontrar vocês — disse Moorcus —, vão pegá-los e, quando isso acontecer, vão matá-la. E você, Clod, não sei o que vão fazer com você, mas eu não gostaria de estar no seu lugar, pode acreditar.

— Esta é a chave da sua corrente, Rowland? — perguntei, tirando a chave do bolso do colete de Moorcus.

— Acho que é a própria — respondeu Rowland. — Mas não a vejo muito.

— Não, Clod — gritou Moorcus. — Estou avisando, devolva isso para mim.

Dei a chave para Rowland.

— Muito agradecido.

— Não, Toastrack, não — disse Moorcus. — Eu fico com isso, por favor. Imediatamente. Você é meu porta-torradas!

— Rowland — falei —, é toda sua.

Moorcus soltou um gritinho.

— Obrigado — falei.

— Não há de quê — respondeu Rowland.

— Para onde vamos? — Lucy perguntou.

Subsolo, Submerso

Ela estava novamente ao meu lado! Eu podia senti-la, quente e se mexendo. Abatida, é verdade, ferida e esfarrapada, mancando e com alguns cortes, mas lá estava a pessoa que fazia meu coração disparar. Que sorte! Que vida a minha! Estou vivo, pensei; estou vivendo agora. Não vamos morrer, não é? Não agora, é claro, seria cruel demais, pensei de repente. Não agora que ela está ao meu lado novamente. Vamos sair e vamos gritar e dançar e ser nós mesmos. Eu tenho 15 anos e meio e, ainda por cima, estou de calças compridas.

Pensei que devíamos ir até o fundo de Heap House, devíamos nos aproximar da parte externa. Pensei que talvez houvesse algum caminho ao longo do túnel, alguma passagem que pudesse ser percorrida a pé ao lado daquela rota escura, assim, pelo menos, não estaríamos mais em Heap House; aquela era a primeira coisa, não estar mais naquele lugar que tremia e uivava e protestava contra o tempo. Vi finalmente que Heap House, nossa mansão, fora construída não com tijolos e argamassa, mas com frio e dor. Aquele palácio era feito de maldade, de pensamentos negros, de dores e gritos e suor e saliva. As lágrimas de outras pessoas estavam impressas no papel que recobria nossas paredes. Quando nossa casa chorava, era porque outra pessoa no mundo lembrava o que havíamos feito com ela. E como a casa estava chorando e gritando e uivando naquela noite terrível! Quantos gemidos e lamentos, quantos palavrões e acusações, quanta dor ela sentia naquela terrível tempestade enquanto era golpeada sem parar pelos cúmulos! Precisamos sair.

Lá para baixo, iríamos lá para baixo onde estava o objeto de nascença de Lucy Pennant. Era necessário. De alguma maneira, nós o faríamos reviver, e também faríamos reviver James Henry. Se Rowland Collins tinha conseguido, havia esperança.

— Vamos descer, Lucy. Vamos encontrar o túnel.

— Provavelmente está inundado, Clod. Da última vez que estive lá, estava tudo vindo abaixo.

— Mas a parte central do porão ainda estava em pé?

— Já faz bastante tempo.

— Então, vamos descer, Lucy. Vamos tentar. E, acima de tudo, lembre-se: seu objeto de nascença ainda está lá embaixo.

— Uma caixa de fósforos; não vou me afogar por causa de uma caixa de fósforos.

— Não é apenas uma caixa de fósforos, acredite em mim. Meu tampão aqui é uma pessoa, é verdade; uma pessoa aprisionada em um tampão. E não sei o que vai acontecer com você se não formos pegar sua caixa de fósforos. Acho que você vai ficar doente, não vai durar muito tempo.

— Prefiro correr esse risco, se você não se importa.

— Vi minha própria tia se transformar em um balde porque estava sem seu objeto de nascença.

— Mas os Groom estão lá, e Piggott também, todos eles! Eles me conhecem lá embaixo.

— Não, Lucy, não, eles não estarão mais lá. Devem ter subido; ninguém vai ficar lá embaixo, não é seguro.

— Então, também não pode ser seguro para nós. Não vou voltar lá para baixo.

— E, Lucy, tem mais uma coisa.

— Eu não vou, você não vai conseguir me convencer.

— Acho que Florence Balcombe está lá embaixo.

— Florence está?

— Só que ela não é o que costumava ser. Agora ela não passa de uma xícara, você precisa acreditar em mim. Uma xícara com para-bigode, foi o que ouvi eles dizer. E até ouvi o chamado dela. Sua voz, entre todas as outras, faz parte da Aglomeração.

— Mas, então, eu estive com ela! Muito perto! Eu a vi!

— E acho, Lucy, que ela está no porão.

— Muito bem então, Clod — disse ela, parando para respirar. — Se é assim, vamos lá.

Lucy estava muito maltratada, muito machucada e arranhada. Como se eles a tivessem derrotado, arrancado um pouco da Lucy que havia dentro dela.

— Vamos sair daqui — falei — e nunca mais vamos voltar.

— Você vai comigo?

— Não vou deixar você. Se necessário, abriremos caminho à força para sair daqui.

— O que deixou você tão destemido de repente?

— Você, Lucy. Você.

— Não sou uma Iremonger, Clod, nem um pouquinho.

— Eu sei, eu sei, e amo você por causa disso.

— Sou uma ladra. Acho que sempre fui; roubei aqueles objetos.

— Eu sei e amo você por causa disso.

— Estive lá fora no meio dos cúmulos, vi Tummis se afogando. Tentei segurá-lo, mas não consegui, não deu.

— Ah, Lucy, você tentou, não foi? Você fez tudo o que podia.

— Fiz, sim.

— E amo você por causa disso.

— É mesmo?

— É, amo você.

— Albert Powling.

— Essa não!

— O que é isso?

— O tiozinho.

No Nosso Caminho

O tiozinho Timfy estava na nossa frente, seu rosto iluminado por um lampião, brilhando como uma pequena lua, um pequeno planeta de pura maldade. Suas narinas se dilataram com o prazer de ter nos encontrado, tão ávido, tão sedento para causar estragos.

— Parem, parem aí mesmo! Peguei vocês. Fui eu, não Idwid. Eu. Eu é que mando aqui, não ele. Ele se feriu. Como está sangrando! Perdeu aquele sorrisinho. Muito bem, então. Estou no comando desta casa. Serei Governador um dia. Por que não? Levantem-se imediatamente! Clod Iremonger, você está traindo seu próprio sangue.

— Deixe-nos em paz, tio Timfy.

— Pouco provável, muito pouco provável, não é mesmo? Entregue-a para mim.

— Não, tio. Afaste-se.

— Vou tirá-la de você.

— Vou machucá-lo, tio, vou machucá-lo.

— Você, Clod, não passa de ar fétido. Como acha que pode machucar alguém?

— O senhor não vai tocar nela.

— Vou, sim, vou pegar isso aí. Espere para ver.

— Não me chute, tio, vou bater no senhor, eu juro.

— Então venha, seu zero à esquerda. Você não vale a minha saliva, Clod, você não serve de nada. Vou acabar logo com esta história.

Ele soprou Albert Powling com força e, ao mesmo tempo, ouvimos um estrondo no fundo do corredor.

— O que foi isso? — Lucy gritou. — Quem ele trouxe?

— Não sei — respondi —, alguma coisa grande ou um exército de criados. Que diabos foi isso, tio? Quem está a caminho?

Mas Timfy também parecia não saber. Havia terror no seu rosto, mas ele soprou Albert mais uma vez e um ruído alto respondeu imediatamente, um barulho que vinha crescendo, se aproximando.

— O que foi isso? Quem está vindo para cá, tio Timfy?

— Eu... eu... eu não sei. Não sei dizer.

Algo estava se aproximando, algo grande correndo na nossa direção. Não tínhamos onde nos esconder; todas as portas estavam trancadas, e aquele tropel desabalado estava ficando cada vez mais altos. Não conseguíamos ver quem era, se era apenas uma pessoa ou várias; o corredor estava muito escuro.

— Socorro! — gritou Timfy. — Socorro!

— O que é isso? Onde está? — berrou Lucy.

— Será que é uma Aglomeração? Quem está aí? — esbravejou Timfy.

— Para trás — gritei. — Afaste-se!

Empurrei Lucy contra a parede enquanto as batidas surdas se aproximavam cada vez mais. Tio Timfy ainda estava no meio do corredor, e seu rosto era uma máscara de terror iluminada pelo lampião.

— Socorro! Socorro! — gritava meu tio. — Que diabos é você?

Um grande estrondo, uma gritaria terrível, um lampejo de pele avermelhada e enrugada seguido por uma grande massa de grossas penas pretas e brancas, enormes garras arranhando o chão, freando com força; uma criatura, algum tipo de monstro. Chocou-se com o tio Timfy, atirando-o longe, espatifando seu lampião e ateando fogo em um pedaço de papel de parede rasgado, as chamas se alastrando para cima, o fogo lambendo o teto, de maneira que, naquele momento, com aquele novo clarão, pudemos ver tudo rapidamente. Timfy no chão, olhando aterrorizado para aquela criatura absurda curvada sobre ele, espetando-o com um bico enorme e furioso. Um avestruz! O avestruz de Tummis!

— Assassino! — berrou Timfy. — Assassino!

Ele se levantou tropeçando, esquivando-se das chamas e, em sua agonia, saiu correndo até sumir na escuridão profunda, o avestruz gritando atrás dele, ambos aterrorizados, ambos aterrorizantes. Tummis, depois de tanta crueldade, estava se vingando.

— Pensar que ele estava conosco o tempo todo! O avestruz de Tummis! Obrigado, Tummis, mil vezes obrigado!

— As chamas, Clod! Tudo vai pegar fogo em um instante.

— Então, vamos descer. Lá embaixo é mais úmido.

Seguimos ao longo do corredor. Lá fomos nós, Lucy mancando, mas aguentando firme. Encontramos uma escada de serviço. Uma escadaria fria, sem carpete nem quadros. Era a descida de serviço para o Salão dos Mármores.

— Vai ter gente lá embaixo — falei —, isso é quase certo. Devemos tentar mais à frente.

— Contanto que não sejam chaminés... Acho que eu não conseguiria repetir tudo o que já fiz.

— Vamos achar outro caminho.

— A sala de jantar fica aqui perto?

— A Grande Sala de Jantar fica. Por quê?

— Lá não tem um elevador de comida? Ouvi os Groom falando a respeito. Não podemos descer por ele?

— Sim, Lucy, muito bem. Podemos. Podemos.

Na Grande Sala de Jantar

A Grande Sala de Jantar: papel de parede adamascado e cristais, candelabros e luz cintilante, reflexos e brilhos, mas também escuridão e profundidade, como se, em vez de ser um grande cenário para refeições, você já estivesse na barriga de alguma espécie de leviatã. Foi lá que chegamos aos trambolhões e, de repente, vimos que não estávamos sozinhos.

Objetos de nascença por toda parte, objetos de nascença murmurando, baixinho, sussurrando aterrorizados. Todos os nomes eram perguntas, todos os objetos falantes estavam falando com pontos de interrogação. Meu próprio tampão também estava perguntando, bem baixinho, timidamente: "James Henry Hayward?" Muitos Iremonger se reuniram ali na Grande Sala de Jantar. Tínhamos corrido direto para o meio deles. Meus parentes, o local estava repleto deles. Por todos os lados.

— Ah, Clod — sussurrou Lucy. — Me ajude! O que vamos fazer agora?

E tudo o que consegui dizer foi:

— Ah!

— Por favor, Clod, você precisa fazer alguma coisa.

À nossa volta, os olhos dos Iremonger, virados para cima, fixos sobre nós. Como explicar? Como consertar tudo novamente?

— Noite terrível — falei. — Como estão todos?

Todos os olhos continuaram a nos fixar; não queriam desviar.

— Acabei de ver um avestruz. Em carne e osso, correndo por um corredor. O avestruz de Tummis, juro pela minha vida. Há um incêndio, chamas no corredor central. Vocês não param de olhar.

Continuaram a me fitar.

— Como estão todos vocês? Quais as novidades?

Continuaram a olhar.

— Que noite! — falei, incapaz de parar de falar porque, quando eu parasse, tinha certeza de que eles a atacariam. — Que noite, quando até os Iremonger se calam! Andei circulando por aí, vi esse tempo horrível. Tenho certeza de que vocês também. Um terror, sem dúvida. Pareço agitado? Bem, estou agitado. Deparei-me com essa criatura aqui ao meu lado, essa maltrapilha. Pode parecer estranho, mas é um ser humano. Olhe, pessoal, é uma criada Iremonger. Eu a encontrei encolhida em um corredor, muitas coisas empilhadas em cima dela. Demorei um tempo até tirá-la de lá. No início, eu não conseguia distinguir o que era, não me arriscaria a dar um palpite. Mas, depois, encontrei esse farrapo humano e pensei, pensei...

— Cale a boca, Clod! — disse meu tio Aliver em um canto. — Que confusão você faz! Esta sala foi transformada em um hospital de campanha; a Enfermaria está isolada por causa da tempestade. Olhe à sua volta, todos estão feridos. Seja útil. Faça alguma coisa.

Então, com o pânico diminuindo um pouquinho, consegui entender que os Iremonger que estavam na minha frente não estavam jantando, embora o tio Aliver estivesse com uma faca na mão e atrás da mesa, mas, olhando bem, ele estava em pé, e não sentado, e a faca era um bisturi. Os outros parentes estavam usando as roupas de Aliver, estavam enrolados em ataduras e toalhas de mesa de finíssimo linho, e aqueles panos esfarrapados estavam salpicados de manchas vermelhas que se alastravam pelas bandagens. Muitos cortes, muitos hematomas, muitas lágrimas e gemidos. Muitos rostos tristes e pálidos observavam o lustre da Grande Sala de Jantar balançar, com medo que o lampadário caísse sobre eles. A casa, pensei, vai desabar esta noite. Mas ninguém, nenhum deles, se deu conta de que Lucy era a procurada, o alvo da caçada humana dos Iremonger; Ninguém a agarrou, ninguém clamou pela sua morte. Então, com um pouco mais de coragem (tenho quinze anos e meio, estou vestindo calças compridas), dei uns passos à frente, olhando à minha volta e, lá do outro lado, em um canto distante, estava a porta do elevador de comida, mas, entre aquela porta e nós havia muitos Iremonger, todos de prontidão. Se eles descobrissem quem Lucy realmente era, seriam capazes de começar a gritar com toda força "É ela!" e acabar conosco e com a nossa esperança.

Ande. Ande com cuidado.

— Por aqui, Iremonger — sussurrei para Lucy. — Você pode descansar perto daquela parede ali. Siga em frente.

Os lustres tilintavam tanto, as ameaças externas causavam tantos estrondos, as traves de madeira à nossa volta gemiam tanto suplicando clemência e, sobretudo, os Iremonger à nossa volta murmuravam tantos pedidos de ajuda e piedade (além das perguntas sussurradas pelos objetos de nascença), que atravessamos metade do caminho até a porta do elevador de comida antes que alguém dissesse:

— Parem! Parem onde estão!

Paramos.

Era a chefe da Enfermaria, imperiosa e agitada. Uma mulher grande, com uma boca grande e, sem dúvida, pulmões grandes também.

— Você aí! — chamou ela. — Você aí, me responda!

— Eu? — perguntei.

— O senhor, não, sr. Clodius, me desculpe. Essa outra aí atrás do senhor. Qual é a sua função?

— Trabalho com estopa, senhorita, lá embaixo — disse Lucy, pensando rápido. — Fui cardadora de lã. Subi por causa da enchente.

— Esta sala é para os puro-sangue, garota, não para os criados. Você não pode entrar aqui. Não deveria estar aqui, com ou sem tempestade.

— Sinto muito, senhorita, vou sair imediatamente. Eu não sabia.

— Espere um instante! — disse a enfermeira-chefe novamente. — Estopa, você disse, cardação de lã, bem, então você tem dedos, não é? Pode fazer curativos, não é mesmo? Venha cá e faça algo de útil. Aqui. Comigo.

Lucy seguiu a enfermeira-chefe de cabeça abaixada, tentando não ser notada. Espere um pouco, Lucy, pensei; vou arrastar você de volta, vou arrastar você de volta e desceremos pelo elevador de comida. Dê-me um minuto. Então, entre os gemidos da família e todo o questionamento dos objetos de nascença, ouvi algo que perguntava com um tom familiar:

— Gloria Emma Utting?

Ignore, siga em frente.

— Clod, Clod, o que está acontecendo?

Pinalippy estava chamando. Estava encolhida entre outras primas que eram suas colegas de escola, segurando um guardanapo sobre a cabeça ferida.

— Clod, nunca vi nada assim. Muitas baixas! Vi a prima Horryit sendo levada pela tempestade, gritando. Clod, o que vai ser de nós?

— Olá, Pinalippy. Pobre Horryit, mal posso acreditar, ela nunca foi gentil comigo, mas eu não desejava a sua morte. E Tummis, Pinalippy; Tummis se afogou.

— Vovô não voltou, não é mesmo? Você o viu?

— Não, Pinalippy, não vi.

— Vovô deve saber o que fazer.

— Deve mesmo.

— Quem estava com você, Clod? Com quem você chegou?

— Apenas uma criada Iremonger — respondi —; uma ninguém lá de baixo. Eu a encontrei presa embaixo de um monte de coisas e a libertei.

— É muita bondade sua, Clod, se preocupar tanto com uma criada. Não sei se eu teria feito o mesmo. Isso é bem do seu feitio.

— Estou pensando se eu não deveria ir ajudar o tio Aliver.

— Fique aqui me fazendo um pouco de companhia, Clod. Vou me sentir melhor.

— Bem... sim, Pinalippy, claro que fico, mas, antes, devo provavelmente ver se...

— Deixe que outra pessoa ajude. Preciso de você.

— Precisa, Pinalippy?

— Clod! Clod Iremonger!

— Sim, Pinalippy.

— Você está usando calças compridas!

— Sim, de fato, Pinalippy... Recebi minhas calças compridas.

Essa descoberta, infelizmente, foi suficiente para pôr Pinalippy imediatamente na vertical. Ela se aproximou de mim mancando, me examinou dos pés à cabeça, balançou a cabeça incrédula e, em seguida — ah, céus —, me agarrou e fui meio que esmagado pelo seu afeto. Lucy estava mais longe, e eu não conseguia vê-la no meio de todos aqueles Iremonger.

— Estou orgulhosa — disse Pinalippy —, muito orgulhosa.

— Obrigado, Pinalippy, muito obrigado. Já volto.

— Vou pensar em você de outra maneira agora, com a devida consideração.

— Pinalippy, eu...

— Foy! Theeby! Venham ver, Clod recebeu suas calças compridas!

— Por favor, por favor, Pinalippy!

Mas era tarde demais; logo outras primas estavam à nossa volta e, embora algumas estivessem arranhadas e com ataduras, todas ficaram olhando para mim e para as minhas roupas novas, sorrindo e me encorajando muito. Eu não conseguia ver Lucy, não conseguia vê-la em lugar algum.

— Está muito bem, não está? — observou Pinalippy.

— Está, Pin, que homem bem-apessoado!

— Então, vocês logo vão se casar, qualquer dia desses.

— Se houver mais um dia.

— Ah, Pinny, não fique assim. Você tem seu homem, e ele está de calças compridas!

— Esse é um belo consolo, não é, Pin?

— Eu não o largaria por nada.

— Sim — disse ela —, vocês têm razão, não vou largá-lo por nada. — E apertou minha mão até eu achar que fosse virar polpa. — Ele é meu!

Eu não conseguia ver Lucy.

— Como isso aconteceu tão rápido, Clod? Foi uma surpresa ou você sempre soube?

— Vovô... — balbuciei. — Vovô me deu as calças.

— O Vovô! — cacarejaram elas. — O Vovô em pessoa!

— Sim — disse Pinalippy —, estou muito orgulhosa.

Como, pensei, como posso me livrar disto aqui e para onde foi Lucy?

— Você é uma caixinha de surpresas, meu Clod Iremonger — declarou Pinalippy, acariciando uma das pernas das minhas calças.

Lá estava Lucy! E nem muito longe. Enfaixando.

— Tio Aliver — falei —, acho que o tio Aliver precisa da minha ajuda. Ele estava acenando para mim agorinha mesmo. Depois volto para conversarmos, senhoritas. Até logo.

— Senhoritas — disse Theeby —, ele nos chama de senhoritas.

— Clod — disse Pinalippy —, volte para cá assim que tiver terminado, está entendendo?

— Sim, Pinalippy, perfeitamente.

— Apresse-se, então. Vou sentir sua falta.

Saí na direção do tio Aliver, cujas mãos estavam muito vermelhas. Ele acabara de retirar estilhaços de porcelana de algum parente. Esperava ardentemente me desviar dele antes de me aproximar demais e, assim, dar a volta no salão e ir até Lucy para libertá-la graças à autoridade emanada pelas minhas calças compridas, mas Aliver me viu e acenou para que eu fosse até lá.

— Clod, Clod, você tem mão firme?

— Na verdade, é um pouco trêmula, tio, sou bastante nervoso. Sabe, minha cabeça dói o tempo todo. Há muitos ruídos dentro dela, cada um tentando expulsar o outro aos berros. Mal consigo ouvir o senhor.

— Este aqui na minha frente — disse Aliver — é seu tio Idwid, ele está muito ferido. Muitas coisas o perfuraram, como se ele fosse um alvo especial. Tirei uma boa quantidade de porcelana do seu peito. Pelos meus cálculos, devia haver um jogo de chá inteiro cravado no seu corpo. E, ainda por cima, um coador de chá penetrou em seu ouvido esquerdo, como se quisesse se entocar lá dentro.

— Coitado do tio Idwid. De fato, parece estar muito perfurado. Ele está acordado, tio? Está lúcido?

— O Governador estava em tal agonia e gemendo tanto que achei sensato pôr um pouco de clorofórmio em um chumaço de algodão para que ele ficasse quieto enquanto eu removia a porcelana e o suturava. Mas ele logo voltará a si novamente, tenho certeza. De fato, Clod, ele está começando a se mexer agora.

O tio Idwid estremeceu um pouco sobre a mesa da sala de jantar, e sua mão lanhada se estendeu até as pinças de nariz que estavam ao seu lado. Seus olhos machucados continuaram fechados, mas a boca se abriu um pouquinho para sussurrar com dificuldade.

— Hayward... é Hayward... que está aí?

— Olá, tio, como o senhor está?

— Pareço uma peneira, caro Clod — sussurrou ele.

— Não está tão mal assim, senhor, parece mais um pimenteiro: alguns furos, poucos, que já estão se fechando.

Ele voltou a sorrir.

— Você é um bom garoto, Clod. Amo você.

— Obrigado, senhor.

— A Aglomeração, Clod, a Aglomeração voltou a crescer lá embaixo e ficou enorme, está tentando sair de todas as maneiras. Mas você não deve deixar! Se ela sair, se voltar a se reunir com todo o lixo lá de fora, vai se tornar um monstro tão enorme que poderá acabar com todos nós.

— A Aglomeração será mantida aqui dentro. Tenho certeza, talvez até já tenha sido desmantelada.

— Umbitt já voltou?

— Não, senhor, receio que não.

— Umbitt, Umbitt saberia o que fazer.

— Tem um pedaço de um pires, primo Governador — disse o tio Aliver — que ainda está alojado no seu joelho. Vou tirá-lo agora. Clod, pode manter seu tio imóvel?

— Clod, meu caro — disse Idwid. — Clod, meu ouvido, chegue mais perto, mais perto.

De repente, eu estava bem próximo do tio Idwid, sua boca e seus dentes bem ao lado da minha orelha. Eu o vi pegar Geraldine Whitehead e aproximá-la do rosto, mas achei que era apenas por mero consolo.

— Isto vai doer um pouquinho — avisou Aliver mais para baixo.

— Não hesite! — gritou Idwid.

Aliver enfiou a faca.

Idwid soltou um berro e, ao mesmo tempo, Geraldine Whitehead fechou suas longas mandíbulas com força na minha orelha.

— Ai! — gritei.

— Já está quase terminado — informou Aliver —, só mais um pouquinho.

— Ai! — berrou Idwid apertando ainda mais sua Geraldine, de maneira que ela começou a me cortar.

— Tio, por favor! — gritei.

— Onde ela está? — sussurrou Idwid na minha orelha grampeada. — Onde ela está? Acho que está com você. É sabido que você tinha uma quedinha por ela. O que você fez com ela? Diga-me, meu caro. Diga-me agora, Clod!

— Aguente firme! — gritou Idwid.

— Ai! Ai! — berrou Idwid e, para compensar a dor, apertou mais Geraldine. — Onde você a escondeu? Está aqui? Está nesta sala agora? Está! Está, tenho certeza! Embaixo dos nossos narizes! Mostre-a!

— O último pedacinho agora e, depois, tudo acabado. Mais uma vez! — exclamou Aliver.

— Ela! Ela! — gritou Idwid, cortando minha orelha. Mas o corte havia sido profundo demais: Geraldine escorregou, arrancou um pedacinho da minha orelha e, assim, perdeu a pega. Peguei rapidamente o chumaço de algodão e o enfiei na cara de lua de Idwid. A mão que estava levantando Geraldine Whitehead foi amolecendo devagar, caindo ensanguentada sobre a mesa, e o tio Idwid adormeceu com o clorofórmio.

— Prontinho — disse Aliver. — Bem, não foi tão ruim assim no final das contas, não é?

— Temo que o pobre tio Idwid tenha desmaiado de dor.

— Achei que ele fosse mais resistente.

— Aparentemente, não, tio.

— O que aconteceu com a sua orelha?

— Um arranhãozinho, tio, nada de mais. Bem, preciso ir, fico feliz por ter podido ajudar.

— Sim, obrigado, Clod. Tem certeza de que não posso fazer nada por essa orelha?

— Não, obrigado, tio. Não é necessário.

Eu dei uma volta no salão, passando por cima de vários Iremonger, acenando com a cabeça para parentes; lá estava ela em seu uniforme manchado, as mãos trêmulas, acabando de enfaixar uma perna quebrada. Eu a puxei.

— Iremonger — falei —, preciso de você. Venha comigo.

— Ela está trabalhando aqui — disse a enfermeira-chefe de longe —, cuidando dos doentes.

— Não discuta comigo, enfermeira, estou usando calças compridas agora e você não deve me contradizer.

— Para mim, o senhor poderia estar de fraque e cartola, sr. Clodius, mas preciso da ajuda dela.

— Você não tem autoridade alguma sobre mim.

— Sobre o senhor, não, mas, sobre ela, sim.

— Ela vem comigo.

— Ela fica aqui.

— Está discutindo com um puro-sangue?

— Estou discutindo com as circunstâncias, com uma emergência médica. Esse é o meu argumento.

Segurei Lucy pela mão direita. A enfermeira-chefe, de pé e ao nosso lado àquela altura, a segurou pela mão esquerda. Lucy, aterrorizada, estava de pé entre nós.

— Solte-a! — ordenei.

— Não vou soltar — gritou a enfermeira-chefe.

— Ela vem comigo.

— Ela vai ficar aqui até eu não precisar mais dela.

— Ouça, enfermeira, seja sensata, preciso dar uma palavrinha com você.

— Achei que já estivéssemos fazendo isso. Todos estão olhando para você.

De fato, naquele momento, muitas pessoas estavam olhando para nós, estranhando a nossa discussão, sem dúvida se perguntando por que um verdadeiro Iremonger estava armando tanta confusão por causa de uma criada. Lá longe, Idwid estava começando a se remexer sobre a mesa da sala de jantar.

— Ouça, enfermeira — falei baixinho, de maneira que só ela, eu e Lucy pudéssemos ouvir, os Iremonger à nossa volta olhando novamente para o lustre que balançava —, por favor, ouça. Você sabe quem é essa criatura imunda?

— Uma camareira qualquer: que importância tem isso?

— Por favor, enfermeira, quero que você fique calma. Respire fundo. Agora, ouça com atenção. Essa criatura medonha é pior do que parece. Pense em quem ela poderia ser. Seus cabelos, embaixo dessa toca imunda, são ruivos. Isso é uma pista. Olhe para ela, observe bem seu focinho enlameado e você logo entenderá do que estou falando.

A enfermeira olhou em silêncio, mas não percebeu — seu rosto era um espelho fiel dos seus pensamentos — nada de especial.

— Eu não queria fazer esta revelação — continuei —, pois temia causar uma grande confusão. Não queria falar com medo de aborrecê-la, mas estou vendo que vai ser necessário.

— Então, fale logo.

Lucy, pálida, olhava para mim totalmente perplexa.

— Muito bem, então. Essa pessoa cujo pulso você está segurando é ninguém menos que a garota que todos estão procurando. Eu não quis soar o alarme. As pessoas aqui já sofreram demais. Quero apenas levá-la, sob minha custódia, até a porta do elevador de comida e, de lá, prosseguir até a parte inferior da casa, onde ela está sendo esperada por meu tio Timfy em pessoa, além de Sturridge e Piggott. É para lá que eu, a pessoa que capturou esse verme, devo levá-la, e depressa, antes que mais danos sejam causados. Entendeu agora? Preciso ser mais claro? Isso que você está segurando é a nulo-sangue. Em pessoa.

A enfermeira ficou imóvel, sua mão ainda segurando Lucy, nenhuma palavra sendo pronunciada, apenas olhando, parada, até que, no mesmo momento em que o lustre tilintou, ela começou a tremer um pouco, seus olhos ficaram marejados, e, em seguida, lágrimas começaram a escorrer por seu rosto e soluços saíram da sua boca.

— Eu... eu não sabia — disse ela, chorando.

— Pare com isso, enfermeira, ninguém está pondo a culpa em você.

— Eu a toquei... eu a estou tocando — disse ela, soltando Lucy apressadamente.

— E tudo vai ficar bem depois de uma boa esfregada.

— Sinto muito, muitíssimo.

— Você está em choque, enfermeira, é compreensível. É perfeitamente normal. Quem não ficaria? Aqui está uma cadeira, sente-se.

— Abençoado seja, sr. Clodius. Meu Deus, não estou me sentindo bem.

— Então, posso levá-la embora?

— É o que mais quero.

— Você está bem?

— Não se preocupe comigo, senhor. Por favor, tire isso daqui. Por favor. É horrível demais estar perto disso. Ai, meu coração!

— Então, já vamos, e em silêncio para não causar alarme.

— Sim... sim — choramingou ela. — Agora entendo tudo.

Então, afastei Lucy da infeliz enfermeira e segui com ela, o mais silenciosamente possível, em direção à porta do elevador de comida. Sobre a mesa da sala de jantar, o tio Idwid estava tentando se sentar.

— Ah, Clod — disse Lucy —, já terminou?

— Ainda não, Lucy. Ainda não.

— Acho que vou gritar de medo a qualquer momento.

— Acho melhor não.

Chegamos até a porta e, disfarçados pelo barulho do lustre que balançava, a abrimos. O elevador de comida estava lá. Não tínhamos que puxá-lo para cima, então, subimos nele sorrateiramente. Estávamos muito próximos, muito apertados lá dentro. Baixei um pouco o elevador e, assim, não conseguíamos mais ver a Grande Sala de Jantar. As cordas ficavam de ambos os lados daquele ínfimo cômodo-prateleira, tínhamos de puxá-las para cima aos pouquinhos para descermos gradativamente. Então, fomos puxando e começamos a nossa descida. Íamos nos deslocando aos solavancos. Os ruídos da sala de jantar foram sumindo. Mal conseguíamos discernir os gritos de "Clod! Clod Iremonger, onde você está? Quero você!"

A voz de Pinalippy, atenuando-se.

Pequeno Cômodo em Descida

— Clod, achei que estivesse morta.

— Veja, não está morta coisa nenhuma. Estamos indo lá para baixo.

Quanto mais nos afastávamos da balbúrdia da Grande Sala de Jantar, mais nos aproximávamos do abominável barulho dos aposentos no subsolo da casa. Já nos dias mais tranquilos, os ruídos ecoavam nos tetos abobadados, portanto, em uma noite como aquela, soavam como trovões. E, se lá embaixo estivessem se agitando todas aquelas coisas aglomeradas em torno do nome do inchado e portentoso Robert Burlington, todas elas com nomes que soavam como a chamada dos fuzileiros, eu não seria capaz de ouvir nada, ficaria totalmente surdo e só teria a visão para me ajudar. E, obviamente, além disso, havia a inundação.

— Ela parecia gostar de você, a sua Pinalippy — disse Lucy.

— São apenas as calças compridas. Ela nunca gostou muito de mim quando eu usava calções.

— James Henry Hayward — gritava meu tampão.

— Estava toda derretida para o seu lado, não estava?

— Bem, um pouco talvez, Lucy.

— Você gostou?

— Está com ciúme?

— James Henry Hayward — disse ele mais alto.

— Claro que não.

— Tem uma coisa que preciso dizer a você, Lucy, antes de seguirmos em frente.

— James Henry Hayward. — Mais alto ainda. Meu tampão estava gritando lá para baixo. Estava respondendo, aos berros.

— Se os cúmulos invadiram o centro dos porões — prossegui —, então, talvez lá embaixo haja barulho demais para mim: os ruídos de todas aquelas coisas, todos aqueles nomes sendo berrados. Eu talvez não consiga ouvir nada. Só um grande rugido. Não vou conseguir ouvir você.

— Vamos dar um jeito.

— James Henry Hayward!

— Quer dizer, Lucy, vou depender muito de você. Não vou conseguir ouvir ninguém chegando, não vou ser capaz de ouvir absolutamente nada.

— James Henry Hayward!

— Vou tomar conta de você, Clod, vou ficar de olho.

— Nem mesmo se você gritar comigo — falei.

— James Henry Hayward!

— O barulho está se aproximando agora, Lucy, está aumentando, e meu tampão está respondendo!

— James Henry Hayward!

— Todos aqueles nomes sendo gritados aqui para cima — berrei. — Está chegando! Está chegando, Lucy!

— JAMES HENRY HAYWARD!

— Lucy! Lucy, chegou!

Eu não conseguia mais ouvir coisa alguma, absolutamente nada. Como se nós dois tivéssemos nos afogado. Ela estava falando comigo, dizendo algo, mas eu não conseguia dizer o que era. Minha cabeça, ah, minha cabeça! Cheia, se afogando. Sequer um cantinho de paz. Tudo cheio, se afogando, se afogando.

A Jovem Copeira de Heap House, Mary Staggs

22
UM PALITO DE DENTES DE MADEIRA

Termina a narrativa de Lucy Pennant

Tenho cabelos ruivos e grossos e um rosto redondo e um nariz arrebitado. Meus olhos são verdes e mosqueados, mas esse não é o único lugar em que tenho pintas. Tenho pontuação por todo o meu corpo. Tenho sardas, sinais, manchas e um ou dois calos nos pés. Meus dentes não são muito brancos. Um é torto. Estou sendo sincera. Vou contar tudo como aconteceu e não vou dizer mentiras, atendo-me sempre à realidade. Vou me esforçar ao máximo. Uma das minhas narinas é ligeiramente maior do que a outra. Roo as unhas. Às vezes, os insetos me picam e eu coço. Meu nome é Lucy Pennant e eu nunca o esquecerei.

— Acho que amo mesmo você, Clod Iremonger, seu idiota.

— Lucy! Lucy, chegou!

— Amo você — falei.

Ele não conseguia ouvir. Tinha ficado todo esquisito. Todos os seus cabelos estavam em pé e ele estava suando, os dentes cerrados. Todos aqueles ruídos estavam dentro da sua cabeça, corroendo-o. Apenas uma parte de Clod; o resto não estava disponível, não naquele momento. Peguei seu queixo e obriguei-o a me olhar.

— Vai ficar tudo bem — falei. — Vai, sim. Se nos perder-mos, encontro você. Aconteça o que acontecer. Eu encontro você. Está ouvindo?

Ele acenou com a cabeça, mas eu não podia ter certeza. Tudo bem, então. Fui puxando as cordas, e ele fazia o mesmo do seu lado. De repente, com um grande tranco que tirou nosso fôlego, chegamos ao fim da linha: estávamos lá embaixo. To-camos o fundo. Estávamos nos porões novamente. Do outro lado da porta do elevador, ficava a cozinha de Heap House. Olhei para ele, só mais uma vez. Lá vamos nós, então. Sem titubear. Puxei a porta para cima. Saímos desajeitadamente lá de dentro.

Não havia ninguém lá, e tudo estava espatifado. Muitas coisas quebradas. A cozinha, o lugar onde a comida era preparada, parecia um campo de guerra. Clod atrás de mim? Clod atrás de mim.

— Tudo bem, Clod? Tudo bem?

Ele acenou ligeiramente com a cabeça.

Muito bem. O quarto de Piggott, a primeira coisa. Eu co-nhecia o caminho. Clod se mantinha atrás de mim, mas seu andar estava errado, cambaleante como se ele estivesse bêbado ou algo parecido, sangue seco em volta da orelha. Pensei: será que ele está perdendo a consciência enquanto estou falando? Não, não posso pensar assim. O mais depressa possível. Pegue tudo, pegue tudo e, depois, siga em frente e vai ficar tudo bem, porque, se você diz que vai ficar tudo bem e ele diz a mesma coisa, então é porque vai ficar tudo bem.

— Vamos, Clod, força.

O chão estava coberto de coisas; Clod pisava e escorre-gava. Arranhões, grandes lanhos ao longo da parede. Todos os barulhos eram da tempestade lá fora, eu não conseguia ouvir nenhum som humano. Vamos, Clod. Lá vamos nós.

Pelo corredor, escorregando, mas de pé novamente. O ouvido dele. Levante-se.

— Tudo bem? — gritei.

Ele pôs as mãos sobre os ouvidos.

— Tudo bem — falei.

Vamos em frente. Fazendo uma curva, subindo as escadas. Então, eu ouvi. O quarto de Piggott, sons que davam medo, vontade de sair correndo desembestada. Sinos. Eram sinos. Sinos repicando, todos os sinos dos objetos de nascença dos criados Iremonger estavam soando. Ficando mais altos.

Lá.

A porta de Piggott. Aberta. Muito bem.

Não pense, simplesmente faça. Aqui estamos, Clod, lá vamos nós.

— Lucy! — chamou ele.

Ela estava lá, Piggott. Era de se esperar, não? Estava nos fundos do quarto. Estava jogando o próprio corpo contra todos aqueles sinos e gavetas, fazendo força. Algumas das gavetas estavam se abrindo, e, quando isso acontecia, Piggott, em sua fúria, fechava-as com ímpeto novamente. Ela estava toda desgrenhada, seu coque desfeito, suas roupas bem rasgadas. Eu conseguia ver sua anágua, sua pele branca por baixo. A pele de Piggott; não vale a pena falar muito disso.

Ela não nos ouviu, não com todo aquele barulho. Piggott fechava as gavetas com força, gemia, chorava para manter todas aquelas coisas lá dentro. Olhe só, pensei; a autoridade dela se derramando por toda parte. Ela uivava, gemia, terríveis e profundos gemidos como o de uma vaca em agonia, tentando manter aquelas gavetas fechadas. Ela não conseguia fechar todas, não conseguia cobrir toda a extensão da parede; algumas coisas escapavam. De repente, uma bota fugiu do alcance de Piggott e se libertou, assim como um travesseiro, um pente para piolhos, uma roda de bicicleta. Aquelas coisas soltas caíam no chão e corriam, seguiam para a porta e saíam rumo à liberdade. Coisas se mexendo sozinhas! Uma visão e tanto! Era lindo, isso sim, muito, muito lindo!

— Vamos — gritei —, vamos, coisas! Coisas lindas, vamos! Saiam! Voem livres! Corram! Vão embora! Sejam livres!

— Olhe! — gritou Clod. — Elas estão indo embora!

Piggott se virou, toda insultos e desgosto, e, quando se virou para mim, muitas gavetas aproveitaram a oportunidade e pularam da parede, muitas coisas caindo para fora.

— Você! Você novamente! — gritou Piggott. — Você arruinou tudo! Tudo o que eu jamais tive!

As gavetas aproveitaram: muitas quebraram as próprias trancas e muitas pularam para longe, todas aquelas coisas passando por Piggott em uma correria.

— Voltem, voltem! Voltem todos para mim!

Mas os objetos não voltaram. Continuaram a cair e rolar por toda parte. Clod, os olhos arregalados, observava tudo e sorria para aquela bela tempestade. Ver todas aquelas coisas correndo soltas, que lindo, que lindo! Uma fita métrica flutuando, voando pelo ar! Uma cadeira, suas pernas levantando poeira enquanto corriam! Um raspador de sapatos, de cabeça para baixo, tiquetaqueando pelo caminho até a saída.

— A caixa de fósforos, Lucy! — gritou Clod. — Encontre a caixa de fósforos!

Eu não conseguia vê-la. Não estava lá.

Um estrondo atrás de mim e fui atirada ao chão: alguém passou correndo por mim. Era a grande claviculária, a sra. Smith, agonia em seu focinho achatado, quebrando todas aquelas coisas enquanto passava, esmagando o que estivesse embaixo dos seus pés, remexendo em todas as chaves. Mas quais chaves agora? Quais chaves usar? Como manter todas aquelas fechaduras trancadas, fechaduras que estavam se dobrando, se partindo, se rompendo? O mundo dela, assim como o de Piggott, estava se soltando, indo embora.

Smith logo desistiu das chaves e, dando uma pirueta, jogou suas grandes costas contra as gavetas, cobrindo uma boa parte da parede dos fundos. Ela mesma era uma fechadura. Então, ela sorriu, um sorriso grande, feliz e simples, triunfante. Mas não durou muito. Smith olhou para cima e percebeu antes de mim. O grande e comprido cofre da sala de estar de Piggott estava tremendo, tremendo e também se inclinando para a frente. Então, Smith, sem sorrir, olhou para o alto e aquele enorme objeto de chumbo, por sua vez, olhou lá de cima para ela como se a própria Smith fosse sua filha de metal. O cofre lançou um grito estridente, o rosto de Smith ficou pálido e, em seguida, nem o rosto nem o resto dela estavam mais lá: o grande cofre havia caído sobre a guardiã das chaves, matando- -a. A claviculária de Heap House não existia mais, e, como resposta, como uma gloriosa saudação, as gavetas restantes se abriram com violência e todos os objetos desobedientes saíram correndo. Piggott, em sua escandalosa infelicidade, agitava as mãos no ar, tentando agarrá-los de volta. Por um breve instante, ela pegou um lápis de cera, que logo escapuliu. Então, senti algo me puxando. Era Clod, sorrindo e segurando algo: uma caixa de fósforos.

— Eu peguei! Eu peguei! — gritou ele.

— Minha caixa de fósforos!

Com o ouvido colado à caixa de fósforos, ele gritou:

— Ela tem um nome, consigo ouvir ficando bem perto. Acho que ela diz Ada Cruickshanks. Sim! Ela disse Ada Cruickshanks, Lucy! A sua Ada Cruickshanks!

Mas, quando ele esticou a mão para mostrá-la para mim, a caixa de fósforos pulou e, rolando em alta velocidade, saiu correndo do quarto. Clod e eu nos entreolhamos durante uma fração de segundo e saímos atrás dela.

Todos aqueles objetos foragidos estavam correndo desordenadamente na mesma direção. Estavam quicando, pulando, batendo nas paredes do porão, todos seguindo desenfreados o mesmo caminho. Todos correndo para a mesma reunião. Para a Aglomeração. Mas alguns deles não conseguiam chegar até lá: alguns, tombando para a frente, cresciam e mudavam de forma de repente. Uma chaleira, quicando e rolando, foi deixando de ser uma chaleira a cada rodopio e começou a crescer e a ficar mais acinzentada até se transformar de repente em uma velha de pernas grossas em um vestido floral imundo que se sentou no chão e começou a gritar sem parar:

— Mary Staggs! Mary Staggs!

O sr. Briggs foi até ela rapidamente, carregando consigo um balde e uma colher. Correu e enfiou a colher na boca da pobre velha, que parou de gritar. Mais à frente, uma roda de bicicleta foi girando até se transformar em um garoto desdentado, olhando à sua volta de uma maneira muito peculiar e cambaleando sobre as pernas, muito instável, como se tivesse desaprendido a andar. Voltando a si, ele berrou:

— Willy Willis! Sou Willy Willis! Mamãe, mamãe! Minha mãe!

O raspador de sapatos não seguiu em frente, mas parou em um monte de lixo e se transformou em um homem gordo com um chapéu de palha amassado e suíças no rosto, parecendo muito confuso e choramingando:

— Brian Pettifer, capitão de navio. Báltico. Kattegat. Golfo de Riga.

O sr. Groom foi até ele e deu-lhe aquele purgante horrível o mais depressa possível.

Tudo era confusão lá embaixo, uma cena de batalha, objetos transformando-se em pessoas e também criados Iremonger, empinados e aos gritos, transformando-se em objetos. Vi uma copeira cair no chão e, em um instante, transformar-se em uma leiteira. Um Iremonger com macacão de couro, um trabalhador dos cúmulos, encostou-se em uma parede e, em um piscar de olhos, tornou-se uma escada. Uma camareira Iremonger alta e de cabelos brilhantes repartidos bem no meio rapidamente se reduziu a uma pasta de couro.

Pessoas caindo à nossa volta, pessoas se levantando.

E, passando às pressas ao lado de todas aquelas pessoas que se transformavam em objetos e de todos aqueles objetos que se transformavam em pessoas, havia muitas outras coisas, em sua maioria saídas do quarto de Piggott, correndo em direção, em direção... Foi então que eu vi. E Clod também.

— Lucy! Veja, Lucy!

Era enorme.

A Aglomeração.

Maior do que quartos inteiros, uivando e quebrando tudo, muitas bocas, milhares e milhares de coisas reunidas. Ocupando o refeitório dos criados, a cozinha, a sala de polimento, a câmara fria, todos aqueles lugares. Uma criatura enorme ocupando muito espaço. Faminta por mais. Muito faminta, muito. Tantas bocas, tantos buracos escuros e profundos, devorando tudo. A Aglomeração nunca estará satisfeita. Tão triste, tão carente, tão magoada e enganada, furiosa por causa disso tudo.

Os criados Iremonger estavam à sua volta, cutucando-a, enfiando uma coisa e outra dentro dela, alguns transformando-se em objetos mesmo enquanto trabalhavam, outros arrancando algumas coisas da Aglomeração, mas só conseguindo irritá-la ainda mais. Certamente era errado fazer aquilo, pensei; aborrecê-la tanto. Criados Iremonger usando capacetes de bombeiro de latão, com hastes e mangueiras, com escadas, tentando escalar aquela coisa (para chegar aonde exatamente?) perdiam o equilíbrio, caíam lá dentro, eram esmagados. E os rangidos e estalos da própria casa gritando por clemência, rachando e ruindo sob a massa daquela criatura gigantesca. O teto estava se partindo, grandes fendas aparecendo; aquela coisa vai fazer a casa desmoronar.

À medida que íamos nos aproximando daquela coisa terrível, passamos pela Sala de Estar do mordomo. Sturridge estava lá dentro, parado, em pé. O que ele está fazendo lá dentro imóvel daquele jeito, um homem tão corpulento, por que ele não dá uma mão? Então, vi que ele de fato *estava* fazendo sua parte. Sturridge estava segurando o teto, suando muito. Ou será que estava chorando? Não dava para saber. Ele estava segurando todo o peso da casa, simplesmente... simplesmente sustentando-a. Que pilar! Que coluna!

— Clod! Clod! Olhe para mim. Consegue me ouvir? — perguntei e segurei o rosto dele na minha direção. — Ouça, Clod, se nos separarmos, se algo acontecer, vou encontrar você. Espere por mim. Vou encontrar você.

— Imunda! Vou estripar você!

A sra. Groom me viu no corredor do porão e, com seu grande cutelo em riste e sua forma de gelatina balançando no cinto, veio correndo na minha direção.

— Vou cortar você! Vou cortar você! — uivou ela, mas, depois, mais baixo, disse: — Cortar você? — e, de repente, deu meia-volta, um salto mortal e caiu exatamente diante dos meus pés, um mero ralador de queijo com muitos buracos afiados, com o cutelo, inútil, ao seu lado. O ralador foi parar em cima de um dos meus sapatos, eu logo o chutei para longe. Ao lado, no lugar em que deveria estar a forma de gelatina, havia um bebê gordo, quieto e nu.

— Ada Cruickshanks! — gritou Clod. — Lá vai ela!

A caixa de fósforos estava na nossa frente, correndo. Tentei pegá-la, mas, de repente, ouvi um barulho terrível e achei que a casa inteira estivesse vindo abaixo.

Criiiiiiic! Criiiiiiic! Craaaaaaaaac!

O que era aquilo? O que era aquilo? Até Clod ouviu, até Clod se virou. O que era aquilo? O que era aquilo?

— Lucy! — gritou ele. — Essa não, Lucy, não!

Depois, os gritos, o chamado dos Iremonger. Agonia? Eles estão sentindo dor? Não, não era dor. Eles estavam festejando. Por quê? Para quê?

— O que é isso? O que é isso, Clod?

— O Vovô, Lucy. Vovô está chegando!

O trem.

O trem tinha conseguido voltar. Abriu caminho pelo túnel.

— Esperem! Esperem! — gritou o mordomo. — Ele está chegando! Ele está chegando!

— Aqui! Aqui! Venha até nós! Até nós! — berraram os Iremonger.

A grande Aglomeração também parecia estar entendendo alguma coisa, pois se mexeu e se debateu com mais agitação ainda. Em seguida, lá estava ele. O velho. Ele era velho, mas estava correndo, passos rápidos, abrindo caminho em meio ao entulho. O velho, um velho grande de cartola e casacão, correndo pelo corredor do porão, avançando. A Aglomeração abriu uma boca enorme e cuspiu nele — um muro de objetos saiu voando lá de dentro, pregos e estilhaços de vidro, fragmentos, lascas afiadas —, mas o velho continuou indo em direção à criatura, seguiu em frente. Continuou andando. Foi andando até entrar naquela coisa, atirando pedaços da Aglomeração para trás no processo. Simplesmente ia atravessando e jogando fora o que fosse aparecendo na sua frente. Abriu um caminho comprido que atravessava a criatura de um lado a outro. Ficamos todos ali parados, simplesmente vendo, observando. Esticou as mãos grandes e velhas, tateou as entranhas da Aglomeração, enfiou os braços lá dentro, e a criatura pareceu gemer e gritar de dor. Tentou envolvê-lo, afogá-lo, todas as suas bocas se abrindo e se fechando, mas o velho simplesmente continuou vasculhando todas aquelas coisas como se tivesse uma peneira, filtrando tudo, procurando algo específico, algo que ele havia perdido e que precisava recuperar. Velho teimoso, o que você perdeu, o que está procurando? Vamos, criatura, afogue-o, afogue-o, morda-o! Aquele velho, aquele velho grandalhão, aquele velho feio, com as mãos lutando abaixo da superfície, buscando, apalpando todos os objetos. Ele estava enfiado até o pescoço na Aglomeração; vai se afogar, sem dúvida vai se afogar. Muito bem, que se afogue. Então a Aglomeração parou, emperrou, tremeu, não se mexeu mais, ficou imóvel. Terrivelmente imóvel. Tão imóvel que conseguimos finalmente ver tudo o que a formava, todas aquelas coisas que a constituíam: apenas coisas, bugigangas, objetos cotidianos, somente coisas, nada de especial. Ficou parada um instante; depois, tudo caiu. Tudo encontrou novamente a gravidade, despencou para o chão, uma chuva repentina de coisas, caídas sobre as pedras do chão. Mais uma vez, todas mortas. Apenas coisas novamente. Só uma coisa de pé, só uma no meio daqueles milhares e milhares de objetos. Só uma. Ele. O velho, o velho grandalhão, o velho feio, de pé, na vertical. Segurando algo. Segurando apenas uma única coisa, uma só, uma xícara, com uma borda extra, uma xícara com para-bigode. Florence Balcombe.

Aquela xícara, minha Florence Balcombe, estava em suas mãos, e ele, como fizera com todas aquelas outras coisas pouco antes, a deixou cair, no chão. Não quebrou. Incrível não ter quebrado. Aterrissou de pé, foi o que Florence fez, como uma gata. Muito bem, Florence. A xícara, Florence, rolou um pouco, mas só um pouquinho. Em seguida, o velho, o velho louco, o velho feio, levantou uma de suas grandes botas negras e a largou com toda a força em cima Florence Balcombe, espatifou-a. Ela estava quebrada, estilhaçada, e ele levantou e baixou a bota com força novamente.

— Florence! — gritei.

— Lucy! — berrou Clod. — Não, Lucy!

Corri até o velho.

Ele levantou a cabeça, me viu chegando, aqueles olhos frios, muito frios.

E eu...

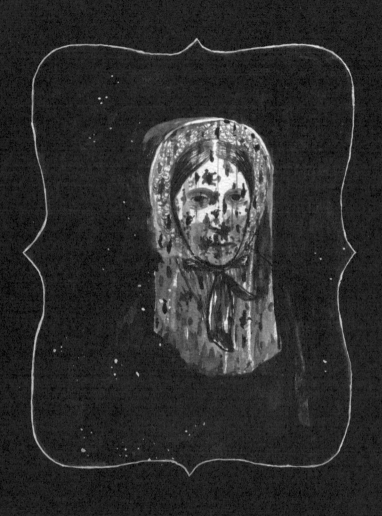

A Nova Governanta, Ada Cruickshanks

23
UM BOTÃO DE BARRO

Termina a narrativa de Clod Iremonger

Como Tudo Acabou

Eu estava ouvindo melhor, depois da queda da Aglomeração, estava ouvindo um pouco. Estava conseguindo ouvir. Ouvir Lucy que gritava "Florence!"

Eu a chamei.

E, depois, a queda. Lucy caiu. Ela estava correndo em direção ao Vovô e, em seguida, simplesmente parou, caiu no chão, rolou no chão e, à medida que caía e rolava, foi ficando cada vez menor, até não ser mais nada, até eu não conseguir mais vê-la.

— Lucy! Lucy! — gritei.

— Lucy Pennant.

— Estou ouvindo! Estou ouvindo! Mas não consigo ver você! Onde você está?

— Lucy Pennant.

— Lucy! Lucy!

— Lucy Pennant.

No chão, onde ela caiu, onde ela parou de cair. Lá estava ela, lá estava: um botão. Nada mais do que um botão. Um botão de barro moldado.

— Lucy, minha Lucy Pennant! Você está comigo.

— Para mim! — disse o Vovô, e ela voou no ar como se eu a tivesse jogado, como se eu tivesse dado um peteleco em uma moeda, só que eu não havia feito nada daquilo. Lá estava ela nas mãozorras do Vovô.

— Por favor, por favor! — gritei.— Deixe-me ficar com ela.

— Isto, Clod, isto é a causa do nosso recente sofrimento, o motivo para os cúmulos terem ficado tão perturbados. Este botão foi o culpado, este não Iremonger, este sangue impuro. Os objetos estavam irrequietos já antes de isto chegar, mas sua vinda desnorteou tudo, disseminou a doença, atiçou tanto aquela xícara a ponto de ela, ao se tornar uma xícara, ter chamado todas as outras coisas para perto de si. Esta coisa vai voltar lá para fora agora, para as profundezas. Deixe que ela se sinta perdida e abandonada por lá, desesperadamente extraviada. Deixe-a sofrer. Você... você está aqui, prefeito Moorcus? Sangue forte!

Lá estava Moorcus, um pouco machucado e surrado, mas com sua medalha reluzente.

— Aqui, senhor. Aqui, Vovô.

— Pegue esta coisa, este botão, e corra o mais rápido que puder para os amontoados.

— Lá fora, senhor?

— Já está tudo bem mais calmo agora. A tempestade já amainou. Vamos, leve-o depressa, jogue-o bem longe: *dê um sumiço* nisso.

— Vovô, não! — gritei. — Vovô! Moorcus, pare! Vovô, por favor!

— Você, Clod! Não se mexa!

— Não!

E eu...

O Bilhete, James Henry Hayward

24
UM MEIO SOBERANO

Começa a narrativa do bilhete n. 45247, propriedade de Bay
Leaf House, Forlichingham, Londres

Meu nome é James Henry. Meu nome é James Henry Hayward.
Estou em um trem. Um velho está ao meu lado. Um velho
grande e gentil. Ele está segurando minha mão. Estamos em
um trem. Indo para Londres.

Não consigo ver muita coisa pelas janelas. Está tudo
muito escuro lá fora. Não sei se deveria me preocupar ou
não. Olho para o velho e penso: "Não." Está claro aqui no
vagão. O velho me trata bem. Não sei se estamos indo ver
minha família; acho que eu gostaria de vê-los. O velho diz
que fará todo o possível para encontrá-los. Fico imaginando para onde eles podem ter ido. Não consigo me lembrar
muito bem deles. Fico imaginando como os perdi. Ou como
eles me perderam. Na verdade, fico um pouco preocupado.
Preocupado por não me lembrar deles. Levanto a cabeça e
olho para o velho, e ele sorri para mim. Sinto-me melhor. É
um rosto velho e gentil. Uma mulher está sentada um pouco
mais afastada de nós, calada, com as costas totalmente eretas. Ela usa um grande chapéu preto coberto por um véu,
e não consigo ver seu rosto direito. Eu a ouço tossir, uma
terrível tosse seca que penetra na minha cabeça. Prefiro

disparado o velho. Prefiro o velho, mas vou ver bastante a mulher austera porque ela será minha companheira por um tempo, o velho me disse. Vou conviver com aquela tosse seca. Não posso dizer que gosto dela. Ouvi o velho chamá--la pelo nome, Ada Cruickshanks.

James Henry Hayward. Meu nome.

Estou usando um terno e um boné novos. Sapatos novos, tudo novo. Estou me achando muito elegante. Muito crescido. Fico me perguntando se sou rico. O velho é muito rico, eu acho. Deve ser. Ele é o dono daquela enorme casa distante que acabamos de deixar. Ele vai cuidar de mim. No final das contas, é uma bela coisa ter um guardião como ele. Acho que vai me adotar. Espero que sim. Sim, estou me sentindo melhor agora, apesar da mulher austera, Ada Cruickshanks. Eu não estava me sentindo muito bem antes, mas não consigo me lembrar direito disso.

Enfio a mão no bolso. Tem algo lá dentro. É uma moeda, um meio soberano. Todo meu. Um meio soberano de ouro. Vale bem dez xelins. Todo meu. Foi o velho que me deu. Mas não devo gastá-lo, ele me disse. Se é meu, fico pensando, por que não posso gastá-lo? Eu gostaria de gastá-lo. Poderia comprar coisas. Mas o velho é muito rigoroso a respeito: é a única coisa que o faz parar de sorrir.

O velho me disse que devo tomar conta do meu meio so-berano de maneira especial. Ele me perguntou várias vezes se eu ainda tinha a moeda. Ele me pede para tirá-la do bolso e mostrá-la. Eu mostro. E toda vez ele diz: "Muito bem. Muito bem, James Henry." Gosto quando ele diz isso. Sinto a moeda na minha mão, aqueço-a um pouquinho.

Estou ouvindo um apito agudo agora. Fiquei bem assusta-do. O trem está parando. Estamos entrando em uma estação.

— Chegamos, James Henry — diz o velho.
Devolvo o sorriso e pergunto:
— Londres?
— Londres — responde ele. — Filching.

AGRADECIMENTOS

Eu gostaria de agradecer a Sarah O'Connor, editora maravilhosa, e a todos na Hot Key por todo o entusiasmo e ajuda, por serem quem são — uma equipe extraordinária. Devo muitos agradecimentos à minha sofrida agente Isobel Dixon, cuja fé nunca fraqueja, e que me mantém animado. A Elisabetta Sgarbi, na Bompiani, por sempre estar presente. Ao maravilhoso Christopher Merril, que me mandou para a China e para um museu de objetos recuperados, que me deu a primeira inspiração para este livro. A Elizabeth Butler Cullingford e James Magnuson por me permitirem ensinar contos de fadas e redação criativa, por me fornecer estudantes maravilhosos e também por todo o apoio. A minha mãe, por muita coisa (e com desculpas por roubar nomes de família). E, sobretudo, à minha mulher Elizabeth, e aos meus filhos Gus e Matilda, por tudo.

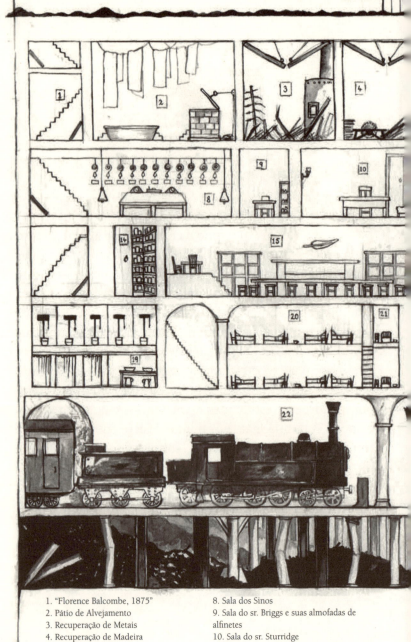

1. "Florence Balcombe, 1875"
2. Pátio de Alvejamento
3. Recuperação de Metais
4. Recuperação de Madeira
5. Sala dos Catadores
6. Sala das Cinzas
7. Escotilha Antialagamento
8. Sala dos Sinos
9. Sala do sr. Briggs e suas almofadas de alfinetes
10. Sala do sr. Sturridge
11. Elevador Privativo de Umbitt Iremonger
12. Cofre da sra. Piggott
13. Sala da sra. Piggott

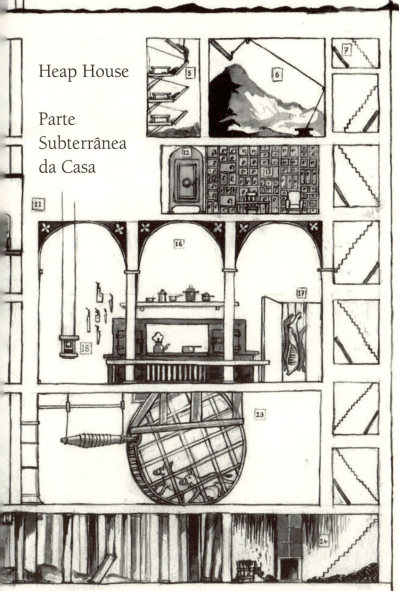

Heap House

Parte Subterrânea da Casa

14. Despensa
15. Sala de Jantar dos Criados
16. Cozinha
17. Câmara Fria
18. Porta do Elevador de Comida
19. Lavatórios e Banheiros dos Criados
20. Dormitórios dos Criados
21. Quartos dos Camareiros
22. Terminal Ferroviário Heap House
23. Roda de Acionamento do Elevador de Umbitt impulsionada por Burros
24. Salão Azul da Prússia

Este livro foi composto nas tipologias Caslon Antique e
Berkeley e impresso em papel Offwhite na Intergraf.